LE BRUIT DE L'EAU SUR LES GALETS

Amélie Baumann vit en région parisienne. Pharmacienne puis journaliste, elle partage aujourd'hui son temps entre ses enfants et l'écriture.

Paru au Livre de Poche :

C'EST ENCORE LOIN, LE BONHEUR ?

AMÉLIE BAUMANN

Le Bruit de l'eau sur les galets

CALMANN-LÉVY

ISBN : 978-2-253-90764-0 – 1re publication LGF

À ma fille

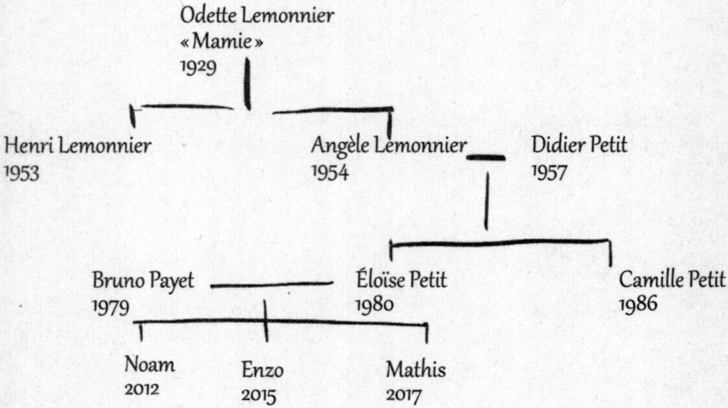
Odette Lemonnier
« Mamie »
1929
Henri Lemonnier
1953
Angèle Lemonnier
1954
Didier Petit
1957
Bruno Payet
1979
Éloïse Petit
1980
Camille Petit
1986
Noam
2012
Enzo
2015
Mathis
2017

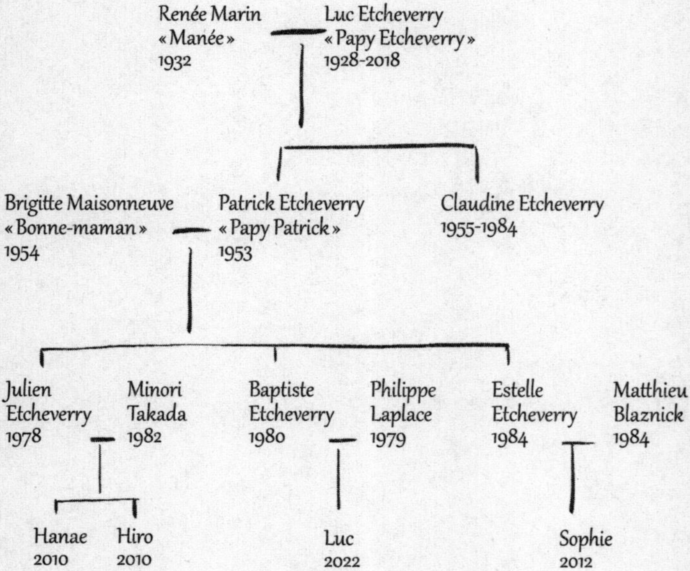
Renée Marin
« Manée »
1932
Luc Etcheverry
« Papy Etcheverry »
1928-2018
Brigitte Maisonneuve
« Bonne-maman »
1954
Patrick Etcheverry
« Papy Patrick »
1953
Claudine Etcheverry
1955-1984
Julien
Etcheverry
1978
Minori
Takada
1982
Baptiste
Etcheverry
1980
Philippe
Laplace
1979
Estelle
Etcheverry
1984
Matthieu
Blaznick
1984
Hanae
2010
Hiro
2010
Luc
2022
Sophie
2012

1

Derrière les hortensias

— Je partirai quand j'aurai décidé de partir !

Voici la première chose qu'entendit Camille, en cet après-midi d'août, tandis qu'elle approchait de la villa Etcheverry. Lancée sur un ton furieux, l'exclamation la cloua sur place.

Camille avait franchi sans hésitation le haut portail de la propriété. Elle s'était engagée d'un pas vif dans la longue allée bordée d'hortensias, impatiente et anxieuse de rencontrer Renée Etcheverry. Elle avait imaginé bien des choses pour cette entrevue, avait construit de multiples scénarios et répété cent fois les paroles qu'elle prononcerait. Mais *ça*, elle ne l'avait pas envisagé. Cette voix féminine et excédée... était-ce celle de Renée ?

Figée dans les graviers, Camille hésita.

— Tu ne me feras pas quitter ma maison ! reprit la femme, furieuse.

— Ce n'est pas raisonnable, Manée, répondit une voix d'homme. Tu ne devrais pas...

— Ne t'avise pas de me dire ce que je dois ou ne dois pas faire. Je suis encore ta mère, bougre de cornichon !

Une mère et son fils, songea Camille. *Elle a l'air âgé. Mais où sont-ils ?*

La jeune femme tourna la tête à droite, à gauche, fit quelques pas prudents vers l'imposante maison, le gravier crissant sous ses pieds. Puis elle s'immobilisa à nouveau. *Je devrais revenir plus tard.*

Camille sentait bien qu'elle aurait dû rebrousser chemin : débarquer en pleine querelle familiale, *a fortiori* sans être invitée, les mains vides et la tête pleine de questions, n'était pas le meilleur moyen d'arriver à ses fins. Elle aurait dû, elle le savait, mais une partie d'elle refusait de bouger. L'homme, cependant, poursuivait :

— … c'est un établissement tout à fait convenable qui pourrait…

— C'est non, non et NON !

Le dernier « non ! » éclata dans l'air surchauffé et rebondit d'arbre en arbre jusqu'aux hauts murs entourant le parc. Deux silhouettes émergèrent d'un des angles de la maison et Camille, pétrifiée, les vit s'approcher lentement de l'allée. Tout à leur dispute, elles ne semblaient pas l'avoir repérée.

— Et si tu rejoignais Simone ? suggéra l'homme, un grand sexagénaire vêtu d'un costume sombre.

— Simone…, ricana sa mère, appuyée sur une canne. Mais elle s'ennuie comme un rat mort dans son machin, Simone !

— C'est un Ehpad très bien tenu et…

— Tu ne m'enverras pas dans un clapier à croûtons !

Ils disparurent derrière un vénérable frêne et Camille fut tentée de courir vers le portail. *Mais s'ils me voient fuir*, pensa-t-elle en se mordant nerveusement les lèvres, *je suis grillée*.

Le duo avait reparu et se dirigeait à présent droit vers l'allée. Désormais accroupie derrière les hortensias, Camille s'efforça de faire taire la petite voix qui lui susurrait : *Très mauvaise idée. Je ne fais rien de mal*, se répéta-t-elle. *Je ne veux pas les déranger, c'est tout*. Rampant à couvert pour s'éloigner du couple, elle tenta d'observer la vieille dame à travers les feuillages. Elle n'en aperçut que des morceaux : de longs cheveux blancs noués sur la nuque, une tunique flottante, une main veinée de bleue agrippée à un pommeau d'ébène, une paire d'espadrilles fatiguées. L'homme émit un petit rire et on eût pu croire un instant que sa mère allait lui flanquer un coup de canne, mais elle se contenta d'en marteler le sol, ponctuant chacun de ses mots :

— Je ne pars pas de chez moi, alors lâche-moi les basques !

— Manée… Tu sais très bien que ça ne pourra pas durer.

— Ça suffit, Patrick !

Mère et fils se faufilèrent entre les hortensias pour rejoindre l'allée pendant que Camille plongeait en sens inverse pour gagner la pelouse. Patrick proposa son bras à la vieille dame dont le pas chancelait ; Manée choisit de l'ignorer. De son côté, Camille lâcha un soupir soulagé : ils ne l'avaient pas vue. *Maintenant, je file. Et je reviens plus tard comme si de rien n'était*. Elle avait déjà parcouru plusieurs mètres – à croupetons et fort prudemment – lorsqu'un appel lancé à pleins poumons retentit depuis la maison :

— Maaaanééée ! Y a une journaliste derrière les plantes !

La dénonciatrice, que Camille dénicha sans peine, se tenait penchée à un balcon du premier étage de la villa. Elle avait dans les neuf ou dix ans, un visage étroit, une jolie masse de cheveux bruns et surtout un doigt pointé droit sur l'intruse. Le gravier crissa, la canne martela, Camille se releva lentement et tourna un visage rouge de honte vers le duo qui attendait de la voir émerger.

— Une journaliste ? Ce n'est pourtant pas la saison, fit Manée comme s'il avait été question d'un potiron.

Camille bafouilla qu'elle n'était pas journaliste mais vraiment désolée, qu'elle souhaitait simplement parler à Renée Etcheverry. Manée plissa les yeux, ouvrit la bouche mais son fils la devança :

— Renée Etcheverry n'accorde pas d'interview. Je vous demanderai de quitter cette propriété sur-le-champ.

— J'ai juste quelques questions, plaida maladroitement Camille.

À nouveau Manée ouvrit la bouche mais Patrick s'interposa :

— Ma mère n'a rien à vous dire. Je vous demande de partir.

— De toute façon, elle voulait s'enfuir ! lança la fillette de son balcon.

— Parfait, dans ce cas nous ne vous retenons pas.

Et d'un geste courtois mais ferme, Patrick indiqua le portail à l'hôte indésirable.

C'était la fin. Si Camille franchissait ce portail, elle n'aurait pas d'autre chance. Elle se tourna vers Manée qui frappait le sol de sa canne, de plus en plus fort.

— Je suis désolée, madame Etcheverry. Je n'aurais pas dû me cacher mais… j'avais peur de tomber à un mauvais moment…

— C'est le pire moment, trancha Patrick. Ma mère n'est certainement pas en état de répondre à qui que ce soit aujourd'hui et je vous somme…

Il ne termina pas sa phrase. Manée avait assené un coup de canne sur les graviers, à deux centimètres des souliers impeccablement cirés de son fils. Patrick balbutia, pris de court, mais Manée l'arrêta aussitôt :

— Vas-tu cesser de parler à ma place, crème d'andouille ?

— Mais elle était cachée…

— Silence !

— Et le service…

— Silence, j'ai dit ! Si je veux parler à des journalistes, je parle à des journalistes et tu fermes ton clapet. Qu'elle vienne à la cérémonie !

La vieille dame tourna les talons pour rejoindre en claudiquant la maison. La fillette au balcon disparut. Patrick et Camille demeurèrent seuls de part et d'autre des hortensias. Camille n'osait plus bouger, Patrick tira de sa poche un carré de tissu dont il s'épongea méthodiquement le front.

— J'imagine que vous restez pour la cérémonie, finit-il par soupirer. (Puis avec une grimace contrariée, il ajouta :) Vous nous trouverez au fond du parc. L'enterrement est à dix-sept heures.

2

Repose en paix, Péhèma

Camille pensait la maison grande mais ce n'est qu'en la contournant qu'elle en prit toute la mesure. La villa Etcheverry n'était pas une maison. Plutôt un genre de petit château biscornu hérissé de tourelles, bardé de balconnets, noyé sous la vigne vierge et ponctué de volets rouge sang-de-bœuf sur trois étages. Quand Camille atteignit la terrasse à l'arrière, elle la trouva déserte. La longue table était encore chargée de verres, de tasses, de carafes et d'assiettes ; un parfum de café, de fleur d'oranger et d'herbe sèche flottait dans l'air. Elle observa le parc sans arriver à se décider. Sur la gauche, une demi-douzaine de hamacs multicolores, tendus entre des pins parasols, se balançaient mollement. À droite un carillon monumental pendait, suspendu à une structure métallique de plusieurs mètres de haut qui lui évoqua une énorme araignée. Plus loin, de gros visages de terre cuite émergeaient de buis taillés, leurs moues amusées ou grotesques tournées vers le ciel. Camille avisa un sentier et se résolut à l'emprunter.

Elle enjamba un ruisseau, dépassa une fontaine de pierre à demi enfouie sous le lierre, puis un énorme xylophone aux lames couvertes de mousse, un autre carillon géant dont les tubes se paraient d'éclats de miroir. Les arbres se firent plus nombreux, le sentier disparut sous les feuilles et les graminées. Elle s'apprêtait à rebrousser chemin, persuadée de s'être égarée, quand elle entendit la voix grave de Patrick :

— Nous sommes réunis ici pour célébrer la vie de notre bien-aimé Péhèma Etcheverry.

Camille frissonna. *En plus d'être habillée n'importe comment*, se désola la jeune femme, *je suis en retard.*

Camille n'aimait pas les vêtements sombres et sa valise ne contenait rien qui puisse convenir pour un enterrement. En la vidant pour la troisième fois dans le coffre de sa voiture, elle avait songé avec amertume à la robe noire – la seule et unique qu'elle possédait – qu'elle n'avait pas emportée. Elle n'aurait jamais imaginé avoir l'occasion de la reporter aussi vite.

Ainsi, Camille, sa jupe en jean, son t-shirt vert et ses baskets rouges se firent le plus petits possible au moment de se mêler à la famille Etcheverry réunie sous les grands chênes. Une dizaine de personnes lui tournaient le dos, adultes et enfants ; elle se glissa derrière eux. La petite fille du balcon fut la seule à lui accorder un regard. Patrick continuait l'éloge funèbre :

— Malgré ton grand âge, Péhèma, tu restais aimable et affectueux. Tu ne t'es jamais plaint, même au plus fort de la maladie.

Camille ignorait qu'on pût enterrer un proche dans sa propriété. Elle songea qu'il s'agissait sans doute d'un privilège de gens riches, très riches, de personnes qui résident dans des châteaux entourés de sculptures étranges et qui naissent, grandissent, meurent et reposent sur leurs terres depuis des générations. De nombreuses dalles de pierre s'alignaient dans cette portion de forêt, surmontées de croix blanches. Le nom Etcheverry apparaissait sur toutes. Les prénoms, en revanche, intriguèrent Camille. « Juno », « Woody », « Omaha », « Katioucha »... Elle crut même lire « Kodak » et « Pacemaker ».

Des surnoms, comme Manée ? À moins que le défunt... soit autre chose qu'un humain...

Patrick poursuivait avec une anecdote sur les ronflements de « ce cher vieux Péhèma » qui fit éclore quelques sourires dans l'assistance. Camille voulait écouter ce discours. Elle avait beau avoir atterri à cette inhumation sur un malentendu, ignorer qui – ou quoi – était Péhèma, elle tenait à lui rendre hommage. Mais son esprit retournait inlassablement à Manée. Aux mots qu'elle devrait trouver pour la convaincre de lui parler. *Elle me fiche un peu la trouille*, admit Camille. *Mais je suis tombée à un mauvais moment. Je lui expliquerai ce qui m'amène. Elle comprendra. Pourvu qu'elle comprenne...*

— Pourquoi serais-je hors de vos pensées, simplement parce que je suis hors de votre vue ? déclamait alors Patrick. Je ne suis pas loin, juste de l'autre côté du...

— On ne va pas y passer la nuit, s'emporta soudain sa mère. Pousse-toi, grand dadais !

Manée se baissa avec difficulté, attrapa au sol une poignée de terre qu'elle jeta dans une excavation derrière son fils.

— Voilà. Repose en paix, Péhèma. Tu avais mauvaise haleine mais tu étais bon camarade. Je ne t'oublierai pas. Baptiste, tu recouvres le cercueil. Sophie, tu t'occupes des fleurs. Et maintenant on s'en va, ma hanche me fait un mal de chien.

Quelques rires crispés montèrent du groupe qui obéit néanmoins. Camille se mordit les lèvres. Manée lui faisait *vraiment* peur. Et ce n'était *toujours pas* un bon moment.

— Je vous présente mes condoléances, murmura-t-elle lorsque Manée passa devant elle, entourée de ses proches.

Personne ne daigna la regarder. Quand le groupe eut quitté le cimetière, Camille s'approcha du jeune homme qui pelletait la terre dans la tombe. Il ne lui laissa pas le temps d'entamer la conversation :

— Je ne peux pas vous parler. Je n'ai rien contre vous mais mon père nous l'a interdit… Désolé.

— Toutes mes condoléances, souffla tout de même Camille.

Il la remercia d'un hochement de tête et reprit son ouvrage.

Camille rebroussa chemin. Elle passa le carillon aux éclats de miroir, le xylophone géant, s'assit sur le bord de la fontaine. *Y aura-t-il vraiment un bon moment ?*

— C'est pas une super tenue pour un enterrement, tu sais.

La fillette du balcon avait émergé d'un bosquet de rhododendrons, les mains dans les poches et le regard brillant derrière sa frange. Elle fixait Camille, qui craignit qu'elle ne crie à nouveau pour dénoncer sa présence. À la place, l'enfant s'accroupit auprès d'elle et expliqua :

— Il faut porter du noir aux enterrements. Ou du blanc, mais ça c'est au Japon. C'est ma tata Minori qui me l'a dit.

— Je suis désolée, je n'avais rien de noir. J'espère que ta famille ne m'en veut pas trop.

L'enfant haussa les épaules.

— Péhèma aurait adoré tes baskets. Il aimait beaucoup les baskets. (La fillette s'essuya rapidement les yeux.) Moi il m'en a mangé au moins deux paires. Ma mère était pas contente mais Manée a dit que c'était pas sa faute, les chiens font tout le temps ça. Tu connais d'autres chiens qui mangent des baskets, toi ?

Camille secoua la tête mais ne dit rien. *Voilà. Ce « cher vieux Péhèma » était un chien.* Elle se demandait encore si cette information rendait la journée moins pénible ou seulement plus absurde quand l'enfant proposa :

— Tu veux toujours parler à Manée ?

— J'aimerais vraiment beaucoup, souffla la jeune femme sans grand espoir.

— C'est pas bien barré, tu sais. Manée est allée se reposer. Elle va pas sortir avant le dîner et papy Patrick a dit qu'il te mettrait dehors avant.

— Je vois.

J'ai laissé passer ma chance. C'est fichu maintenant.

— Mais je vais t'aider. (Camille releva la tête. L'enfant semblait sérieuse.) Manée, elle a raison. Papy Patrick, il fait le chef mais c'est pas lui qui commande dans cette maison.

Et saisissant la main de Camille, elle l'entraîna vers le château.

— Je m'appelle Sophie, murmura-t-elle tandis qu'elles se glissaient furtivement derrière les hamacs.

— Moi, c'est Camille.

— Alors, Camille, tu rentres par là, c'est la bibliothèque. Tu tournes à droite par le salon de musique et tu vas tout au bout, jusqu'à la porte verte. C'est le bureau de Manée, elle finit toujours par y aller.

Sophie lâcha la main de Camille qui demanda :

— Tu n'auras pas d'ennuis pour m'avoir aidée ?

— T'inquiète. Je ferai celle qui sait rien. Faut que j'aille cueillir les fleurs. T'cho !

La gamine détala dans le parc, petite silhouette noire sur la pelouse verte. Un coup de vent agita les hamacs et mit en mouvement le monumental carillon dont les tintements résonnèrent sur la façade, son manteau de vigne, ses volets rouges. La porte de la bibliothèque était à quelques dizaines de mètres, ouverte. La terrasse toujours déserte. Camille s'élança à son tour.

3

La barbe !

Il ne faudrait pas croire que Camille avait pour habitude de se cacher derrière des buissons, de pénétrer en secret chez des inconnus ou de monter des petites filles contre leurs grands-parents. Rien de tout ceci ne faisait normalement partie de son quotidien. Pire, cela constituait une sérieuse atteinte à ce qu'elle considérait comme ses *principes*. Plus tard, elle repenserait à cette journée comme à une somme de décisions plus stupides, irrationnelles et irresponsables les unes que les autres. Elle tenterait de les justifier par l'urgence, le besoin impérieux d'obtenir des réponses. Elle admettrait toutefois que, d'une part, elle n'aurait jamais réussi à parler à Manée sans ces divers méfaits ; et que, d'autre part, ce n'était que le début d'une longue série d'imbécillités diverses.

Toujours est-il qu'au moment où Camille s'élançait vers le château, elle avait bien conscience de *faire n'importe quoi*, selon sa propre expression.

De la bibliothèque et du salon de musique, pièces imposantes et meublées avec raffinement, elle ne garda aucun souvenir sinon celui de sa peur. Elle les traversa comme en transe et ne reprit ses esprits qu'en refermant derrière elle la porte verte du bureau. Elle s'appuya alors au chambranle ; son cœur battait trop vite, son front ruisselait. Après quelques minutes d'immobilité, sa curiosité reprit le pas sur l'inquiétude et elle s'autorisa à observer ce qui l'entourait.

Le bureau était lumineux, le soleil entrant à flots par la baie vitrée qui en occupait tout un côté. Les trois autres murs disparaissaient sous les tableaux, les estampes, les gravures, les photos. Camille les inspecta successivement. Elle s'attarda longuement sur deux petites toiles sans cadre représentant des falaises et la mer, puis sur une série de vieux clichés en noir et blanc où elle crut reconnaître Manée. Elle admira le grand portrait d'une jeune femme blonde au sourire immense, ses yeux bleus à demi fermés, titré « Claudine, 1975 ». Une collection de vases et de pots noirs striés d'or attira ensuite son attention, ils reposaient sur une table basse près de reproductions miniatures des carillons du jardin et de leurs structures arachnéennes. Partout, des bibelots et des souvenirs de voyages se disputaient chaque centimètre carré d'étagère, de bureau, de vitrine. Camille les pensa précieux, à raison. Renée Etcheverry était une artiste reconnue et une femme de près de quatre-vingt-dix ans. Presque toute sa vie s'exposait ici. *Sa vie et quelques réponses*, espéra Camille.

Le soleil descendit, joua un moment à cache-cache avec les frondaisons des arbres puis disparut. Une odeur de grillade s'immisça sous la porte verte et se mêla aux effluves d'ambre et de santal du bureau.

Camille entendait par bribes des éclats de voix, des bruits de pas, plus loin dans la maison ou dans les étages. Son ventre gargouilla de plus en plus à mesure que le temps passait. Vers vingt-deux heures, elle commença à douter. Peut-être l'enfant l'avait-elle trompée. Peut-être que Manée ne viendrait jamais. Camille n'osa pas s'asseoir sur le canapé. Elle s'affala sur une chaise, refusant d'admettre sa défaite.

Lorsque la porte s'ouvrit enfin, aux alentours de minuit, la lumière vive des appliques la surprit tant qu'elle faillit tomber de son siège. Manée était entrée.

— Vous êtes qui, vous ? s'étonna la vieille dame.

— Camille, balbutia l'intéressée. On s'est vues… J'étais dans les hortensias. Désolée de m'être cachée…

— Mais qu'est-ce que vous fichez encore là ?

Camille la trouva encore plus impressionnante vue de près. Elle était étonnamment grande, se tenait parfaitement droite malgré son âge avancé. Quelque chose de glacial luisait dans son regard pâle et c'est d'une toute petite voix que Camille arriva à articuler :

— Je vous attendais. Vous aviez dit que vous voudriez bien me parler.

— Je ne parle pas aux journalistes.

Elle m'a fait marcher, réalisa Camille. *Elle n'a jamais eu l'intention de me recevoir, elle voulait simplement faire enrager son fils.* Elle corrigea toute de même, timidement :

— Je ne suis pas journaliste, madame Etcheverry.

Manée se laissa tomber sur le canapé, posa la main sur un guéridon, sembla chercher quelque chose et pesta à voix basse.

— Madame Etcheverry, insista doucement Camille, j'aimerais vous poser des questions.

— Rendez-vous utile, plutôt. Passez-moi la brosse qui est sur le bureau.

Camille obtempéra et tendit l'objet que Manée prit sans un mot. Tandis que cette dernière dénouait et brossait ses cheveux, Camille observa la main ridée, les longs doigts aux jointures saillantes, le poignet où une fine cicatrice pâle dessinait un zigzag.

— Je vous présente mes condoléances pour votre chien, murmura Camille.

— Péhèma était vieux, gâteux et particulièrement puant. Mais il a su quand partir, ce qui est une qualité largement sous-estimée.

Le sous-entendu était limpide, Camille bredouilla :

— Bien sûr, il est tard. Je pourrais repasser demain, si vous voulez bien me dire quel serait le bon moment.

— Il n'y aura pas de bon moment. Bonsoir madame.

— Mais c'est au sujet de ma grand-mère…

— Je me fous de votre grand-mère, grinça Manée en s'allongeant sur le canapé. Bonsoir.

— Vous apparaissez sur son testament.

— Je ne veux rien, je n'ai besoin de rien. Fichez le camp.

— Si je pouvais juste vous montrer une photo…

— La barbe !

Et lui tournant le dos, Manée entreprit de se couvrir d'un plaid.

— Ma grand-mère s'appelait Odette Lemonnier.

Camille aurait juré voir Manée tressaillir. Elle convoqua ce qui lui restait de courage pour poursuivre, consciente de jouer sa dernière carte :

— Mamie est morte le mois dernier. Elle a laissé une lettre où elle demande de vous retrouver. C'était son dernier souhait, madame Etcheverry. Qu'on vous retrouve, que vous nous expliquiez. C'est vraiment très important pour ma famille. S'il vous plaît.

Manée lui tournait toujours le dos. Elle remonta un coussin sous sa tête et en cala un autre entre ses genoux. Camille patienta pendant ce qui lui parut une éternité. Puis Manée demanda :

— Vous avez une voiture ?

— Oui…

— Repassez demain à dix heures trente.

4

Odette et Renée

La Mamie de Camille n'était pas du genre à collectionner les œuvres d'art, encore moins à en créer. Elle ne vivait pas dans un château, n'avait pas de bureau, pas de baie vitrée géante ou de murs couverts de photos. Elle ne menait pas son monde à la baguette, loin s'en faut, et ne traitait personne de bougre d'andouille. Mamie était aussi petite que Manée était grande, aussi discrète que Manée était éclatante. D'après ce que Camille savait de sa grand-mère et avait aperçu de Manée, il lui semblait difficile de trouver deux personnalités plus opposées. Pourtant elles étaient là, toutes les deux, côte à côte sur la vieille photo. Une petite brune chétive, les yeux cernés et l'air inquiet, et une grande blonde souriante. La petite tient la main de la grande. Elles ont dans les treize ou quatorze ans, peut-être plus, peut-être moins, difficile à dire tant le cliché est usé. Pourtant sur le poignet de la jeune fille blonde, on aperçoit nettement la cicatrice. Un zigzag sombre que le temps n'a pas encore pâli et lissé.

L'inscription « Odette et Renée, 1944 » figurait au dos du rectangle cartonné.

Camille observa longuement la photo, ce soir-là, après avoir regagné sa chambre d'hôtel. Cette photo que Manée n'avait même pas voulu regarder. Quand elle se décida enfin à la poser, ce fut pour attraper la lettre. Elle était si courte qu'elle la connaissait déjà par cœur :

Mes enfants, je vous demande pardon. À Camille et Éloïse aussi, pardon. J'aurais bien voulu expliquer moi-même mais je n'ai pas réussi à trouver la bonne personne. Maître Vannier dit que les notaires ont des moyens pour ça et quand il aura trouvé la bonne personne je voudrais que vous alliez la voir. Elle s'appelle Renée Marin épouse Roussel, elle est née dans la Manche en 1932. Elle a deux enfants qui s'appellent Patrick et Claudine. C'est la seule personne qui pourra vous expliquer. J'espère que vous pourrez me pardonner.

Camille lut et relut la lettre, ce soir-là, jusqu'à ce que les mots se brouillent devant ses yeux. Avant d'éteindre la lumière, elle adressa un dernier regard à l'urne qui reposait sur la table de chevet.

J'ai trouvé la bonne personne, Mamie.

5

Pas minuscule, monospace

Quand elle avait sonné à la villa Etcheverry, à dix heures trente précises, Camille peinait à contenir son impatience. La vérité semblait si proche ! Deux heures plus tard son enthousiasme s'effritait comme du sucre dans un café. Café qu'on ne lui avait d'ailleurs pas proposé, bien qu'elle ait trouvé en arrivant une partie de la tribu Etcheverry attablée devant un copieux petit déjeuner. La bouche pleine de brioche, Sophie lui avait adressé un sourire barbouillé de confiture ; le reste de la famille l'avait ignorée, le nez plongé dans leurs tasses et leurs tartines. Patrick l'avait guidée jusqu'au bureau sans chercher à dissimuler sa contrariété. « Ma mère vous rejoindra, avait-il lâché en l'abandonnant sur le seuil de la pièce. Veuillez ne toucher à rien. » Et depuis, Camille attendait.

Quand la porte s'ouvrit enfin, à près de treize heures, Manée gagna son sofa et demanda d'emblée, sans même gratifier son invitée d'un regard :

— Vous dites que votre grand-mère s'appelait… ?

— Odette Lemonnier. Elle a écrit une…

— Qui cherchez-vous ?

— Renée Marin épouse Roussel. Selon Mamie, vous…

— *Veuve* Roussel. Épouse Etcheverry. Votre voiture, ce n'est pas un de ces genres de pots de yaourt minuscules ?

Camille fut prise de court. Elle hésita quelques secondes et Manée réitéra, agacée :

— Votre voiture. Minuscule ou pas ?

— Pas minuscule, monospace, bafouilla Camille.

— Vous êtes libre pendant les jours qui viennent ?

— Je… Oui, ce sont les vacances et je suis institu…

— Silence !

Debout devant le sofa, Camille sentait la transpiration lui couler le long des tempes et dans le dos. Le tour qu'avait pris la conversation la laissait complètement éberluée. Les réponses qu'elle cherchait, dont elle avait désespérément besoin… étaient-elles conditionnées par la taille de sa voiture ou sa disponibilité des prochains jours ? *Ça n'a aucun sens ! À quoi bon trouver la bonne personne si elle a perdu la boule ?*

— Ne restez pas plantée comme un piquet ! pesta Manée.

Camille tira une chaise devant le canapé où Manée, les yeux fermés, semblait converser avec elle-même. *Est-elle démente ou juste odieuse ?*

— Vous avez mentionné une photo, hier, dit soudain Manée. Montrez-la-moi.

Camille tira de son sac le cliché jauni et le tendit à la vieille dame.

— On voit votre cicatrice, ici. Et là, c'est Mamie.

— Je connais cette photo. Et les réponses que vous cherchez, je les ai.

Camille sentit une bouffée de soulagement et de joie l'envahir. *Ni l'un ni l'autre, et elle va me parler !* Mais Manée ajouta aussitôt :

— Seulement je ne vous les donnerai pas comme ça.

— Si c'est une question d'argent…, débuta Camille.

— Taisez-vous et écoutez, au lieu de dire des âneries ! Je veux me rendre quelque part. Je ne peux pas accomplir ce voyage seule mais je ne veux pas impliquer ma famille. Je vous propose donc ceci : vous m'emmenez et je vous parle de votre grand-mère. Je m'engage à répondre à vos questions d'ici la fin du voyage et j'assumerai tous les frais liés à nos déplacements. Mais ceci à trois conditions qui ne sont PAS négociables : c'est moi qui décide ce que je dis et quand ; vous allez où je vous dis et faites ce que je vous demande ; vous gardez tout ceci, le voyage comme ce que je vous révélerai, pour vous. Vous n'en parlez à personne. Avez-vous compris ma proposition ? Avons-nous un accord ?

Camille n'hésita pas un quart de seconde. Elle tendit la main à la vieille dame et affirma :

— Nous avons un accord.

— Vous êtes sûre d'avoir saisi ? Si vous manquez à l'une de mes conditions, le voyage s'arrête.

— J'ai saisi. Merci, madame Etcheverry. Merci infiniment.

Manée lui adressa un regard sévère mais serra la main tendue.

— Vous reviendrez ce soir à dix-neuf heures, énonça-t-elle comme s'il s'agissait d'un fait établi.

Vous aurez des affaires pour quelques jours, une liste de vos questions et un dictaphone. Et vous ne dites pas un mot de tout ça à qui que ce soit !

— Promis. Merci, madame Etcheverry.

Camille crut voir pour la première fois une étincelle de satisfaction dans les yeux délavés de la vieille dame, qui la congédia sur ces mots :

— Il n'y a que les impôts qui m'appellent Mme Etcheverry. Pour vous, maintenant, c'est Manée.

6

Seule avec maman

Mamie n'avait pas de château, pas de collection d'art et aucune autorité, mais elle comptait beaucoup d'amis et de connaissances dans sa ville de Menton. Lors de la messe qui précéda sa crémation, l'église était pleine à craquer de silhouettes sombres venues lui rendre hommage.

Le curé loua son dévouement et son implication dans les œuvres de la paroisse. Plusieurs voisines prirent la parole, la voix tremblotante, pour expliquer combien elle allait leur manquer. On évoqua son courage, sa générosité, sa gentillesse, sa discrétion.

— Sa discrétion…, répéta Angèle en tamponnant ses yeux. Tu parles d'un euphémisme.

— Maman…

Camille sentait sa mère osciller, balancer entre peine et rancœur. Elle aurait aimé que sa sœur ou son oncle fussent présents mais elles n'étaient que deux pour représenter la famille Lemonnier : Angèle, la fille fâchée ; Camille, la petite-fille retrouvée.

— Elle t'a parlé, à toi ? chuchota Angèle. Tu as pu apprendre quelque chose sur sa famille ? (Camille fit

« non » de la tête.) Et sur mon père ? Raoul Leblanc, elle l'a mentionné devant toi ? Ou n'importe quel Leblanc ? Ou Étretat ?

— Non, maman.

Et je n'ai rien demandé.

Comment expliquer ? Comment dire à sa mère qu'elle se moquait de ces vieilles querelles ? qu'elle ne se sentait pas concernée ? qu'elle était simplement heureuse d'avoir pu connaître, même peu, même tard, cette grand-mère dont on l'avait tenue éloignée ?

Avec Mamie, pour Camille, ç'avait été une évidence. Dès le premier café, le premier carré de chocolat croqué dans le petit canapé face à la fenêtre aux volets jamais fermés. Tout était simple avec Mamie. Qu'importait qu'elle parle peu quand ses gestes, ses attentions, son sourire parlaient pour elle ?

— Elle t'aimait, dit simplement Camille. Toi et l'oncle Henri, plus que tout.

— Je sais, répondit Angèle en sortant un nouveau mouchoir.

Angèle s'éclipsa après la messe et Camille, réfugiée à l'ombre d'un platane sur la place écrasée de soleil, en profita pour appeler sa sœur Éloïse.

— Tu tiens le coup ? s'inquiéta cette dernière. Maman est venue ?

— Elle est venue, mais sans papa. Et l'oncle Henri n'a pas réussi à se libérer.

— Je suis désolée, Camillou, vraiment. Si Enzo ne s'était pas cassé le bras, je t'assure…

— Je sais.

Camille tira sur sa robe dont l'étoffe noire collait à sa peau. Il faisait trop beau, trop chaud pour un jour pareil.

— J'espère que ça ne te dérangera pas, Éloïse... J'ai mis des photos de nous dans le cercueil de Mamie. De tes fils aussi. Je ne voulais pas qu'elle parte... (Sa voix se brisa, elle resta silencieuse quelques secondes.) Elle était vraiment gentille, Mamie, tu sais. Tu aurais vu le monde dans l'église... Tous ces gens qui voulaient lui dire au revoir...

— Et maman ? Elle a pris la parole ?

— Elle n'a pas voulu. Pourtant, elle est touchée, je le vois.

— Laisse-lui un peu de temps. Et toi, tu as lu le texte que tu avais préparé ?

— À la toute fin, oui. Enfin, j'ai pleuré, surtout...

— Ma pauvre... C'est bien que ton mec soit venu, en tout cas. C'est important que tu ne sois pas seule en ce moment. Surtout seule avec maman.

Camille se tut un instant avant de souffler :

— On n'est plus ensemble.

— Camille... (Éloïse soupira.) Je sais que je ne devrais pas être surprise, vu que tu les jettes tous au bout de six mois, mais là tu aurais quand même pu...

— Faut que j'y aille, l'interrompit Camille. Ça va être l'heure de la crémation.

— D'accord. Courage, petite sœur. Tu m'appelles après ?

— Peut-être. Ou demain, après le notaire. Je ne sais même pas pourquoi on doit y aller parce que Mamie... Le peu qu'elle possédait...

Camille étouffa un sanglot et sa sœur s'excusa à nouveau de n'être pas à ses côtés.

— On se verra bientôt, promit Éloïse. Dès que je peux, je saute dans un avion. Et après, tu viens ici. C'est l'hiver austral, la meilleure période pour les randos. Ça te fera du bien de marcher, y a rien de plus efficace pour se changer les idées !

Camille coupa court et raccrocha. Elle ne voulait plus entendre les conseils de sa sœur. Éloïse n'avait pas connu Mamie, pas comme elle. Elle ne partageait pas sa peine.

Le lendemain, Camille franchit le seuil du notaire, maître Vannier, bras dessus bras dessous avec sa mère. Elles n'étaient ni gaies ni bien vaillantes mais un certain relâchement se lisait sur leurs visages. Angèle avait fini par basculer du côté du chagrin, ses griefs contre Mamie – et contre Camille qui s'en était rapprochée – paraissant de plus en plus vains à mesure qu'elle réalisait l'irrémédiabilité de sa perte. Il y avait eu beaucoup de larmes, durant et après la crémation. Quelques excuses aussi, et un sentiment de gâchis partagé, de temps perdu impossible à rattraper. Hélas le fossé, à peine comblé, n'allait pas tarder à se rouvrir. Angèle quitta l'étude de maître Vannier dans un état proche de la furie et Camille, restée seule avec le notaire, demeura un long moment hébétée.

— Vous êtes sûr qu'on parle bien de ma grand-mère, Odette Lemonnier ? finit-elle par demander.

— Absolument certain.

— Une petite grand-mère avec un chignon, toujours en noir, le dos voûté ?

— Je connaissais votre grand-mère depuis mon enfance, mademoiselle. La méprise n'est pas possible.

— La méprise…, répéta Camille.

C'était pourtant la seule possibilité. Elle demanda au notaire de relire le testament, inspecta la courte lettre, les signatures apposées sur les documents. C'était là, noir sur blanc. Les cendres qu'il fallait déposer à Saint-Lô, ville que Mamie n'avait jamais évoquée. La propriété normande léguée à Renée Marin épouse Roussel alors qu'on n'avait jamais entendu parler ni de l'une, ni de l'autre. Le montant faramineux dont Angèle et Henri allaient hériter alors que Mamie, à leur connaissance, était loin de rouler sur l'or. Camille protesta, comme en s'excusant :

— Ça ne peut pas être Mamie… Elle n'avait rien, j'ai bien vu… Une minuscule retraite… Aucun objet de valeur… D'où ça sortirait, cette fortune ?

— Comme je l'ai expliqué à votre maman tout à l'heure, fit patiemment maître Vannier, cette somme comme la maison normande lui venaient de sa mère. Elle en a hérité au décès de cette dernière en 1999.

— Mais Mamie était orpheline… Toute sa famille est morte pendant la guerre…

— J'ignore pour le reste de la famille mais en tout cas, sa mère… ne s'est éteinte qu'en 1999.

— Alors Mamie aurait menti ?

— Je… ne sais quoi vous dire.

— Mamie aurait menti…

Camille ressortit seule et sonnée de chez maître Vannier. Dans son sac, une photo, un vieux tract effacé dont le dos portait un dessin abîmé, un anneau d'argent cabossé. Dans ses mains, une lettre et un testament incompréhensibles. Dans ses oreilles les reproches de sa mère : « Je te l'avais dit » ; « même pas orpheline » ; « et toi qui a pris son parti ! »

« Il faut chercher, avait imploré Camille. Il faut trouver cette Renée, Mamie a écrit qu'elle nous expliquerait. » Mais la colère avait repris l'avantage et Camille ne pouvait blâmer sa mère. Angèle avait tant insisté pour connaître son passé ; que pouvait-elle ressentir d'autre en découvrant que le peu qu'elle en savait n'était même pas vrai ?

7

Petit projet

— J'ignore comment vous avez fait, mademoiselle, mais je suis ravi que vous ayez su convaincre Manée. C'est inespéré et nous ne saurions être plus heureux !

Patrick Etcheverry était radieux. Camille n'en revenait pas : l'homme qui avait interdit à sa famille de lui adresser la parole, qui le matin encore n'était que désapprobation renfrognée… cet homme la considérait à présent comme une bénédiction, un ange tombé du ciel, la « meilleure chose qui puisse arriver aux Etcheverry ». Debout dans l'allée, à l'endroit même où, la veille, il la sommait de quitter la propriété, il lui exprimait désormais, à grand renfort de compliments, sa satisfaction totale.

— Vous êtes sans doute un peu magicienne, s'extasia-t-il. Quand Manée nous a annoncé la nouvelle, nous en sommes restés cois. (Camille n'ayant aucune idée de ce que Manée avait pu annoncer, elle se contenta de hocher la tête.) Vous n'auriez pas pu tomber à un meilleur moment. Voyez-vous, ma mère ne vit que pour ses bêtes et ce pauvre Péhèma ayant trépassé, nous nous inquiétions de son moral. Aussi votre petit projet arrive à point nommé. (Camille sourit mais ne prit pas le risque d'ouvrir la bouche. Patrick, qui éprouvait un certain plaisir à monologuer, ne sembla pas s'en formaliser. Il afficha soudain un air concerné.) C'est difficile, vous savez, de voir ses parents vieillir. Depuis le décès de mon père, c'est une inquiétude constante de savoir Manée seule dans cette immense maison. Sa vue baisse terriblement, elle peine à marcher… En été, nous sommes présents, nous veillons à son bien-être… Mais nous ne pouvons demeurer ici toute l'année et il est tellement difficile de trouver du personnel de maison compétent. D'autant que Manée a son petit caractère, vous l'avez sans doute remarqué. Mais je ne doute pas que vous arriviez à l'apprivoiser ! (Il rit légèrement et Camille l'imita tout en se demandant comment elle allait se sortir de ce traquenard.) Plus j'y pense, mademoiselle, plus je me félicite de votre démarche. Votre petit projet est exactement ce qu'il lui faut. Quelque chose qui lui occupe l'esprit, qui la sorte, qui lui rappelle qu'il y a une vie en dehors de la villa. Un changement d'air pour la préparer à son déménagement. (Camille haussa les sourcils. Elle se souvenait parfaitement du « Je ne pars pas de chez moi » proféré par Manée le premier jour. Patrick jeta un regard circulaire avant de poursuivre, sur le ton de la confidence.) Pour tout vous dire, j'ai déjà pris mes dispositions pour que Manée quitte la propriété à la fin de l'été. J'ai trouvé un endroit idéal, proche de ma résidence de surcroît. Son appartement est réservé, tout est prêt à l'accueillir. Ma mère refuse d'en entendre parler mais vous conviendrez que c'est la décision la plus rationnelle. Aussi je vous serais très reconnaissant de toute l'aide que vous pourrez nous apporter à ce sujet. Si vous pouviez, par exemple, lui vanter les charmes de la vie parisienne… ou l'aider à reconnaître, subtilement bien sûr, qu'elle perd en autonomie… Je suis certain que cela aidera à rendre son déplacement moins pénible.

Camille aurait eu du mal à vanter les charmes de Paris à qui que ce soit, n'y ayant jamais mis les pieds, mais elle fut incapable d'en informer Patrick Etcheverry. Elle songeait à Mamie, à ses habitudes, toutes ces petites choses qui constituaient son quotidien : le café du matin dans son fauteuil, le marché du mardi, la messe du dimanche, les commerçants de sa rue, la mer tout en bas. Elle la revit penchée à la fenêtre, arrosant ses azalées, saluant la veuve Pinson ou M. Ramzy. Son appartement, ses voisins, son quartier, sa ville… ils faisaient partie de Mamie. La façon dont Patrick parlait de sa mère, comme d'un objet encombrant à déplacer, la laissait sans voix. Elle sut encore moins quoi dire quand il demanda :

— Mais qui est l'éditeur ? Manée ne nous l'a pas dit et je suis curieux de savoir qui a commandité cette biographie. Non que je doute de son intérêt. Ma mère est une légende et sa vie personnelle tient du roman. Mais aujourd'hui sa notoriété n'est plus la même et sa cote est terriblement retombée…

Il semblait tellement déçu en prononçant ces mots que le malaise de Camille monta encore d'un cran. Elle voulait fuir cet homme, ce fils plus préoccupé de la *cote* de sa mère que de ses souhaits. Elle voulait surtout rejoindre Manée pour éclaircir cette histoire de biographie.

— Je dois y aller, dit-elle en serrant les dents. Je suis en retard pour retrouver votre maman.

— Certainement. En tout cas je suis à votre disposition, mademoiselle. Pour une interview, un entretien, un témoignage. N'hésitez surtout pas à m'appeler.

Finalement, je préférais quand il me snobait, pensa Camille en s'éloignant. Elle se promit de replonger dans un buisson plutôt que de subir à nouveau sa conversation.

8

Son ticket de sortie

— Alors là-bas c'est ma tata Minori et mon tonton Julien. Les deux sous la table c'est leurs jumeaux, Hanae et Hiro. Ils font que m'embêter tout le temps alors ils m'énervent. De l'autre côté, y a tonton Baptiste et son amoureux Philippe. Le bébé, c'est Luc, ils lui ont donné le prénom de papy Etcheverry mais il est mort. Papy Etcheverry, hein, pas le bébé. Le bébé va très bien mais bon… Pour le moment, il ne fait que des trucs de bébé alors c'est pas super intéressant.

N'ayant pu trouver Manée, Camille s'était réfugiée dans un des hamacs sous les pins parasols. Sophie n'avait pas tardé à la débusquer et avait aussitôt entrepris de lui dresser la liste des membres de sa famille attablés derrière le château.

— La dame qui veut faire sortir les jumeaux de sous la table, c'est Bonne-maman, poursuivit Sophie, mais son prénom, c'est Brigitte.

— La femme de Patrick, c'est ça ?

— Ouais. Elle aime pas trop quand on joue par terre mais elle est super forte au croquet. Tu sais jouer au croquet ?

— Je n'ai jamais essayé.

— C'est assez facile, je t'apprendrai. La dame avec le tablier c'est Mireille, la cuisinière, elle fait des brioches trop délicieuses et aussi le ménage. Et mes parents, c'est Estelle et Matthieu mais ils sont pas encore là. Ils doivent être en train de travailler dans la maison. Ils font que travailler de toute façon.

Camille jeta un regard en coin à Sophie. Le visage de la fillette s'était renfrogné sous sa lourde frange brune.

— Tu trouves qu'ils travaillent trop ? demanda-t-elle doucement.

— Ils avaient promis de faire des choses avec moi. Mais ça fait une semaine qu'on est là et on n'est même pas allés à la plage une fois !

— Tu ne peux pas aller à la plage avec quelqu'un d'autre ? Un de tes oncles peut-être ?

— Les tontons, ils disent qu'on est mieux ici parce que c'est calme et tout. Ils veulent jamais sortir, ils veulent que se reposer. Y a que Bonne-maman qui veut bien sortir mais elle a peur des vagues alors c'est nul.

— Je vois.

— Tu aimes sauter par-dessus les vagues, toi ? Moi j'adore. Et nager ! Tu aimes nager ?

— J'aime beaucoup ça. Mais dans la Méditerranée, il n'y a pas beaucoup de vagues. Par contre, l'eau est très chaude.

— Si seulement on avait une piscine, soupira Sophie. J'en peux plus de m'ennuyer comme à ras-bord.

Puis se redressant dans le hamac, elle s'écria :

— Ah ça y est, on mange ! Tu viens ?

— … et bien sûr, relevé avec le piment AOP de notre exploitation. Saviez-vous que le piment d'Espelette est la seule épice AOP dans notre pays ?

À son grand désespoir, Camille avait été placée à la gauche de Patrick qui n'avait cessé, depuis le début du dîner, de l'abreuver de détails sur l'histoire de sa famille : de l'ancêtre émigré au Paraguay à la construction du château, en passant par les champs de piments familiaux, les plans du parc, l'origine du patronyme et, bien entendu, le parfum unique du piment d'Espelette.

— Et c'est vous qui gérez l'exploitation ? demanda vaillamment Camille.

— Moi ? Grands dieux non. Je suis avocat. Mon père était l'homme de la terre. Je ne suis, modestement, qu'un homme de mots.

Aucun doute là-dessus. Camille avait espéré glaner quelques informations concernant Manée, sa jeunesse, les endroits où elle avait vécu, n'importe quoi qui puisse l'aider à comprendre comment Mamie et elle s'étaient rencontrées, mais il n'avait été question que des Etcheverry. Les autres membres de la famille discutaient entre eux. Assise entre ses parents de l'autre côté de la table, Sophie jetait des regards noirs aux jumeaux qui lui lançaient des boulettes de pain, au grand dam de leur mère et de Bonne-maman. Manée demeurait silencieuse. *Chou blanc sur toute la ligne.*

Patrick enchaînait déjà :

— Saviez-vous qu'il n'existe que dix communes autorisées à produire du piment d'Espelette AOP ?

— Et vous, Camille, vous venez d'où ?

C'était Baptiste, le jeune homme qui avait éconduit Camille dans le cimetière et qui se tenait présentement à sa gauche. Il lui lança un clin d'œil tout en caressant le dos de son fils, qui venait de finir son biberon et s'endormait déjà sur son épaule. Camille lui adressa un remerciement silencieux et répondit :

— Je vis en ce moment à Nice. Mais j'ai grandi dans le Nord, à Lille.

— Ah, Lille…, rebondit Patrick. Magnifique ville. La Grand-Place, la Vieille Bourse…

— Un grand écart géographique, releva Baptiste. Ça ne doit pas être facile pour les réunions de famille.

Camille observa un moment la grande tablée, ses conversations éparses, les sourires sur les visages.

— En fait, dit-elle, toute la famille de mon père est à Lille ou alentour. Et c'est une très grande famille.

— Et du côté de votre mère ?

— Beaucoup plus restreint. Mon oncle vit à l'étranger, il n'a pas d'enfants. Ma mère et lui n'avaient que leur mère, qui elle-même n'avait personne. Toute sa famille a disparu lors de la Seconde Guerre mondiale.

— De quelle région venait votre grand-mère ? demanda Patrick.

— Normandie.

— Intéressant, murmura-t-il. Saviez-vous que Manée a également perdu sa famille lors des bombardements alliés, en Normandie ?

Camille frissonna. *Enfin, on y arrive.* Elle jeta un regard à Manée, toujours concentrée sur son assiette, avant de répondre :

— Je l'ignorais. Mais Mamie n'a pas eu une vie plus facile ensuite. Elle a même dû quitter la Normandie, seule avec ses deux enfants. Tout reconstruire ailleurs.

— Intéressant, répéta Patrick. (Puis au grand désarroi de Camille, il se tourna vers sa mère et l'interpella :) Manée, c'est incroyable, la grand-mère de cette demoiselle…

— J'ai une annonce à faire, le coupa Manée.

La vieille dame se leva péniblement de sa chaise en fusillant Camille du regard puis, de façon surprenante, adressa à tous un large sourire. Le silence régnait désormais sur la tablée, tous les yeux rivés sur l'aïeule qui dominait l'assemblée de sa haute silhouette. Même les jumeaux avaient cessé de tirer les cheveux de Sophie. De son côté, Camille ignorait si elle devait s'inquiéter de ce qui allait suivre.

— Comme je vous l'ai annoncé tout à l'heure, déclara Manée d'une voix forte, j'ai décidé de confier à mademoiselle le soin de rédiger ma biographie. C'est un projet de longue haleine qui va nous occuper un certain temps. Après tout, j'ai presque quatre-vingt-dix ans, il y a beaucoup à dire. Camille et moi ne resterons pas ici, je dois lui montrer certaines œuvres, notamment à Bordeaux. Nous partirons tôt demain matin. Je profite donc de ce dîner pour vous dire au revoir. Ne vous sentez pas obligés de sauter du lit demain, je prendrai un moment ce soir pour embrasser tous et chacun convenablement. (Elle balaya de ses yeux délavés la tablée, puis le parc, s'arrêta un moment sur le carillon géant dont les tubes métalliques oscillaient doucement.) Je suis heureuse d'avoir passé cet été avec vous à la villa, mes enfants. C'est un grand bonheur de vous voir réunis ici et d'avoir fait la connaissance de mon nouvel arrière-petit-fils. (Elle posa un regard tendre sur Baptiste, Philippe et le bébé Luc. Puis son sourire s'effaça et sa voix prit une intonation plus ferme.) Je dois aussi vous dire que je ne reviendrai pas au château après mon expédition. (Un murmure parcourut la table. Patrick se pencha vers son épouse, chuchota puis se tourna vers Camille qui ne put que lui rendre son regard ébahi.) L'été touche à sa fin et je dois me rendre à l'évidence. Je ne peux plus demeurer ici à la mauvaise saison. Mireille aura la charge de veiller sur la maison d'ici l'été prochain. Profitez bien de la fin des vacances.

Elle s'assit, attrapa sa fourchette et replongea dans son assiette. Patrick leva son verre et lança un retentissant « À Manée ! » que la famille reprit en chœur.

Camille, elle, tentait de comprendre. Manée l'avait officiellement présentée comme sa biographe. Une biographe qui devait la conduire à Bordeaux. Mais Manée avait dit à Camille vouloir se rendre *quelque part* sans que sa famille soit impliquée. Bordeaux était-il réellement ce *quelque part* ? Quant à sa décision de quitter le château… Camille n'y croyait pas. Pourquoi Manée aurait-elle changé d'avis subitement, elle qui refusait seulement d'envisager un départ ? *Ce qui a changé, c'est que je suis arrivée. Moi, mes questions… et ma voiture.*

Les conversations avaient repris autour de la table, avec peut-être plus d'entrain encore. Seule Sophie semblait attristée par ce départ annoncé. Patrick avait rejoint sa mère et son sourire disait tout son soulagement et sa satisfaction. Manée se contentait de hocher la tête.

Elle a décidé de fuguer, réalisa Camille. *Et je suis son ticket de sortie.*

Fallait-il prévenir la famille ? les alerter ? Pouvait-on reprocher à une vieille dame de faire des projets sans en prévenir ses proches ? Pouvait-on lui reprocher, à elle, de permettre cette escapade ? Camille tourna et retourna ce problème dans son esprit jusqu'à ce qu'elle réalise qu'il était insoluble. Manée avait été claire : elle ne parlerait de Mamie qu'à la condition que Camille se taise. *Je me suis fait avoir. Je suis venue chercher la vérité… et me voilà coincée dans un nouveau mensonge !*

9

La Petiote

— Je ne vous dois aucune explication. Vous conduisez, je parle, c'est tout. Et si je vous reprends à interroger mes proches comme hier soir, notre contrat sera purement et simplement annulé. Est-ce clair ?

Camille hocha piteusement la tête. Elle avait tenté d'ouvrir le dialogue au sujet de ce qu'elle pensait être une fugue. Manée lui avait passé un savon en bonne et due forme. Si la jeune femme avait espéré plus de rondeur dans leurs échanges suite à la conclusion de leur accord, elle savait désormais à quoi s'en tenir : pour obtenir des réponses, il lui faudrait endurer les lubies de la vieille dame sans broncher. *Je me tais et je conduis, compris.*

— Vous avez vos questions ? demanda Manée. Lisez.

Camille extirpa de sa poche un morceau de papier et énonça :

« Quand et comment avez-vous rencontré Mamie ? »

« Pourquoi Mamie a-t-elle quitté la Normandie ? »

« Qui est dessiné sur le tract ? »

« D'où vient la bague ? »

« Qui était le père de ma mère ? »

« Est-il toujours en vie ? »

Debout face à la baie vitrée de son bureau, Manée n'émit aucun commentaire. Elle dit seulement :

— Allez voir Mireille en cuisine, elle vous y servira votre petit déjeuner. Nous partons à neuf heures. D'ici là, vous ne parlez à personne.

Camille avait passé la nuit dans une petite chambre du deuxième étage et les grincements de la vieille demeure, les tintements occasionnels des carillons géants, les pleurs répétés du petit Luc et les chants des oiseaux avaient découpé son sommeil en trop de fragments pour qu'elle se sente reposée. Pourtant ni la fatigue, ni l'échange houleux avec Manée ne pouvaient entamer sa détermination. *Aujourd'hui, je saurai.*

C'est d'un pas léger qu'elle gagna la cuisine puis, son café bu et ses tartines avalées, sa chambre pour récupérer son sac. À neuf heures elle déposait ce dernier dans sa voiture, inspirant avec délice l'air frais de cette belle matinée. Le même sentiment d'heureuse anticipation la portait tandis qu'elle retournait, houspillée par Manée, chercher les bagages de la vieille dame.

— Cette voiture est un vrai capharnaüm, grogna Manée après que Camille eut hissé ses deux grosses valises dans le coffre. Vous dormez là-dedans ?

Elle montrait du menton les sièges arrière où s'entassaient plusieurs coussins et plaids.

— Je… Non, c'était pour un projet à l'école, nous avons fait…

— Peu importe, la coupa Manée. Du moment qu'il n'y a pas de puces.

La presque nonagénaire s'inséra avec difficulté sur le siège passager et déposa sa canne sur le côté. Elle serrait sur ses genoux un gros sac à main de cuir fauve.

— On se met en route, ou bien ? Je ne tiens pas à ce que ma famille débarque. J'ai horreur des adieux. (Camille s'installa derrière le volant, mit le contact.) Direction Bordeaux. Vous avez votre machin pour enregistrer ? Alors mettez-le en route, je ne répéterai pas.

— Ce qu'il faut comprendre, c'est que votre grand-mère et moi avons grandi dans une drôle de période. Aujourd'hui, on appelle ça l'entre-deux-guerres mais à l'époque il y avait simplement eu une guerre, la Grande Guerre, et elle avait fait tellement de dégâts qu'on n'envisageait pas que ça puisse recommencer. On répétait : « Plus jamais ça. » 14-18 était « la *der des der* ». Si bien que quand une nouvelle guerre a été déclarée, le 3 septembre 1939, on estimait que ce serait réglé vite fait bien fait. Personne ne voulait d'un nouveau massacre et de toute façon, on était convaincus que notre armée était la plus puissante du monde.

Manée marqua une pause, Camille délaissa un instant la route pour l'observer. L'artiste avait fermé les yeux, les mains toujours serrées sur son sac.

— Voulez-vous cesser de faire des zigzags ? s'agaça Manée. Occupez-vous de la route au lieu de me regarder.

De longues minutes passèrent, seulement troublées par le bruit du moteur. Camille s'était engagée sur l'autoroute qui s'étirait toute droite entre les pins. Le ciel sans nuages promettait une chaude journée. La jeune femme n'osait pas questionner la vieille dame mais commençait à craindre qu'elle se soit endormie. Puis sa passagère reprit :

— Les pères, les fils, les oncles, les cousins… tous ceux qui étaient en âge, qui n'étaient pas trop esquintés et dont les familles, les champs ou les usines pouvaient se passer, sont partis. Pas la fleur au fusil comme en 1914, mais avec une certaine confiance. La suite vous la connaissez, du moins je l'espère. Et le 22 juin 1940, c'était l'armistice et avec lui débutait l'Occupation. Arrêtez de gigoter sur votre siège ! (Camille se retint de bouger et crut apercevoir, du coin de l'œil, une moue amère sur le visage ridé de Manée.) Vos arrière-grands-parents habitaient dans la Manche, où ils tenaient un café. Lui avait été envoyé au front en 1940 et fait prisonnier. Il a été libéré en 1943. Ça arrivait parfois, qu'on renvoie des prisonniers chez eux. S'ils étaient très malades, si leur famille ne pouvait plus se passer d'eux, ou pour d'autres raisons plus obscures. Mais le père de votre grand-mère, c'était pour avoir sauvé un garde allemand dans le camp de travail où il était enfermé. Le garde était tombé dans un lac, il ne savait pas nager. Le père de votre grand-mère a plongé et l'a ramené au bord. On pourrait dire que c'est étrange de sauver son geôlier, mais quand on a connu la guerre, on comprend qu'un homme reste un homme. Et j'ai vu assez d'Allemands pour savoir que la plupart n'étaient que des pauvres bougres comme nous autres. (Nouveau silence. Camille mordit ses lèvres et ne dit mot. Manée reprit, les yeux clos :) Il paraît qu'il riait fort, le père. Votre grand-mère le décrivait comme un homme gai, qui chantait juste et beau. Il était arrivé en France dans les années 20, de l'Italie à la Normandie. Il avait francisé son nom, embrassé ce nouveau pays. Les clients du café l'aimaient, ils ont été heureux de le retrouver. Et votre grand-mère encore davantage. Quand je l'ai rencontrée, elle… (Manée suspendit sa phrase et Camille son souffle.) Personne n'était bien gros, à l'époque. Mais votre grand-mère… on aurait cru qu'en soufflant dessus elle allait s'envoler. Une petite crevette maigrichonne, voilà ce qu'elle était. Moi, je l'appelais « la Petiote ». Je l'ai toujours appelée comme ça, d'ailleurs, même après. Vous savez, les privations pendant l'Occupation, c'était quelque chose. Dans les campagnes, encore, on se débrouillait. Mais en ville, c'était…

— Mais son père ? la coupa Camille. Ses parents, le café ? Que s'est-il passé ?

Manée fit claquer sa langue, le front plissé par la contrariété. Camille regretta aussitôt son interruption mais il était trop tard.

— Je m'arrête là, décréta la vieille dame.

— S'il vous plaît, non ! Je suis désolée ! Je ne recommencerai pas.

— Je suis fatiguée. Réveillez-moi quand nous arriverons rue Berruer.

Camille soupira, programma le GPS et ravala sa déception. *Je sais. Je me tais, je conduis. Et je ramasse les miettes qu'on veut bien me lancer.*

Manée n'avait encore répondu à aucune de ses questions. Camille avait certes obtenu quelques détails sur son arrière-grand-père. *Un homme gai qui aimait chanter*. Le genre d'homme qui plonge pour sauver un ennemi. Un homme bon, sûrement. Et les racines italiennes, elle n'en avait jamais entendu parler. Sa mère Angèle verrait-elle dans ses cheveux d'ébène un héritage du passé ou serait-elle encore plus fâchée ? De quel nom italien pouvait dériver Lemonnier ? Et puis il y avait le café. *Déjà le café*. Angèle avait souvent évoqué le bistrot de Menton où son frère et elle prenaient leur goûter, enfants. Ils faisaient leurs devoirs sur les banquettes de skaï usé, attendant que leur mère termine son service. Si Mamie avait postulé dans ce café, quand elle était arrivée dans le Sud-Est, ce n'était pas un hasard. Elle avait grandi dans un établissement de ce genre, y avait peut-être travaillé avec ses parents. Mais entre-temps ?

Les réponses étaient si proches, juste cachées là, derrière les paupières closes et les lèvres serrées de la vieille dame. L'inquiétude gagna Camille. Bordeaux approchait déjà. Combien de temps devait durer ce voyage ?

10

En voiture, Simone

Sur la gauche, des échoppes typiquement bordelaises, leurs portes de bois cachées par des rideaux rayés qu'aucun souffle n'agitait. Sur la droite, un bâtiment flambant neuf de quatre étages, tout de verre et de pierre claire, réverbérant le soleil au zénith. Au milieu, la rue Berruer, un monospace bleu clair, et Camille bénissant l'inventeur de la climatisation.

Manée avait dit : « Ne bougez pas, je vais saluer mon amie Simone. » Camille se souvenait d'avoir entendu ce nom le premier jour. Patrick avait proposé à Manée de rejoindre Simone, Manée avait ricané. « Elle s'ennuie comme un rat mort dans son machin, Simone ! » Camille devait donc être garée devant le *machin* en question. Un Ehpad : établissement d'hébergement pour personnes âgées dépendantes. Mamie lui avait parlé de ces maisons de retraite médicalisées, elle s'y rendait souvent pour visiter d'anciennes voisines, ou des connaissances de la paroisse. *Il existe finalement quelques points communs entre Manée et Mamie. Peut-être bien que c'était Simone, le but de l'escapade.*

Quand Manée reparut, Camille poussa un soupir soulagé. *Ça n'a pas été long.*

Quand Camille réalisa que Manée poussait son amie installée dans un fauteuil roulant, elle fronça les sourcils : *Elles vont se promener ?*

Quand Manée lui fit signe de les rejoindre sur la rampe d'accès, Camille commença à paniquer : *C'est pour quoi, les bagages ?*

— Prenez les sacs, ordonna Manée. Non, prenez le fauteuil, je prends les sacs. Non, prenez tout. (Camille s'exécuta tandis que Manée continuait à aboyer.) Voiture. Ouvrez le coffre. Les sacs. La portière arrière. Aidez-la, voyons ! Pliez le fauteuil. Non. Non. Pas comme ça ! Que vous êtes godiche…

Ce n'est qu'une fois installées toutes trois dans le véhicule, le fauteuil enfin plié et rangé près des valises, que Manée retrouva son sourire. Tournée vers son amie à l'arrière, elle jeta un joyeux :

— En voiture, Simone ! Puis à Camille : Au Grand Hôtel, et que ça saute !

— Quel grand hôtel ?

Manée soupira et confia à Simone :

— Ce n'est pas le couteau le plus aiguisé du tiroir, mais on s'en accommodera. (Puis à Camille :) Place de la Comédie. Roulez.

Camille roula donc. Et plus elle roulait, plus elle souriait. Elle ne comprenait pas ce qui se jouait entre les deux vieilles dames, mais le revirement de situation lui paraissait des plus réjouissants : tandis que Manée déployait des trésors de douceur et d'enthousiasme, son amie se murait dans un mutisme buté.

— Tu vois, Momone ! Je t'avais dit que je te sortirais de là ! (Silence de l'intéressée.) Une petite permission, reconnais que c'est formidable. (Moue renfrognée.) Enfin, Simone, on va s'amuser !

— La barbe !

Camille aurait éclaté de rire si Simone n'avait persisté à lui adresser des regards noirs dans le rétroviseur. Quoi que Simone puisse reprocher à Manée, elle semblait aussi tenir Camille pour responsable.

— Tu ne vas quand même pas bouder ? s'agaça Manée. On est dehors, on est ensemble, il fait beau…

Camille profita d'un feu rouge pour observer à la dérobée sa nouvelle passagère. Elle semblait aussi âgée que Manée, plus menue et surtout beaucoup plus petite. Des cheveux gris acier coupés en carré encadraient un visage mat et sillonné de rides. Un gilet rouge couvrait en partie un chemisier crème boutonné très haut. Une touche de rouge à lèvres sur la bouche fine au pli dédaigneux, un soupçon de mascara au-dessus des yeux perçants. Et toujours ce regard orageux. La vieille dame, mécontente, fourrageait dans les couvertures et les coussins.

— Cette voiture… qu'est-ce que c'est, une roulotte ?

— Ça ne durera pas, la rassura Manée. Nous irons nous promener sur les quais, tu veux ?

À nouveau, le silence. Manée se tortilla sur son siège, Camille se concentra sur le GPS, Simone continua à repousser les plaids en grommelant. Puis la voix froide de la vieille dame s'éleva du siège arrière :

— Peux-tu me dire pourquoi ton arrière-petite-fille se cache sous un duvet ?

11

Les voyages forment la jeunesse

La bordée de jurons que lâcha Manée aurait écorché des oreilles plus aguerries que celles de Sophie. Fort heureusement, la petite fille ne les entendit pas : elle dormait. Elle avait essayé de lutter contre l'engourdissement mais le ronronnement du moteur, les vibrations de la route et le moelleux des couvertures avaient eu raison de sa volonté. Recroquevillée sur le plancher derrière le siège de la conductrice, bercée par les paroles étouffées de son arrière-grand-mère, elle avait rapidement sombré dans un sommeil profond et nécessaire.

Il faut dire que l'enfant avait passé une nuit agitée. L'annonce de Manée au dîner ne l'avait pas réjouie. Sophie aimait son aïeule, malgré ses sautes d'humeur et ses manières brusques. Ou plutôt à cause d'elles : Manée ne cherchait jamais à gagner du temps, à lui faire miroiter des choses qu'elle ne pouvait lui donner. Quand Manée était fâchée, elle criait ; quand Manée voulait quelque chose, elle le disait ; c'était brutal mais facile à décoder. Que resterait-il à Sophie, sans Manée ? Des parents occupés, Bonne-maman et ses parties de croquet, des oncles et tantes venus « se reposer », ses insupportables cousins… et toujours pas de plage.

Sophie avait donc rejoint son lit le cœur lourd, la veille, et le crapaud qu'Hanae et Hiro y avaient caché n'avait pas allégé son humeur. Elle avait dû redescendre l'escalier et sortir en pyjama pour rendre sa liberté à la pauvre bête et elle n'aimait pas déambuler la nuit dans la vieille maison. Trop de craquements, trop de visages qui la suivaient sur les tableaux accrochés aux murs, trop de bruissements étranges dans le parc.

La petite fille s'apprêtait à retourner dans le salon lorsqu'elle avait entendu la voix de Manée : « Retrouvez-moi à huit heures. Et en silence, je ne veux pas que vous réveilliez ma famille. » Camille avait murmuré quelque chose puis le plancher avait grincé. Sophie avait attendu que Camille ait monté l'escalier, que Manée ait rejoint son bureau, pour se faufiler à l'étage. Et c'est là que le plan avait germé.

Sa mise à exécution, au matin, avait été d'une simplicité déconcertante. Il avait suffi à l'enfant de suivre discrètement Camille au moment où elle chargeait son sac dans le coffre, de se cacher derrière les hortensias tandis que la jeune femme retournait chercher les bagages de Manée, et de se glisser à l'arrière du monospace resté ouvert avant qu'elle ne revienne. Un tas de couvertures et de coussins gisait opportunément sur la banquette arrière, elle en avait rabattu quelques-uns sur elle pour se dissimuler. Et c'était tout. Serrant son sac à dos et une brioche dérobée en cuisine, Sophie avait attendu le cœur battant qu'un obstacle se dresse sur son chemin. Mais personne n'était venu : ni parent inquiet, ni cousin fouineur, pas même Mireille qui n'appréciait pourtant pas qu'on chaparde ses provisions. Quand Camille avait démarré et Manée ordonné : « Direction Bordeaux », la fillette s'était retenue d'éclater de rire. Adieu les vacances ennuyeuses et bonjour l'aventure !

Évidemment, au moment où l'enfant ouvrit les yeux et découvrit Simone penchée au-dessus d'elle, l'aventure lui parut tout de suite moins assurée. La voiture ne roulait plus ; Simone fronçait tellement les sourcils qu'ils se rejoignaient ; et Camille et Manée parlaient si fort et si vite toutes les deux qu'on ne comprenait plus rien. Il fallut que Simone crie : « Taisez-vous ! » pour que le silence revienne dans l'habitacle. La vieille dame ajouta : « La gamine est réveillée » et deux têtes supplémentaires se tournèrent vers l'enfant qui, s'extirpant de sa cachette, s'assit sur la banquette arrière. Sophie repoussa sa frange de la main, prit une grande inspiration, tenta de se rappeler les arguments préparés la nuit précédente. Mais tout ce qu'elle trouva à dire fut : « J'en ai marre que mes parents s'occupent pas de moi » avant de fondre en larmes.

La colère qui avait enflé dans la voiture retomba comme un soufflé. Les trois femmes regardaient la fillette aux yeux mouillés, sanglotant dans son combishort froissé, des miettes de brioche dans les cheveux. Les sourcils de Simone reprirent leur indépendance, Manée soupira, Camille se mordit les lèvres. Et Sophie, sentant que tout n'était pas perdu, tenta d'expliquer l'ennui, le croquet, la plage, Manée.

Camille se sentait partagée. Elle se revit à dix ans, barbotant dans la Méditerranée avec son père, partageant le dernier churro ensablé avec sa sœur, chassant les coquillages avec sa mère. Et le soir, tous les soirs de ces si belles vacances, ses parents se disputaient. *Pourquoi on ne peut jamais tout avoir ? Pourquoi les parents trouvent toujours un moyen de merder ?*

Son premier élan était d'offrir à Sophie les vacances espérées mais elle ne voyait pas comment concilier les désirs de l'enfant avec ses propres besoins. Il fallait que Manée parle de Mamie. L'arrivée de Simone risquait déjà de perturber ses plans, elle n'avait aucune envie de voir la vieille artiste s'éparpiller davantage. Dans le silence qui avait à nouveau envahi la voiture, Camille commença :

— Sophie, je sais que c'est difficile mais…

— Vous, on ne vous a pas sonnée, coupa Manée. Momone, tu en penses quoi ?

Camille et Sophie se tournèrent vers Simone d'un même mouvement, l'une anxieuse et l'autre emplie d'espoir.

— Je ne me prononce pas.

— Si vous voulez mon avis…, reprit Camille.

— On ne le veut pas.

— Mais si on la ramenait aujourd'hui, insista la jeune femme, il suffirait d'expliquer…

— On ne rentre pas ! (Elle se tourna vers Simone.) Si Patrick te voit, il va comprendre et te renvoyer là d'où tu viens. J'ai réussi à te kidnapper une fois, je n'y arriverai pas une seconde fois.

— Kidnapper ? s'étrangla Camille.

— Ce que vous pouvez être agaçante… Kidnapper, c'est une façon de parler. Et puis cette discussion ne vous concerne pas. Redémarrez et conduisez, au lieu de dire des âneries. Quant à toi, Sophie… tu peux rester. Mais quand je te dirai que c'est fini, ça sera fini. Et tu ne protesteras pas. Tu as compris ?

La fillette étouffa un cri de joie et hocha vivement la tête. Puis elle jeta un regard triomphal à Camille dans le rétroviseur.

Oui, oui, je me tais et je conduis, songea Camille, amère. *Je la boucle et je véhicule tout le gang des fugueuses.*

— Est-ce que je peux au moins faire une suggestion ? demanda-t-elle en regagnant la circulation.

— Essayez toujours.

— Il serait peut-être bon de prévenir les parents de Sophie. Pour qu'ils ne la cherchent pas partout, par exemple.

Sophie eut beau protester qu'elle avait laissé un mot à leur intention, Manée se rangea tout de même à l'avis de Camille. L'octogénaire n'ayant pas de portable, elle emprunta celui de l'enfant qui lança l'appel et lui tendit l'appareil en annonçant : « Répondeur. Tu peux laisser un message. » Et tandis que Manée expliquait au répondeur que Sophie était en sécurité, que les voyages forment la jeunesse, et qu'elle la renverrait prochainement, Camille se demanda à quel moment de ce *prochainement* elle commencerait à obtenir des réponses.

12

Cette belle et dure année 1955

La seule fois où Camille était entrée dans un hôtel aussi luxueux que le Grand Hôtel, elle postulait en tant que femme de chambre et n'avait même pas été retenue. Elle était alors étudiante et courait après les petits boulots pour payer son studio niçois. Elle n'aurait pas imaginé, à l'époque, pouvoir un jour louer deux suites dans un établissement de ce genre. Elle y aurait encore moins cru si on lui avait annoncé qu'elle réglerait ces suites *cash*.

Manée avait exigé, dès la voiture garée, de se rendre dans une succursale de sa banque. Elle en était ressortie munie d'une énorme liasse de billets qu'elle avait confiée à une Camille éberluée en déclarant, comme s'il s'était agi d'un paquet de mouchoirs : « Gardez-moi ça, ça peut servir. »

Depuis, Camille ne pouvait s'empêcher de jeter des regards inquiets autour d'elle. Même assise dans le restaurant étoilé de l'hôtel, coincée entre le fauteuil roulant de Simone et la chaise de Sophie, elle restait sur le qui-vive et songeait que si c'était là la richesse, elle préférait de loin son statut habituel à ce mélange d'anxiété et de suspicion.

Manée en revanche se montrait enjouée, Sophie affichait un air radieux et même Simone s'était détendue, un léger sourire étirant ses lèvres fines.

— Tu ne lui as jamais raconté ? demanda Simone à Manée, tirant Camille de ses préoccupations pécuniaires.

— À toi l'honneur, répliqua Manée. Sophie, Momone va te narrer la rencontre de deux femmes d'exception.

Camille, qui n'avait pas suivi le début de la conversation, se hâta d'attraper le dictaphone et l'enclencha discrètement. Simone se redressa sur sa chaise et débuta son récit :

— 1955 vit naître Bill Gates et Steve Jobs, mourir Albert Einstein et James Dean. Ce fut également l'année où Rosa Parks dit « non », celle où les Platters chantèrent *Only You*, mais ce qui devait me marquer le plus, en cette belle et dure année 1955, fut l'apparition d'une certaine personne par un sombre après-midi d'automne.

Sophie ouvrait de grands yeux, captivée par la voix profonde et la diction impeccable de la petite femme aux cheveux gris. Manée sourit et invita son amie à poursuivre.

— Imagine une silhouette fine, gracieuse, se dessinant sur le gris d'une rue pavée. Une robe corolle de carreaux blancs et noirs, un chapeau conique planté avec impertinence sur la tête, un long cou et d'encore plus longues mains gantées de blanc. Dans les bras de cette apparition dont je ne voyais du visage que le menton, une enfant, blonde et rose. À ses côtés, un chérubin de boucles dorées, sa valisette à la main.

— Papy Patrick ! s'exclama Sophie.

— Patrick, Claudine et Renée, approuva Simone. Tous les trois charmants comme des images de magazine… mais plus trempés que la Garonne. Il pleuvait fort ce jour-là et la gardienne de mon immeuble étant un peu sourde, elle n'avait pas entendu leurs coups répétés sur la porte. C'est moi qui suis allée leur ouvrir. C'était rue Ausone, non loin d'ici. (Le regard des deux vieilles dames s'égara quelque part vers la droite de la salle. Sophie pressait déjà Simone de continuer.) J'ai fait rentrer ta Manée dans l'immeuble, qui était alors le plus miteux de la rue. L'eau gouttait de son chapeau sur les carreaux et le petit Patrick éternuait sans cesse, par salves de trois.

— Il fait toujours ça ! dit Sophie.

— La petite pleurait, Manée criait et moi, je me demandais pourquoi ces trois bruyants et dégoulinants personnages débarquaient sur mon palier avec une valisette d'enfant, un sac de voyage et un carton à dessins.

— Tu avais une drôle d'allure aussi, je te signale, objecta Manée. Tout ce que j'ai vu de toi, c'est une affreuse robe de chambre, une masse de cheveux hirsutes et deux grands yeux féroces. S'il n'y avait pas eu les enfants, je suis sûre que tu m'aurais fichue à la porte !

— Et j'aurais fait une belle bêtise, opina Simone. Tu vois, Sophie, il vaut mieux ne pas juger les gens trop vite. Si je m'étais arrêtée à ma première impression, je serais passée à côté de la plus belle amitié de ma vie. Toujours est-il que l'apparition, à force de cris et de colère, fit un malaise. Elle eut tout juste le temps de me coller la petite dans les bras avant de s'effondrer au sol. Ce que je ne savais pas, à ce moment-là, c'est qu'on l'avait fait trotter toute la matinée d'un bout à l'autre de Bordeaux, ses enfants en bandoulière en plus des bagages, en lui promettant des logements qui ne s'avéraient finalement jamais vacants. Elle était à bout. Aussi à bout qu'on peut l'être, malgré sa jolie robe, son chapeau chic et ses gants plus très blancs.

— Mais tu venais d'où, Manée ? demanda la petite fille.

— De Normandie.

— Pour… voir papy Etcheverry ?

— Je ne le connaissais pas encore, Sophie.

L'enfant fronça les sourcils avant de réaliser son erreur :

— Ah oui… C'est vrai que papy Etcheverry c'était pas le vrai papa de papy Patrick. Continue, Simone ! Après, vous avez fait quoi ? Vous êtes devenues copines ?

— Voisines, d'abord. Quand la gardienne a fini par nous rejoindre, elle a bien voulu louer un appartement à Manée. Un taudis, d'ailleurs. Mais quand les temps sont durs, on se serre les coudes. Ton arrière-grand-mère n'avait presque rien, moi pas beaucoup plus, mais dans un sens, à nous deux, nous avions beaucoup.

La main brune et tachetée de Simone se posa sur la main pâle et veinée de Manée, un regard affectueux liant prunelles délavées et iris sombres.

— On avait traversé des choses difficiles toutes les deux, reprit Simone. Nous avions perdu nos familles. Nous avons trouvé l'une dans l'autre un soutien.

— Et après ? demanda Sophie.

— Après on mange, décréta Manée tandis qu'un serveur déposait sur la table les plats fumants.

Camille coupa l'enregistrement et admira un moment la symétrie de son assiette. Une silhouette chapeautée dansait devant son fenouil braisé au gingembre. Manée en 1955, débarquant à Bordeaux avec ses deux enfants, la même année où Mamie arrivait à Menton avec les siens. Ce n'était pas un hasard. Que s'était-il passé en Normandie ? Qu'est-ce qui avait pu pousser deux mères célibataires à partir si loin, au même moment ?

Camille n'eut pas le loisir de ruminer ces questions. Manée et Simone rejoignirent leur suite après le déjeuner, laissant Sophie aux bons soins de la jeune femme. « Amusez-la », avait dit Manée. Et Sophie, qui n'avait pas tout à fait pardonné à Camille d'avoir voulu la renvoyer auprès de ses parents, prit un malin plaisir à faire courir sa nouvelle baby-sitter aux quatre coins de Bordeaux. Il fallut arpenter les quais, acheter des glaces, gambader sur le miroir d'eau, chercher la rue Ausone, manger des cannelés, monter en haut de la tour Pey-Berland, descendre la rue Sainte-Catherine, traverser la place des Quinconces (en diagonale, deux fois), prendre le tram, saluer les bateaux, le tout sous un soleil si ardent que Camille se sentait fondre même à l'ombre.

Vers dix-neuf heures, Sophie décida qu'elle s'était assez amusée. Elle glissa sa main dans celle de Camille et décréta qu'elle ne lui en voulait plus. Camille, qui avait enduré ces pérégrinations en se répétant : *C'est pour la bonne cause*, poussa un long soupir de soulagement. Elle avait beau passer ses journées de travail avec des bambins, aucun ne l'avait autant épuisée que cette enfant-là. Au fond d'elle-même, elle espérait que ses efforts seraient récompensés et que Manée, satisfaite de la façon dont elle s'était occupée de sa descendance, voudrait bien la gratifier de quelques réponses.

Mais comme elle ne tarderait pas à le découvrir, Manée ne suivait jamais d'autres plans que les siens.

13

Toutes les vies sont des romans

— Ma première exposition… je l'ai faite à deux pas d'ici, à vrai dire. J'avais offert à notre logeuse, en guise d'étrennes, un portrait de sa nièce. Je ne pouvais guère faire mieux à l'époque. Il se trouve qu'elle connaissait quelqu'un, qui connaissait quelqu'un, qui connaissait un galeriste. Le portrait est remonté jusqu'à lui et il a voulu monter une exposition. J'y étais vraiment allée à reculons, je n'imaginais pas… Pourquoi vous n'enregistrez pas, vous ?

Camille sursauta. De retour dans le restaurant du Grand Hôtel, les trois femmes et l'enfant attablées devant un nouveau repas gastronomique, Manée avait repris la narration de ses premières années à Bordeaux. Camille mâchonnait sa déception et boudait son assiette.

Manée avait refusé de lui parler en privé. Elle ne l'avait même pas remerciée pour l'après-midi passé avec Sophie. Elle n'avait fait que murmurer, en frappant le sol de sa canne : « C'est moi qui décide ce que je dis et quand », avant de lui ordonner de pousser le fauteuil de Simone.

Fourbue autant que vexée, Camille enclencha le dictaphone, non sans adresser un regard noir à la vieille dame qui l'ignora superbement.

— Je ne pensais pas vendre quoi que ce soit, reprit Manée. J'avais dû dessiner et peindre à la va-vite pour honorer cet engagement, je n'étais pas satisfaite de moi. Mais Momone pensait que ce serait une bonne opportunité, elle avait proposé de garder les enfants… Je me suis donc rendue au vernissage en traînant les pieds. Il faisait un froid de gueux et la salle était pleine de courants d'air. J'ai détesté ça tout de suite. Tous ces gens qui regardaient mes dessins, mes tableaux, qui faisaient leurs commentaires en buvant du mauvais vin. Et qui m'observaient, moi ! Détaillant ma tenue, mon allure, posant des questions… Détesté ! Si bien qu'à la vingtième personne qui me demandait si j'étais « l'artiste » en fronçant le nez, j'ai répondu que non. Et je me suis juré qu'à moins de vendre l'intégralité des œuvres, je ne referais plus jamais une chose pareille.

— Et alors ? demanda Sophie. Tu en as vendu, des œuvres ?

— Toutes ! Je n'ai jamais compris comment. Le premier jour, c'est un pastel qui est parti. Le deuxième jour, deux petites toiles. Le troisième, presque tous les dessins. Et le quatrième, il ne restait plus rien.

— Waouh ! Trop forte, Manée !

— Le galeriste était content. Moi, beaucoup moins parce que sa commission ne me laissait pas grand-chose. Mais ces premières ventes nous ont payé des manteaux et du bois pour finir l'hiver, une robe de chambre correcte pour Momone, et du matériel pour peindre et dessiner davantage.

— Alors tu as fait plein d'autres expositions !

— Aucune. (Sophie écarquilla les yeux et Manée corrigea.) Il y a eu des expositions, bien sûr. Mais je n'y suis plus jamais allée. Pas en tant qu'artiste, en tout cas. (Et avec un clin d'œil pour son amie elle ajouta :) Momone faisait ça très bien.

— Cette tête de mule refusait de se montrer, grimaça Simone. « Va serrer des mains, Momone », disait-elle. « Va séduire les acheteurs, va parler des influences qui ont nourri ta jeunesse d'artiste. »

— C'est Simone qui faisait l'artiste ? s'étonna Sophie.

— Avec un talent indéniable.

— Mais pourquoi ?

— Je te l'ai dit, je détestais ça. Mon truc, c'était de faire, de créer. La suite ne m'intéressait pas. De 1956 à… quoi… 1965 ? Simone fut mon visage. Ensuite, elle a commencé à écrire, à donner des conférences, à gagner sa propre notoriété en somme, et nous avons dû stopper la mascarade. Mais j'étais alors suffisamment célèbre pour qu'on me passe mes caprices et qu'on n'exige plus de moi que j'apparaisse en personne.

— Mais je croyais que tu avais rencontré papy Etcheverry à une de tes expositions.

Manée adressa à l'enfant un sourire plein de tendresse.

— C'est vrai. Il avait même acheté une toile. Une toute petite toile représentant le pont de pierre, à Bordeaux. Elle était affreuse mais il n'a jamais voulu s'en défaire.

— Mais il savait pas que c'était toi qui avais peint ?

— Écoute bien ça, Sophie. Et vois comme la vie est drôle. C'était en mai 1956. Simone était à l'exposition, j'avais fait un passage éclair le matin pour voir comment ça fonctionnait. J'avais les deux enfants avec moi, Claudine dans les bras et Patrick qui trottinait à côté en mangeant une pomme. Une connaissance devait nous récupérer tous les trois et nous emmener à un rendez-vous de l'autre côté de Bordeaux. Michel, il s'appelait. Et Michel avait une voiture blanche, une Peugeot 203. On attendait donc que Michel arrive devant la galerie mais Patrick s'est mis à me tirer par la robe en montrant une voiture garée plus loin. Une 203 blanche. On s'approche. Pas de Michel. La petite avait faim, il fallait que je la nourrisse, alors on s'est installés dans la voiture et j'ai commencé à l'allaiter. Patrick grignotait sa pomme sur le siège arrière. Et d'un coup la portière côté conducteur s'ouvre, un homme monte. Sauf que ce n'était pas Michel.

— C'était papy Etcheverry ! s'écria la fillette en battant des mains.

— Gagné ! Luc Etcheverry qui trouve dans sa voiture une femme inconnue, un bébé au sein et un garçonnet au museau sucré. Il ne s'est pas démonté. Il a posé un tableau sur le siège arrière. Mon tableau. Il a dit bonjour très poliment, a serré la main de Patrick, a attendu que je me sois reboutonnée pour serrer la mienne. Et nous a demandé si nous avions besoin d'être déposés quelque part. Il nous a emmenés au rendez-vous. Il a attendu pour nous raccompagner rue Ausone. Le lendemain, il m'invitait à dîner. Et six mois plus tard nous étions mariés. Tout ça parce qu'un matin, mon fils nous a fait grimper dans la mauvaise 203.

— Il est trop fort, mon papy !

— Il a eu ses bons moments, admit Manée.

— C'est beau, soupira Camille qui s'était finalement laissé prendre au récit de la vieille dame. Votre fils a raison, votre vie tient du roman.

Manée leva les yeux au ciel en pinçant les lèvres, sa bonne humeur évaporée.

— Voilà bien le genre de sottises que peut dire mon imbécile de fils. *Toutes* les vies sont des romans.

— Oui mais la vôtre…

— Pas plus la mienne qu'une autre. *Toutes* les vies. Il suffit de s'y intéresser.

Simone tenta un geste d'apaisement mais Manée ne décolérait pas. Camille se ramassa sur sa chaise, Sophie lui jeta un regard impuissant et la vieille dame s'emporta de plus belle :

— Mais mon benêt de fils, avec ses grands airs… Il trouve ma vie *romanesque* ? Ce prétentieux… Ce pompeux… Ce traîne-savate de misère ! Ça ne l'empêche pas de vouloir me claquemurer dans un mouroir ! Romanesque… Je t'en ficherais, du romanesque !

— Je crois qu'il est temps d'aller se coucher, dit brusquement Simone. Camille, veuillez emmener Sophie. Vous partagerez sa chambre. Je me charge de Manée.

La jeune femme et l'enfant quittèrent la salle la tête basse. L'esclandre de Manée n'était pas passé inaperçu, des chuchotements les accompagnèrent jusqu'à la porte du restaurant.

— Ton papy Patrick…, débuta Camille, sans trop savoir comment formuler sa pensée.

— Il soûle trop Manée. C'est parce qu'il l'oblige à quitter la villa. Il dit tout le temps des trucs comme : « Tu peux pas faire ci, t'es trop vieille pour ça. » En fait, être vieux, c'est comme être un enfant. Tu peux rien décider. Sauf que moi j'ai pas eu le temps de m'habituer à décider alors qu'elle si. Tu vois ? (Camille opina, un sourire aux lèvres.) Elle restera pas fâchée longtemps. Elle se fâche et puis elle se défâche, c'est tout le temps comme ça. On peut faire un jeu avant de dormir ?

Camille n'eut pas à jouer longtemps. Après une partie de cache-cache dans leur immense suite, la petite fille commença à bâiller. Camille l'envoya se brosser les dents, proposa de lui raconter une histoire. Les trois petits cochons n'avaient pas même fini leur maison que Sophie dormait, un bras sur les yeux et l'autre autour d'un oreiller, sa tignasse brune déployée sur le drap blanc.

Camille, elle, n'avait aucune envie de dormir. Trop d'émotions la chahutaient, trop de frustration aussi. Elle ignorait toujours le programme du lendemain. Faudrait-il, à nouveau, « amuser » Sophie ? Reprendraient-elles la route ? Et si oui, pour où ? Manée parlerait-elle de Mamie si la fillette était dans la voiture ? Et Simone ? Allait-elle réintégrer son Ehpad ?

La jeune institutrice ôta ses sandales, sa robe légère, et enfila un t-shirt bariolé qui lui servirait de pyjama. Si le voyage devait durer, il lui faudrait faire une lessive. Elle repoussa cette idée et attrapa son téléphone. Sa mère n'avait toujours pas rappelé. Avait-elle seulement écouté ses messages ? *J'ai retrouvé Renée et elle continue de m'ignorer. Ce serait bien qu'elle se défâche, elle aussi.*

Camille brancha le portable et s'allongea sur son lit, les yeux rivés à la fenêtre. La nuit était tombée sur la place de la Comédie, la rue Ausone, le pont de pierre et le reste. Camille se demanda si Mamie aussi était passée par Bordeaux à l'automne 1955. Si comme Manée, elle avait débarqué dans sa nouvelle vie avec « presque rien ». Manée avait trouvé ici une amie, un mari, une notoriété. Un nouveau nom. *Pas étonnant que le notaire ait galéré à retrouver Renée Marin épouse Roussel. Que Mamie n'ait jamais réussi. Ça fait plus de soixante ans qu'elle s'appelle Etcheverry.* Une bouffée de colère envahit Camille en repensant aux paroles de Manée : « Toutes les vies sont des romans, il suffit de s'y intéresser. » *Mais je ne demande que ça, moi !*

Sans bruit, elle se releva et sortit de sa valise l'urne, disposa autour le tract, l'anneau, la photo, la lettre et le testament. Tous ces indices que seuls pourraient relier les mots d'une très vieille dame irascible et imprévisible. Camille fut tentée d'aller cogner à la porte d'à côté pour les extirper, ces mots, de la bouche de Manée. À la place, et pour la centième fois, elle relut ceux de sa grand-mère.

14

Une vie de lumière

Camille avait commencé sa journée par un massage au spa de l'hôtel, ordonné et offert par Manée. Elle aurait voulu voir dans cette attention un genre d'excuse pour l'esclandre de la veille ou un remerciement pour avoir pris soin de Sophie, mais elle ne pouvait s'empêcher de suspecter ce « cadeau » de cacher autre chose. *Un pot-de-vin*, songea Camille en s'engageant sur l'autoroute. *Elle ne dira rien aujourd'hui alors elle achète ma patience.*

Car Simone n'avait pas regagné son Ehpad, Sophie n'avait pas été renvoyée chez elle. C'est à quatre qu'elles avaient repris la route et la conversation ne tournait qu'autour des deux vieilles camarades. Quant à la destination, elle demeurait un mystère. « Vers le nord ! », voilà tout ce que Manée avait consenti à lui indiquer. Aussi, Camille roulait vers le nord, ballottée entre la gratitude – le massage lui avait fait tant de bien après une nuit trop courte – et un fond de ressentiment. Des rangs de vigne ondoyaient de part et d'autre de la route, très verts sous un ciel toujours aussi bleu. Le trafic était fluide, le matin radieux, une odeur de jasmin flottait dans la voiture. *Comme un départ en vacances*. Camille décida de lâcher prise. Elle voulait croire en la bonne foi de Manée. De toute façon, elle n'avait pas d'autre choix.

— Tu n'as pas une œuvre dans le coin ? demanda Simone, assise à l'arrière au côté de Sophie, alors qu'elles dépassaient la sortie vers Libourne. À Saint-Émilion, non ?

Manée hocha la tête et remonta le sac de cuir fauve qui glissait de ses genoux.

— Un carillon. L'un des derniers. Six mètres trente-quatre, dix-huit tubes, armature aluminium et liège.

— J'aime trop tes carillons ! s'écria Sophie. Surtout celui du parc avec les éclats de miroir ! C'est vrai qu'il y en a partout dans le monde ?

— Pas partout, mais dans plusieurs pays.

— Papy dit que c'est ce qui coûte le plus cher, genre des millions et des millions. C'est vrai ?

— Ton grand-père est une courge, grommela Manée. Qu'est-ce qu'on s'en fiche, de leur prix ? L'important c'est qu'ils te procurent du plaisir. Des millions… Comment ai-je pu enfanter une andouille pareille ? Ça me dépasse. Sais-tu seulement pourquoi j'ai fait ces carillons, Sophie ? T'a-t-il dit, ce bougre d'âne, pour qui je les ai créés ? (La petite fille souffla un petit « Non » et Manée pesta à voix basse avant de se tourner – non sans difficulté – vers l'enfant.) Ces carillons, Sophie, comme tout ce qui est vraiment beau dans mon œuvre, tout ce qui m'est le plus cher,

cher au cœur et pas au porte-monnaie, entends-moi bien, ces carillons que tu aimes et que j'adore, je les ai créés pour ta grand-tante Claudine. Parce que rien de vraiment beau ne peut naître sans amour. Tu comprends ? Je n'ai pas créé ces carillons pour la gloire ou pour la fortune. Je les ai créés pour ma fille, pour l'amour de ma vie, pour le soleil de mes jours. Pour mon Ange, elle et rien qu'elle. C'est la seule chose à savoir sur ces carillons, Sophie. Ils faisaient rire ma fille. Et ça, ça…

La voix de la vieille dame s'éteignit, étouffée par un trop-plein d'émotions. Stupéfaite, Camille vit l'octogénaire tamponner ses yeux du revers de sa manche.

— Ma tata Claudine, c'est celle qui est morte il y a longtemps ? demanda Sophie, à qui le trouble de son aïeule avait échappé. L'année où maman est née, c'est ça ?

Le regard délavé de la vieille dame s'égara sur le paysage qui défilait toujours. Y voyait-elle sa fille ? Cherchait-elle, entre les clochers épars et les rangs de vigne, les traits de la jeune femme blonde à l'immense sourire, aux yeux bleus mi-clos, dont le portrait trônait dans son bureau ?

— Elle est partie en 1984, oui, acquiesça finalement Manée.

— Maman m'avait dit. Mais elle m'a pas dit de quoi elle était morte.

Manée serra son sac, repoussa sa canne et soupira :

— J'aurais dû t'en parler plus tôt, Sophie. Parce que le reste de la famille n'aime pas aborder ce sujet. Ta tante Claudine… on n'a jamais su ce qui l'avait emportée. Les médecins n'ont pas voulu chercher, parce qu'elle était malade depuis toujours et qu'elle avait déjà dépassé depuis longtemps le nombre d'années qu'ils lui avaient octroyé. Elle était différente, vois-tu. Exceptionnelle, et mystérieuse. Aujourd'hui, peut-être, on pourrait nous donner un nom pour sa maladie. À l'époque, on ne savait pas. Un problème génétique, ou quelque chose qui avait cafouillé pendant la grossesse. Dans les années 50, 60, même 70, la recherche n'était pas ce qu'elle est aujourd'hui.

— Mais elle était malade comment ? demanda l'enfant. Du cœur, comme Péhèma ?

Manée eut un bref sourire et secoua la tête.

— Non, pas du cœur. Du cerveau. Ça ne fonctionnait pas normalement dans son cerveau. Tu vois, toutes les choses que tu as apprises quand tu étais bébé, comme marcher, parler, réfléchir… Mon Ange n'a jamais su les apprendre.

— Elle marchait pas ? Même à genre… vingt ans ?

— Même à vingt ans.

— Mais… elle courait pas non plus alors ? (Manée secoua la tête.) Et elle pouvait pas nager ?

— Non plus.

— Écrire ? Dessiner ?

— Si on lui mettait un crayon dans la main et une feuille à proximité, elle pouvait gribouiller. Mais je ne crois pas qu'elle le faisait exprès.

— Mais elle devait s'ennuyer !

Camille se mordit les lèvres et jeta un regard à Sophie dans le rétroviseur. Elle aurait voulu faire taire l'enfant. Manée répondit pourtant, avec douceur :

— Je ne crois pas. Tu vois ton cousin Luc ? Il n'a pas l'air de faire grand-chose, il ne sait pas encore se servir très bien de ses mains, il ne se déplace pas tout seul… Pourtant, il vit sa vie de bébé. Il sent l'odeur de ses papas, leurs caresses sur sa peau, le goût du lait dans son biberon. Il voit les choses qui bougent autour de lui, les lumières qui dansent sur les arbres, il entend les voix et les chansons. Les carillons. Il ne s'ennuie pas.

— Alors tata Claudine, c'était… comme un bébé ?

— Comme un bébé dans un corps qui grandissait.

— C'est horrible ! T'imagines, tu peux pas…

— Sophie, stop ! laissa échapper Camille.

Elle n'avait pas pu s'en empêcher. Elle avait souvent été confrontée au manque de tact des enfants, dans sa classe ou ailleurs. Cette innocence l'avait souvent fait sourire, parfois embarrassée, mais rarement autant peinée. Elle voulait protéger Manée… mais fut récompensée par un regard furieux de la vieille dame.

— Sophie a le droit de s'exprimer ! Pourquoi ça te semble horrible, Sophie ?

L'enfant, avec le cri de Camille, avait pris conscience de sa maladresse. Elle chercha ses mots un moment.

— Ben… Je veux dire… C'est peut-être pas… vraiment horrible mais quand même…

— Peut-être parce que tu t'imagines, toi, privée de tout ce que tu sais faire. Mais bébé Luc ? Tu penses qu'il trouve sa vie horrible ?

— Non… Mais il pleure quand même beaucoup. Elle pleurait beaucoup, tata Claudine ?

— Ça lui arrivait. Mais je crois que la plupart du temps, elle était bien. Détendue, souriante. Heureuse, je crois.

— Mais pas tout le temps.

— Et toi, tu es tout le temps heureuse ? (L'enfant admit que non.) Ce que tu dois comprendre, Sophie, c'est qu'il n'y a pas qu'une façon d'être heureux. On peut être en parfaite santé et triste comme les pierres. On peut être « anormal » et avoir une vie de lumière. Tu croiseras des tas de gens dans ta vie, et tu ne devras pas, jamais, te croire supérieure sous prétexte qu'ils sont différents. Ma fille… On m'a dit qu'elle était trop malade, qu'elle ne valait rien, que je me battais pour une cause perdue. Laisse-moi te dire ceci : ma fille est la plus belle chose qui me soit arrivée. Si je suis qui je suis, c'est grâce à elle. Si j'ai créé autant, c'est pour elle. Si j'ai connu le bonheur, le vrai bonheur, c'est par elle. Certaines difficultés sont des bénédictions. Souviens-toi de ça.

Simone approuva de la tête et Sophie ne trouva rien à répondre. Camille se mordit les lèvres, hésita puis osa glisser à la vieille dame :

— Vous avez eu beaucoup de courage. J'ai eu des élèves handicapés dans certaines de mes classes et… les parents parfois… ils ont du mal à… Enfin, ils n'acceptent pas la maladie de leur enfant avec autant de…

— Il n'y a pas de courage là-dedans, la coupa Manée. C'était ma fille, c'est tout. Quand on a des enfants, on les accepte tels qu'ils sont et on fait ce qu'il faut pour eux, point.

Simone toussota à l'arrière et Manée se carra dans son fauteuil, l'air buté. Camille ravala ses compliments et se concentra sur la route.

Les vignes au-dehors disparurent, le silence demeura dans la voiture. Les kilomètres se succédaient. Au bout d'une cinquantaine, Sophie demanda : « C'est quand qu'on arrive où ? » Puis encore. Et encore. Quand elle en eut assez de s'entendre répondre : « Tu le sauras quand on y sera », elle déclara qu'elle devait faire pipi. Et qu'elle avait faim. Simone ajouta que si elle restait assise plus longtemps on ne pourrait plus la déplier. Alors Manée ordonna à Camille : « La Rochelle. »

Il y eut un déjeuner dans un charmant petit restaurant du quartier des Minimes. Il y eut Sophie qui, réalisant la proximité de l'océan, implora son arrière-grand-mère de la laisser se baigner. Il y eut Simone qui décréta qu'elle ne remettrait pas les pieds dans la voiture ce jour-là. Il y eut Camille, expédiée en ville pour acheter parasols, chapeaux, serviettes, crème solaire et maillots de bain. Et il y eut enfin la plage, ses estivants, sa chaleur, et trois femmes et une enfant savourant l'air marin sur leurs visages.

15

Une ombre en forme de femme

Camille sentait le sable glisser entre ses orteils, l'eau salée couler de ses cheveux le long de son dos, le léger vent d'ouest caresser et rafraîchir sa peau. Elle remonta la pente douce de la plage, rejoignit le bouquet de parasols et s'allongea sur un paréo aussi bariolé que son maillot.

Comme des vacances.

Manée et Sophie étaient encore dans l'eau, la casquette de la petite fille et la capeline de la vieille dame naviguant de conserve entre les bouées.

Comme des vacances avec trois personnes que je ne connaissais pas il y a une semaine.

— Voulez-vous vous baigner ? demanda-t-elle à Simone, qui avait quitté son fauteuil et s'était assise à même le sable, à l'ombre du plus grand parasol. Je peux vous aider.

— J'irai peut-être me tremper les pieds tout à l'heure. Merci.

Simone n'avait pas voulu enfiler de maillot, pas même retirer son cardigan. Elle se tenait, raide et concentrée, son carré gris acier à peine chahuté par la brise, face à l'océan et Manée. Elle n'en détourna pas le regard quand elle demanda :

— C'est quoi, votre affaire ?

— Mon… affaire ? s'étonna Camille.

— Avec Manée. Sophie vous croit biographe et Manée se borne à dire que vous conduisez.

La jeune femme attrapa une bouteille d'eau et en but une bonne partie. Puis elle s'aspergea le visage et répondit prudemment :

— Je ne sais pas si je peux vous en parler.

— Elle vous paye ?

— C'est plutôt… un genre d'échange.

— Elle vous a dit où elle veut aller ? ce qu'elle compte faire à l'arrivée ?

— Non.

— Donc vous la conduisez aveuglément et elle vous donne…

— Des réponses.

— Je vois.

Camille passa sur le ventre et planta ses coudes dans le sable.

Et pour le moment, ça ne fonctionne pas des masses.

— Vous savez, reprit Simone, vous aviez raison tout à l'heure. Pour le courage.

Camille tourna la tête vers la vieille dame qui avait enfin entrepris de retirer son gilet orange et retrousser les manches de son chemisier, les yeux toujours accrochés aux chapeaux de Sophie et Manée. Elle continua :

— Elle peut dire ce qu'elle veut, mais je l'ai vue, moi. Je l'ai vue arriver à Bordeaux. Je l'ai côtoyée de près les mois suivants. C'était une ombre en forme de femme. Une pile de chagrins surmontée d'un chapeau. Elle ne pouvait pas regarder les petites filles, dans la rue, les petites filles en bonne santé, sans pleurer. Pendant des mois, elle a pleuré comme ça. « Pourquoi moi, Simone ? Pourquoi elle ? » Elle savait que sa Claudine avait un problème, qu'elle ne serait jamais comme les autres, et ça la rongeait. Peut-être encore plus que la mort de son mari. Le deuil d'une personne, c'est un chemin. On apprend le manque, le vide, les regrets. Mais le plus dur, c'est de faire le deuil de ce qu'on avait imaginé. L'avenir. Les projets. Avec Claudine, Manée a dû faire le deuil de l'enfant dont elle avait rêvé.

Les mots de Simone flottèrent un moment avant de se déposer sur le sable. Deux fillettes en maillot rose passèrent en courant, poursuivies par un grand frère armé d'un pistolet à eau. Camille essaya de faire passer la boule qui s'était formée dans sa gorge avec une nouvelle rasade d'eau.

— Et pourtant, disait déjà Simone, c'est elle qui m'a sauvée. Parce que même veuve, déracinée, avec sa Claudine que les médecins disaient perdue, Renée ne renonçait pas. « Je dois *faire*, Momone, disait-elle. Faire pour arrêter de penser. » Moi qui ne faisais rien que regarder le temps couler en pleurant mon passé… Elle m'a obligée. Elle a débarqué dans ma vie avec ses enfants, son carton à dessins, ses chagrins. Son courage. Parce que oui, c'était bien du courage, quoi qu'elle en dise. Se lever tous les matins, s'occuper des petits, courir les hôpitaux, supplier pour que de grands médecins examinent Claudine. Et peindre, encore et encore. Peindre parce que c'était la seule chose qui la soulageait un peu. Il fallait bien que je suive. Je ne pouvais pas faire moins qu'elle. Je ne pouvais pas la laisser affronter ça toute seule.

Simone retroussait à présent le bas de son pantalon. Le regard de Camille s'attarda sur l'avant-bras fripé et constellé de taches de la vieille dame. Haut d'un centimètre et large d'environ huit, un tatouage bleuté se détachait à peine sur la peau mate. Six chiffres.

— Votre bras, murmura Camille. Vous étiez dans un camp…

— Auschwitz. (Un long moment de silence s'étira à l'ombre oblique des parasols, seulement chahuté par le sac et le ressac, les cris lointains des enfants, l'appel des goélands.) Je suis sortie en 1945 mais ce n'est qu'en 1955 que j'ai compris que j'étais libre. Grâce à Manée. Le deuil… C'est un chemin qui nécessite du temps, et parfois un peu d'aide.

— J'ai perdu ma grand-mère, souffla Camille. Il y a trois semaines.

— J'en suis désolée pour vous.

— Elle s'appelait Odette Lemonnier, c'est pour elle que je suis ici.

Camille avait parlé sans réfléchir. Simone l'avait émue, touchée. Les confidences appellent les confidences et les mots avaient bondi de son cœur à sa bouche sans passer par sa tête. L'aveu la soulagea, brièvement. Puis vint la peur que Manée ne se fâche si elle l'apprenait. Puis l'espoir que Simone puisse lui apprendre quelque chose. Mais Simone ne connaissait pas Mamie, elle le dit sans détour :

— Odette Lemonnier… Non. Ce nom ne m'évoque rien. Manée ne m'a jamais parlé de sa vie avant Bordeaux. Son mari décédé, sa famille bombardée, c'est tout ce que je sais. Avant 1955, c'est le trou noir. Et c'est à cela que je voulais en venir. Nous avons tous une façon de négocier avec nos peines. Pour ma part, après des années de silence, j'ai choisi de parler. J'ai fait des conférences, j'ai écrit des livres. Je suis allée partout où on voulait bien m'écouter. Pas pour me plaindre, pas pour me guérir, mais pour *faire* quelque chose. Pour que mon histoire serve. Parce que ce qu'on ne répare pas se répète, vous comprenez ? Manée, elle… elle a choisi l'art pour s'exprimer. Ce n'était même pas un choix, à vrai dire. Davantage un instinct de survie. Mais quand il s'agit des mots… Vous devez comprendre, mademoiselle, que Manée ne dit que ce qu'elle veut bien dire. Et de la même façon qu'elle a refusé de me donner la vraie raison de votre présence, ou qu'elle édulcore ses difficultés avec Claudine… Enfin… Je serais vous, je ne placerais pas trop d'espoir en elle. Si vous cherchez des réponses au sujet de votre grand-mère, je ne pense pas que vous vous adressez à la bonne personne.

— Le problème, dit doucement Camille, c'est qu'il n'y pas *d'autre* personne. Je dois au moins essayer.

Simone émit le souhait de descendre vers la mer. Camille lui offrit son bras et la soutint sur le sable instable. Elle aurait pu la porter sans peine tant la petite femme semblait frêle contre elle. Un pas après l'autre, lentement, elles gagnèrent le rivage. Simone laissa les vagues lui lécher les pieds, les mollets, tremper le bas de son pantalon, un fin sourire sur son visage parcheminé. Poussées par le courant, Manée et Sophie avaient mis pied à terre un peu plus loin et leur faisaient signe de la main.

Ce qu'on ne répare pas se répète, pensa Camille. *Et moi, il faut que je répare*.

16

Les ventres et les chromosomes

« Oh ben non ! Pas déjà ! On vient d'arriver ! »

Camille peina à retenir un sourire. Sophie avait les doigts et les orteils fripés, les cheveux pleins de sable et le maillot à l'avenant, des algues coincées derrière une oreille et les lèvres qui bleuissaient, mais peu lui importait. Elle n'avait pas encore eu sa dose. Elle voulait continuer à barboter.

— Manée et Simone nous attendent, insista Camille.

— Encore cinq minutes !

— Il est tard, tu vas finir par prendre froid…

Allongée sur le ventre dans l'eau peu profonde, la fillette se propulsa à la force des bras en faisant des bulles avec le nez.

— Je suis un crocodile, je peux pas avoir froid. Juste cinq minutes !

La plage s'était vidée à mesure que le soleil descendait. Il ne restait plus guère que quelques familles sur le départ, quelques groupes de jeunes désœuvrés, et les trois parasols du quatuor qui n'ombraient plus personne. Lassées du sable, Manée et Simone avaient migré à la terrasse d'un café. Simone avait assuré à Camille que leur conversation resterait entre elles mais la jeune femme n'était pas sereine.

— Allez, Sophie ! Maintenant tu sors !

— Pas marrante, grogna l'enfant.

Mais à peine avait-elle rejoint Camille qu'elle détala en criant : « La dernière aux parasols me paye une glace ! » *Chipie*, pensa Camille avant de s'élancer à son tour.

Quelques glaces plus tard, le petit groupe avait établi son campement dans un hôtel du Vieux Port. Les parasols avaient remplacé les valises dans le coffre du monospace, maillots et paréos séchaient ici et là dans l'une des trois luxueuses chambres, Sophie avait dessalé dans un bon bain mousseux et Camille, rassurée par l'attitude inchangée de Manée, songeait qu'elle pourrait s'habituer à une vie de ce genre. Elle s'était vue lestée, à nouveau, d'une grosse liasse de billets pour « nos frais de voyage et les vôtres ». Elle n'avait presque pas tremblé en la rangeant dans son sac et presque pas eu de remords en l'entamant pour s'offrir une lotion après-soleil, un dentifrice neuf et quelques culottes de rechange.

Accoudée au balcon de sa chambre, elle admirait le coucher de soleil qui embrasait le port.

— Est-ce que c'est romantique ? demanda la voix de Sophie derrière elle.

La fillette avait insisté pour partager à nouveau la chambre de Camille, qui avait accepté de bon cœur.

— Je dirais que c'est assez romantique, oui, répondit la jeune femme. Pourquoi ?

— Je vais envoyer une photo à papa et maman.

De prime abord, Camille n'avait pas approuvé que Sophie possède un portable si jeune. *Un smartphone à dix ans ! Et on s'étonne que les gamins ne lisent plus…* Mais elle avait dû reconnaître que l'enfant en faisait un usage des plus raisonnables, ne le sortant que ponctuellement pour envoyer une photo ou un message à ses parents. *Pauvre petite*, songea Camille tandis que Sophie cadrait le port, les deux tours et le ciel flamboyant. *Ils ne l'ont pas appelée une seule fois.*

Elle enlaça l'enfant qui la serra en retour de toute la force de ses petits bras. L'étreinte dégénéra en bagarre de chatouilles et s'acheva quelques minutes plus tard par la reddition sans conditions de Sophie, hilare et échevelée. L'enfant se souvint alors qu'il était tard, qu'elle avait beaucoup nagé et qu'elle devait, en conséquence, avoir faim.

— Si on ne va pas manger tout de suite, déclara-t-elle avec le plus grand sérieux, je vais mourir d'animation.

— D'inanition, corrigea Camille. Ça ne risque pas ! Tu as avalé deux glaces il y a à peine une heure.

— Je te jure, je vais engloutir au moins trois pizzas.

Quarante minutes plus tard, installée à la terrasse d'un restaurant italien avec ses compagnes, l'enfant dut s'avouer qu'elle n'avait peut-être pas *si* faim. Délaissant sa Regina à peine entamée, et voulant éviter les sarcasmes de Camille, elle opta pour ce qui lui semblait une diversion efficace :

— Manée, ça fait longtemps que t'as pas parlé à Camille de ta vie. Si tu nous racontais un truc !

La vieille dame posa un regard particulièrement soupçonneux sur Camille, qui écarquilla les yeux et secoua discrètement, quoique énergiquement, la tête.

— Mais oui, renchérit Simone, à qui l'échange silencieux entre Manée et Camille n'avait pas échappé. Parle-nous de ta vie, Renée. J'ignore moi-même tout de ta jeunesse, je serais charmée d'en apprendre les détails.

Manée reporta sa suspicion sur sa camarade, fronça fort les sourcils, et Camille préféra se passionner pour ses *tagliolini zucchini*. La jeune femme sursauta presque quand Manée ordonna : « Dictaphone ! »

— Des pommiers, des pommes, du cidre. Des vaches, du lait, du beurre. Des champs. Des haies. J'ai grandi dans une ferme, dans un petit village de la Manche. C'est en Normandie, Sophie. Tu vois où est la Normandie ? Bien. J'ai donc grandi dans une ferme, qu'on appelait le Manoir parce qu'elle était fort grosse, à l'écart, qu'il y avait une longue allée de tilleuls qui y menait et qu'elle s'agrémentait d'un moulin à demi écroulé. Quand j'étais petite, je disais : « J'habite au Manoir. » Je trouvais ça très chic, mais la vérité, c'est que nous étions des paysans. Mon père était agriculteur et éleveur.

Simone, Camille et Sophie fixaient Manée sans ciller. La première, consciente de la rareté de ce moment, la seconde concentrée, la dernière captivée par ce pan inédit de son histoire familiale. Manée but une gorgée de vin, savoura le silence qui avait gagné la tablée et reprit :

— J'ai fait mon école primaire au village. On avait de la famille tout autour, une flopée d'oncles, de tantes, de cousins et de cousines. Moins ceux qu'on avait perdus lors de la Première Guerre, puis de la grippe espagnole, mais il en restait quand même un certain nombre. Dans la famille, on n'était pas mal lotis, on avait beau aller en sabots, on poursuivait quand même des études. La tradition était de nous envoyer à la ville après la primaire, en pension à Saint-Lô. (Sophie et Camille avaient ouvert de grands yeux, l'une à « pension », l'autre à « Saint-Lô », mais Manée continuait déjà.) Mon père était immense, avec des bras de bûcheron et le cuir buriné par le soleil. Il avait fait 14-18, avait été décoré. Il n'en parlait pas. Mais dans les tranchées, il avait pris l'habitude de sculpter et dès qu'il n'était pas occupé à autre chose, à l'étable ou dans les champs, il sortait son couteau, un bout de bois, et s'y remettait. Je vois encore ses grandes mains calleuses, les copeaux qu'il semait partout… Il me promenait aussi sur ses épaules, il me menait aux prés avec lui, il me parlait des oiseaux… Mon père était un tendre, Sophie. Un taiseux et un esthète. Et un homme courageux. (Elle but une nouvelle gorgée de vin.) Pendant la Seconde Guerre, celle que j'ai connue enfant, nous avons eu des Allemands au Manoir. Tu sais que les nazis avaient pris le contrôle de notre pays, n'est-ce pas ? Eh bien nous en avions un groupe à la maison. Ça s'appelait : l'Occupation. Ils s'installaient chez toi, tu leur donnais une clé, et tu devais faire comme ils disaient. Et mon père faisait ce que les Allemands demandaient, toujours. Seulement il était malin, mon papa. Et alors que la journée il était tout conciliant, la nuit, il allait au moulin. Et figure-toi qu'au moulin… il y avait des Américains. Tu imagines ça ?

Sophie, qui ne comprenait pas bien ce que des Américains dans un moulin avaient d'extraordinaire, affichait un air dubitatif. La vieille dame continua pourtant, son visage ridé animé d'un enthousiasme inédit.

— Il a réussi à cacher des Alliés au Manoir, au nez et à la barbe des Allemands ! Il ne nous avait rien dit, bien sûr. Il ne voulait pas nous mettre en danger. Mais ils étaient là ! Des Américains qui sortaient le soir, faisaient des repérages, envoyaient des informations… Ils risquaient leur vie, tu sais. Et mon père aussi, il risquait sa vie. Tu penses ! Si nos Allemands avaient trouvé les Américains… mon père se serait fait zigouiller ! (Manée s'aperçut enfin de la mine chiffonnée de Sophie.) Tu comprends ce que je raconte ?

— Ben… Pas trop…

— Mon père était un héros, résuma Manée. Il a pris de grands risques, à son petit niveau, pour aider à libérer la France. Parfois on doit prendre des risques pour faire ce qui est juste… Et toi tu viens d'une famille qui a aidé la justice. C'est important que tu le saches.

— Cool ! Et ta maman ? C'était une héros aussi ?

— Oh ma mère, fit Manée avec un sourire en coin, c'était un autre genre de résistance. Par exemple… ils avaient ces gros souliers cloutés, les Allemands. Ça faisait un boucan de tous les diables quand ils marchaient et dans les escaliers, c'était terrible. Et un soir, alors que nos Allemands montaient pour se coucher – ils avaient pris les meilleures chambres au Manoir, à l'étage –, ma mère a bondi de sa cuisine et est allée les engueuler. « Vous nous cassez les oreilles ! » qu'elle a dit. « Vous ne pouvez pas ôter vos tatanes comme des gens civilisés ? » Elle aurait pu avoir des ennuis, avec d'autres ça ne serait pas passé. Il y en avait des féroces, tu sais. Mais nos Allemands ont rigolé, ils ont dit : « Oui, *Fräulein* », et après ça ils ont tous veillé à retirer leurs souliers avant de monter.

— Alors elle était très courageuse aussi.

Manée reprit une gorgée de vin et fronça les sourcils.

— Ma mère, Sophie… Ton arrière-arrière-grand-mère… C'était une teigne. Petite, nerveuse, sèche comme une trique et jamais un mot gentil pour personne. Son attitude avec nos occupants n'était ni plus ni moins que sa façon habituelle de communiquer, qui reposait essentiellement sur les reproches et les coups de bâton. Elle n'aurait pas frappé les Allemands, elle n'était pas stupide. Mais elle ne voyait pas pourquoi elle aurait dû se montrer aimable avec eux alors qu'ils vivaient dans sa maison. (Manée écrasa du doigt quelques miettes sur la table, soupira.) La seule personne qui trouvait grâce à ses yeux, en vérité, c'était mon père. Il avait dix ans de plus qu'elle, il avait été marié une première fois. Séparé faute de pouvoir concevoir, à l'époque on pouvait divorcer pour ça. Au village, on disait que ma mère avait pris le seul qui voulait bien d'elle mais c'était faux. Elle l'avait choisi. Et mon père, qui voyait le bon en chacun, aimait réellement ma mère. Il l'avait simplement prévenue, avant de l'épouser, qu'il ne pourrait peut-être jamais lui donner d'enfant. Elle avait répondu : « On verra bien. »

— Elle avait raison, approuva Sophie en repoussant définitivement sa pizza. Tu es née quand même.

À ce stade, Manée marqua une pause. Elle piocha un gressin, renonça à le croquer, le reposa. Puis elle se reconstitua un sourire et déclara :

— Je suis née dix ans plus tard. Pour mon père, qui avait presque quarante ans, je fus un miracle inespéré. Pour ma mère, qui en avait vingt-neuf… disons que cette grossesse fut une surprise dont elle se serait bien passée.

— Elle ne voulait plus d'enfant ? s'étonna Simone.

— Elle n'en avait jamais voulu. Et note bien, Sophie, que c'est un choix tout à fait acceptable. On n'est pas *obligée* de vouloir être mère et quand tu seras en âge, tu pourras décider si tu le souhaites ou pas. Seulement à l'époque, on n'avait pas cette chance. Ma mère pensait avoir trouvé un excellent moyen de contraception en la personne d'un mari stérile. Or, après toutes ces années, et alors qu'elle se croyait bien tranquille, elle se retrouvait enceinte.

— Mais une fois que t'étais là, fit Sophie avec confiance, ça s'est arrangé. (Manée secoua la tête et l'enfant insista.) Ben si. Une maman, ça aime toujours son enfant. À cause qu'elle l'a eu dans le ventre pendant des mois et tout ça.

— Est-ce que ton papa t'a eue dans le ventre pendant neuf mois ? demanda Manée avec un sourire amusé.

— Ben non, mais mon papa… il m'a donné ses trucs, là, ses… chromosomes.

— D'accord, fit Manée en souriant de plus belle. Et tes oncles Baptiste et Philippe, tu penses qu'ils ont donné leurs chromosomes au bébé Luc ?

L'enfant fit la moue et souffla :

— Ça peut pas, ils l'ont adopté.

— Très bien. Tu remarqueras que c'était la même chose pour mes enfants et Luc Etcheverry. Luc a aimé Patrick et Claudine, les a faits siens, alors qu'ils n'avaient aucun gène en commun. L'amour n'a pas besoin de ces liens de sang, Sophie. Les ventres et les chromosomes, c'est important mais on peut s'en passer. La seule chose nécessaire, c'est d'être là, avec un cœur qui bat, et l'envie de chérir et protéger.

— Mais alors ta maman, demanda lentement l'enfant, elle avait pas tout ça ?

— Ma mère avait le cœur froid, Sophie. Elle respectait mon père, tolérait certains membres de sa famille. Mais elle n'était pas capable d'aimer. Elle n'avait ni douceur, ni tendresse, aucune envie de faire des efforts ou des concessions. Et je pense qu'elle s'en rendait compte. Elle se doutait qu'elle ferait une mauvaise mère et en ce sens, épouser mon père était un acte non seulement raisonnable, mais aussi charitable. Seulement, je suis arrivée. Et ça… elle n'est jamais parvenue à me le pardonner.

Manée ne voulut pas en dire davantage ce soir-là. Extraire ces mots de l'abysse où elle les avait enfouis, évoquer son père, sa mère, alors qu'elle les taisait depuis plus de soixante ans, l'avait vidée de toute l'énergie qui restait après une journée déjà chargée. Sophie n'insista pas et, rapprochant sa chaise, posa ses petites mains sur celles de son arrière-grand-mère. Simone, de son côté, était à la fois émue et décontenancée. Elle était sincère en émettant ses doutes auprès de Camille à la plage, et cette soudaine pulsion de franchise l'inquiétait. Quant à Camille, elle décortiquait les éléments tout juste glanés, tentant de démêler ce qui pourrait la concerner. Saint-Lô avait été mentionné. *C'est là où Mamie veut que je dépose ses cendres. Elles s'y sont peut-être rencontrées.* Manée avait grandi dans un petit village de la Manche. *Et la maison que Mamie veut lui léguer est dans un hameau de ce département. Peut-être qu'elles ont été voisines à un moment ?* Mais un détail la turlupinait : *Pourquoi Manée n'a donné aucun nom ? Son père, sa mère, le village en question… Ce serait pourtant intéressant pour Sophie de savoir où et qui.* Et à bien y réfléchir, depuis le début du voyage, Manée laissait souvent lieux et personnes dans le flou. La mise en garde de Simone lui revint en mémoire : « Manée ne dit que ce qu'elle veut bien dire. » Cette imprécision chronique était-elle fortuite ou délibérée ?

17

#trouvezRenée

— Et les requins ! C'était trop beau les requins ! Camille, elle avait peur mais pas moi, hein ! Moi, j'adore les requins. En plus, tout le monde croit qu'ils sont dangereux mais en vrai, c'est eux les victimes des hommes.

Camille et Sophie avaient passé la matinée à l'aquarium de La Rochelle tandis que Manée et Simone sirotaient du thé dans le salon de l'hôtel. Maintenant qu'elles étaient installées de nouveau dans la voiture et relancées vers la mystérieuse destination de Manée, l'enfant noyait ses comparses d'informations diverses et aquatiques.

— Bien sûr ils ont des dents pointues, mais à l'aquarium, ils y vont pas avec le dos de la main morte avec la sécurité. Les vitres elles font au moins… ça d'épaisseur. Tu vois Manée ? Ça !

La fillette surgit entre les deux sièges avant et écarta largement les bras.

— Doucement, Sophie ! protesta Camille. Je conduis ! Et on dit « de main morte » ou « avec le dos de la cuiller », mais pas les deux en même temps.

— Oui mais Manée elle a compris. Hein, Manée ?

La vieille dame, une main sur sa canne et l'autre sur son sac, demeurait étrangement silencieuse. Elle avait à peine décroché deux mots au petit déjeuner, et, au vu du regard soucieux de Simone, le reste de la matinée n'avait pas dû être plus animé. Elle émit un petit « Oui oui » quand Sophie répéta pour la huitième fois : « Hein, Manée ? » Et ce fut tout jusqu'à ce qu'elle ordonne une pause pour déjeuner.

— Camille, y a ton téléphone qui sonne, dit Sophie, la bouche pleine de pain.

La jeune femme tira à demi son portable de son sac, lut « Éloïse » et coupa la sonnerie.

— Je rappellerai plus tard. Tu sais ce que tu veux commander, Sophie ?

— Pas du requin ! Je les aime trop.

— Mais encore ?

— Pas de la tortue non plus, elles sont trop mignonnes. Y a ton portable qui vibre.

Camille fouilla à nouveau dans son sac, étonnée par l'insistance de sa sœur. Au moment où elle s'apprêtait à décrocher, la vibration cessa puis trois SMS arrivèrent d'affilée : « Tu vas bien ? » « J'espère que t'as pas fait de conneries. » « Rappelle stp ! » Camille eut à peine le temps de se crisper sur sa chaise qu'un quatrième message s'affichait. Un lien Internet. Camille cliqua et atterrit sur le *replay* d'un journal télévisé. La présentatrice, incrustée numériquement dans un décor futuriste, affichait un air concentré quoique légèrement amusé et, fixant la caméra, énonçait :

C'est le mystère qui secoue la toile en cette fin de mois d'août. L'artiste Renée Etcheverry, connue notamment pour ses sculptures monumentales, aurait été enlevée. C'est en tout cas ce que clame son fils, l'avocat Patrick Etcheverry, dans une vidéo largement relayée sur Internet. Posté ce matin, son appel à l'aide a déjà été visionné plus de trois cent mille fois sur les réseaux sociaux.

« Ma mère était une grande dame, mais c'est aujourd'hui une femme vulnérable à la santé fragile. Elle a disparu depuis deux jours et la police refuse de nous aider. »

Selon les déclarations de maître Etcheverry, l'artiste aujourd'hui âgée de quatre-vingt-neuf ans aurait quitté son domicile du Pays basque lundi dernier en compagnie d'une femme se présentant comme sa biographe. Depuis, c'est le silence. Une disparition « inquiétante » selon son fils.

« Nous n'avions jamais rencontré cette femme, cette Camille, et elle n'est connue d'aucun éditeur. Elle a pris grand soin de brouiller les pistes afin que nous ne puissions l'identifier. Pire encore, nous avons de bonnes raisons de croire qu'elle a entraîné dans son sillage ma petite-fille Sophie ainsi qu'une amie de longue date de ma mère, la conférencière, autrice et survivante des camps de concentration Simone Müller. »

Car la grande artiste, peintre et plasticienne, n'aurait pas disparu seule. Son arrière-petite-fille manque également à l'appel depuis lundi, ainsi que Simone Müller, « volatilisée » selon les mots de l'équipe des Alisiers, la maison de soins où elle réside.

« Ce sont deux personnes âgées, usées par la vie, dépendantes, et une enfant de dix ans. Imaginez notre angoisse à les savoir jetées sur les routes, ou retenues par une personne malintentionnée. Pour tout ce que ma mère a fait pour la France, pour son rayonnement artistique dans le monde ; pour tout ce que Simone Müller a partagé de son histoire, pour sa contribution au devoir de mémoire ; pour ma petite-fille Sophie, si jeune et innocente ; je vous en prie, aidez-nous. Nous devons les retrouver. »

Si l'avocat évoque le rapt et l'abus de confiance, la réaction reste prudente du côté des autorités. La gendarmerie d'Ustaritz a émis un communiqué déclarant ne disposer d'aucun élément plaidant en faveur d'un enlèvement de l'artiste octogénaire à la renommée mondiale. Les parents de la petite Sophie se sont longuement entretenus avec les forces de l'ordre mais n'ont pas souhaité s'exprimer publiquement. Même réserve aux Alisiers, la maison de retraite de Simone Müller. En revanche, dans le village basque d'Ustaritz où vit Renée Etcheverry, on ne se montre guère inquiet, comme en témoignent ces deux voisins.

« Quand on connaît la dame Etcheverry, on se fait pas trop de souci. C'est pas quelqu'un qu'on embobine, croyez-moi. Elle est p't-êt' vieille mais elle a bien toute sa tête. »

« Si vous voulez mon avis elle s'est offert une petite escapade. C'est pas parce qu'on est vieux qu'on n'a pas droit à l'aventure ! Moi aussi je voudrais passer du temps avec mes amis et mes petits-enfants. Mais elle devrait quand même donner des nouvelles, pour pas que les parents de la petite se fassent trop de souci. »

Alors ? Fugue commune, vacances improvisées ou enlèvement ? Sur Twitter le débat fait rage et le hashtag #trouvezRenée ne sort plus du top 10. Si aucune photographie n'a été communiquée par Patrick Etcheverry, les internautes n'en ont pas moins démarré leurs recherches, pistant notamment les Opel Meriva bleu ciel, véhicule de la mystérieuse Camille dont le rôle dans cette affaire reste à éclaircir.

— Oh misère, gémit Camille.

Dès les premiers mots de la vidéo, elle avait lâché son portable sur la table de sorte que Manée, Simone et Sophie n'avaient eu qu'à se pencher pour profiter du spectacle. Si les protestations des deux premières étaient allées croissant au fil de l'extrait, la dernière s'était ratatinée sur sa chaise, ne laissant bientôt plus dépasser que deux yeux catastrophés entre sa frange et ses bras rassemblés.

— Misère de misère de misère, gémit encore Camille. C'est la cata !

— Vous voulez rire ! explosa Manée. C'est pire que ça ! Cet imbécile, cet idiot, ce... couillon qui me sert de fils nous fait passer pour deux vieux croûtons !

— Des débris, approuva Simone qui gardait mieux son calme que sa camarade.

— Des gâteuses, Momone ! Deux gâteuses bonnes à jeter. Si je mets la main sur ce bougre de crétin, je lui colle une rouste dont il va se souvenir ! Il a dit quoi ? Usées par la vie ? Je vais te l'user, moi, si je l'attrape !

Rouge et haletante, Manée avait saisi sa canne et paraissait effectivement prête à rosser son fils. Simone lui fit signe de garder son calme et tapota son propre cœur en guise d'avertissement.

Camille, elle, regardait les deux vieilles dames avec une incrédulité totale. On l'accusait de kidnapping, de rapt d'enfant ET de monument national, et tout ce qu'elles trouvaient à dire, c'est qu'on ne les présentait pas sous un jour assez favorable ?

— Vous ne comprenez pas, balbutia la jeune femme. Moi... Moi... On va me mettre en prison...

Simone et Manée ne lui prêtèrent aucune attention. Alors Camille fit cette chose stupide et pourtant quasi automatique pour quiconque s'inquiète : elle chercha sur Internet ce qu'elle risquait.

— Cinq ans, couina-t-elle après quelques secondes, au bord des larmes. Cinq ans et 75 000 euros !

Ce fut au tour de Manée et Simone de la dévisager sans comprendre.

— Qu'est-ce que vous déblatérez, vous ?

— Hébergement de mineur sans l'accord des parents ! Prison ! Amende ! Ma carrière, finie ! Vous ne voyez pas ? C'est la méga cata !

Manée lui jeta un regard de dédain complet et, comme si elle n'avait pas elle-même hurlé deux minutes auparavant, lui intima sèchement de garder une certaine tenue.

— C'est moi qui héberge et je suis son arrière-grand-mère. Vous ne risquez rien alors épargnez-nous votre cinéma.

— Mais ma réputation ! Si on me prend pour une kidnappeuse, vous ne vous rendez pas compte…

— Votre réputation va très bien, personne ne sait qui vous êtes et ça restera comme ça. Mon abruti de fils a au moins eu la décence de ne pas communiquer nos portraits, je n'ai jamais montré ma tête en public et Simone a beau être connue, ses photos officielles ont toutes au moins vingt ans. Alors on ne risque rien. On va faire profil bas et puis voilà.

— Mais la voiture…

Manée cessa de tripoter sa canne et darda un regard furieux sur Camille.

— C'est sûr que la voiture, c'est un problème. Une couleur pareille, c'est déjà laid en temps normal mais là, c'est carrément handicapant. Je vais trouver une solution. Mais pour l'amour du ciel, cessez de chouiner ! Et toi ! (Elle s'était tournée vers Sophie, toujours recroquevillée sur sa chaise.) Toi, jeune fille, tu as une ou deux petites choses à m'expliquer !

Sophie avait effectivement quelques aveux en réserve. Elle n'avait pas été *tout à fait* honnête avec son arrière-grand-mère et se doutait qu'il lui faudrait, à un moment ou à un autre, exposer son stratagème. Mais elle n'imaginait pas avoir à le faire dans une telle situation de crise, face à une Manée furieuse, une Simone vexée et une Camille défaite.

— Pardon, gémit faiblement l'enfant. Pardon, je pensais pas que ça ferait… ça.

— Que *quoi* ferait ça ?

— Ben mon plan… pour que mes parents arrêtent de travailler tout le temps. Je m'étais dit… que si je partais sans leur dire où… Si je leur demandais de me chercher… Alors ils seraient obligés de lâcher leurs ordinateurs et…

— Mais ils savaient que tu étais avec nous, l'interrompit Manée. Je leur ai laissé un message.

La fillette se recroquevilla un peu plus sur sa chaise et murmura :

— Le message, c'était sur mon répondeur. Pas le leur.

— Sophie Etcheverry-Blaznick ! tonna Manée. Tu veux dire que tes parents sont sans nouvelles de toi depuis deux jours ?

— Mais non ! se défendit l'enfant. Je leur envoie des photos ! Hein, Camille, que je leur envoie des photos ? (Camille se contenta de hausser faiblement les épaules.) Je vous jure, j'envoie des photos à papa et maman ! Comme des indices, comme le Petit

Poucet ! Comme ça ils sont obligés de me suivre et ils peuvent plus rester collés à leurs ordis ! En plus que ça marche parce que ce matin je les ai vus ! Sur le port à La Rochelle !

— Ils n'ont pas essayé de t'appeler ? s'étonna Simone.

— Ben si, tout le temps. C'est pour ça que je laisse mon téléphone éteint. Mais je les ai vus ce matin, je suis sûre ! Et pourquoi papy il pense que Camille nous a enlevées ? Et pourquoi ils sont allés voir la police ? J'ai presque pas menti, je te jure, j'ai juste… Manée, pardon, désolée !

Et parce qu'elle était réellement navrée, très confuse et – aussi, un peu – parce que la technique avait déjà fonctionné, elle fondit en larmes.

Manée, de son côté, était surtout contrariée. Elle avait menti, elle, et pas *presque*. Elle avait profité de Camille pour fuguer et si son plan avait été conçu à la va-vite et par pur opportunisme, il devait lui laisser suffisamment de temps pour arriver *où elle le voulait*. L'apparition de Sophie ne l'avait guère inquiétée : il suffirait de la mettre dans un train au moment opportun. Le kidnapping de Simone pouvait passer pour une lubie de vieille dame, d'autant que son témoignage avait sa place dans la « biographie ». Mais un enfant présumé fugueur et un appel au secours télévisé représentaient des obstacles d'un tout autre acabit.

La vieille dame fit taire Sophie qui s'excusait toujours. Elle avait besoin de silence pour réfléchir. La salle du petit restaurant où elles avaient choisi de déjeuner, genre d'auberge champêtre à quelques encablures de la voie rapide, était déserte. *Une chance.* Camille se mordait les lèvres et se tordait les mains, Simone mâchonnait un morceau de pain.

— Il faut qu'on parte, dit finalement Manée. Maintenant.

Simone lui jeta un regard interdit.

— Enfin Manée ! Regarde les choses en face ! C'est fini !

— Fini rien du tout. J'ai une solution pour la voiture donc debout, on s'en va.

Le calcul de Manée était simple : si elles étaient trouvées, Camille ne résisterait pas deux minutes. Elle avouerait tout et Patrick, ce *grand benêt pompeux de Patrick*, saurait. Alors adieu la fugue, adieu la liberté et bonjour le clapier à croûtons en région parisienne. C'était hors de question. Elle réitéra son ordre, se leva elle-même pour inciter ses compagnes à la suivre, mais Camille avait trop peur et Sophie trop honte pour bouger. Quant à Simone, elle frappa de son poing menu sur la table et dit fermement :

— Non !

— Momone, ne fais pas l'enfant.

— Non ! Et ne renverse pas les rôles, s'il te plaît. Les parents de la gamine pensent qu'elle a été enlevée. Ton fils est fou d'angoisse ! Et regarde Camille : elle tremble de la tête aux pieds. C'est toi qui fais l'enfant, à refuser d'admettre ta défaite !

Manée reprit place à table et fit signe à Simone de baisser d'un ton puis elle dit, d'une voix contenue :

— Mon fils n'est pas angoissé, il a peur pour son héritage. Abus de confiance, tu as entendu ?

Une façon polie de dire : « On plume ma vieille mère sénile. » Tu peux être certaine qu'il a appelé la banque pour me pister et ces… margoulins ont dû lui dire combien j'avais retiré. Quant aux parents de Sophie, ils n'ont pas porté plainte. Ils savent qu'elle va bien, elle leur envoie des photos. Mais si ça peut te rassurer, on la leur rend. Non, en fait, c'est à Sophie de décider ! (Elle se tourna vers l'enfant dont les yeux luisaient toujours de larmes.) Sophie, tu as fait une bêtise. Ce ne sera sûrement pas la dernière alors ne te mets pas la rate au court-bouillon. Je veux continuer le voyage et toi… Eh bien, je te laisse le choix. Soit on te laisse ici aux bons soins de la patronne et on appelle tes parents pour qu'ils viennent te chercher. Soit tu pars avec nous.

— Je ne vais nulle part, la coupa Simone. Et si tu as deux sous de bon sens, tu n'iras nulle part non plus. La balade est terminée, admets-le et finissons-en.

— Puisque je te dis que j'ai une solution ! grinça Manée qui recommençait à frapper le sol de sa canne.

— Et Camille, alors ? Elle a son mot à dire, la femme que tu tyrannises depuis des jours ? Ou seule ta famille a voix au chapitre ?

— Alors ça…, souffla Manée. Ça c'est pas correct, Momone. Je n'oblige personne à me suivre, elle aurait pu s'arrêter n'importe quand. Maintenant, si elle veut. (Trois paires d'yeux se tournèrent vers Camille.) De toute façon, c'est elle qui conduit. Quoi qu'on fasse, ce sera son choix.

Camille cessa de se mordre les lèvres. *Tu parles d'un choix.*

18

Le petit train et la poupée

Après l'ouverture du testament, et le départ précipité de sa mère, Camille était rentrée seule dans son appartement niçois. Elle avait déposé sur son bureau la bague, le tract, la photo, les papiers. Les avait longuement examinés. Huit jours plus tard, l'urne les avait rejoints mais la jeune femme n'était pas plus avancée. Les mensonges de Mamie demeuraient inexplicables. Au chagrin du deuil se mêlait un amer sentiment de trahison.

Angèle, de son côté, n'avait pas décoléré ; elle refusait désormais tout dialogue avec Camille. Lors d'un Skype depuis son bureau new-yorkais, l'oncle Henri avait déclaré à Camille :

— Ta mère est actuellement extrêmement fâchée. Ne le prends pas personnellement. Elle te parlera en temps voulu.

C'est bien Henri, avait songé Camille en observant le visage impassible de son oncle sur l'écran. *Rien n'a jamais l'air de le perturber.*

La jeune femme peinait toujours à croire sa mère lorsqu'elle lui parlait d'Henri enfant : elle décrivait un petit garçon angoissé sujet à de terribles crises de colère ; l'homme que Camille connaissait semblait tout l'opposé. « Les arts martiaux l'ont sauvé, expliquait Angèle. Sans ça, il aurait vraiment pu mal tourner. » Le garçonnet anxieux et violent occupait à présent un poste important dans une grosse entreprise états-unienne. Il pratiquait toujours le taekwondo à haut niveau.

— Mais ça fait une semaine, avait soupiré Camille. Une semaine qu'elle m'ignore complètement alors qu'on a une vraie piste pour comprendre.

— Le notaire a-t-il retrouvé Renée Marin ?

— Pas encore. Mais il a dit qu'il ferait tout son possible, je suis sûre qu'il va y arriver.

— *Si* Renée Marin est toujours en vie. Son décès est une éventualité à laquelle tu devrais te préparer.

Camille était restée songeuse un instant avant de demander :

— Et toi, tu lui en veux, à Mamie ?

— Non, je pense que notre mère a fait au mieux avec ses moyens. Elle nous aimait, c'est évident. Elle a travaillé très dur pour que nous ne manquions de rien. Si elle avait pu parler, elle l'aurait fait. Ta mère le lui a suffisamment demandé. Je pense que ça lui était tout simplement trop douloureux. Elle s'est apaisée au fil du temps mais je me souviens de périodes… Angèle était sans doute trop jeune pour se rappeler… de périodes où maman sursautait au moindre bruit un peu fort. Une chaise qui se renverse, une assiette qui tombe… Je crois que mon plus vieux souvenir, c'est maman recroquevillée dans un coin de la cuisine, tremblante, qui me tire vers elle comme pour me protéger. Ce n'était rien, pourtant : une valise que le voisin avait lâchée et qui avait dévalé l'escalier jusque sur notre palier. Mais pour elle, c'était le souvenir des bombardements. Je ne l'ai compris que beaucoup plus tard, évidemment. Comme pour les volets. Combien de crises ai-je piquées parce qu'elle refusait de fermer les volets ? Elle se mettait dans des états effroyables quand je lui désobéissais… Le souffle court, livide, en sueur. De vraies attaques de panique. J'aurais peut-être réagi différemment si elle avait su nous dire qu'ils lui rappelaient le couvre-feu allemand. Mais maman ne savait pas dire. C'est comme ça. Quoi qu'elle nous ait caché, je sais qu'elle n'avait pas de mauvaise intention. Elle avait traversé de grandes épreuves. Je ne suis certainement pas en position de la juger.

— Alors que maman…

— Angèle fait elle aussi selon ses moyens. Elle est blessée par cette révélation.

— C'est sûr qu'apprendre que vous aviez une grand-mère, ça a dû lui faire un choc. À toi aussi, j'imagine.

— Moi… (Henri expira longuement.) Comme je te l'ai dit, je garde confiance en notre mère. Elle devait avoir ses raisons pour nous cacher certaines choses. Angèle, en revanche… Quand elle m'a appelé l'autre jour, elle m'a parlé d'un souvenir qui lui était revenu. Elle voulait savoir si je me le rappelais aussi.

— Quel souvenir ?

— Un homme qui était passé au café. Je devais avoir huit ans, Angèle six… Sa voiture nous avait intrigués parce qu'elle était immatriculée dans le

76, le département où nous sommes nés. On avait couru dans le café pour voir qui c'était. Là, Angèle et moi ne sommes pas d'accord : elle pense que cet homme nous a donné le sac avec le petit train et la poupée. De mon côté, il me semble que c'est le patron, Bouziges, qui nous l'a tendu, et que l'homme est sorti sans nous regarder. Nous nous retrouvons en revanche sur le fait que maman était dans la réserve et qu'elle a mis un moment à en revenir.

— Et elle vous a dit qui c'était ?

— « Un monsieur qui s'est trompé », selon elle. Nous n'avions pas posé plus de questions, nous étions trop heureux de nos nouveaux jouets.

— Et maintenant, maman imagine que c'était... quelqu'un de votre famille ? C'est ça ? Sur la base d'un souvenir antédiluvien, d'un pauvre type qui cherchait son chemin, elle vous invente quoi ? Un oncle ? Un cousin ?

Henri avait laissé passer quelques secondes avant de répondre lentement :

— Ou un père.

— Raoul Leblanc ? L'homme du café, ç'aurait été Raoul Leblanc ?

— Pas forcément.

— Pas... Comment ça ? Je ne comprends pas.

— Ta mère a fait des recherches, à une époque. Ce devait être juste après la naissance de ta sœur. Devenir mère a remué des choses en elle. Elle... voulait savoir ce qu'elle transmettait à sa fille, en un sens. Elle a embauché quelqu'un pour aller fouiner à Étretat. Mais ce qui est ressorti de cette investigation c'est que personne n'avait souvenir d'un Raoul

Leblanc et qu'il n'y en avait de trace absolument nulle part.

— Il aurait pu vivre ailleurs. Travailler ailleurs. Comme ils n'étaient pas mariés, qu'il ne vous a pas reconnus…

— Bien sûr. Et l'enquêteur a cherché. Mais ça n'a rien donné non plus.

— Donc maman… (Camille avait cherché ses mots un moment.) Elle en a déduit que Mamie vous avait menti sur votre père ? qu'il ne s'appelait pas Raoul Leblanc ?

— Disons qu'elle a douté. Pour ma part, il me semblait, au vu du peu de chose que notre mère avait bien voulu nous confier, que si elle affirmait que notre père était Raoul Leblanc, il nous fallait au moins lui faire confiance sur ce point. Angèle a fini par se ranger à mon avis. Par ailleurs nous n'avons jamais remis en question son décès, pas plus que celui du reste de la famille. Notre mère a porté le noir toute sa vie. Son deuil était palpable, indiscutable.

— Sauf qu'après le notaire… Maman s'est dit que si votre grand-mère était en vie jusqu'en 1999, alors peut-être que votre père aussi. Un mensonge en appelle un autre… Donc elle s'est souvenue de ce gars au café… Elle s'est raconté qu'il était votre père et que Mamie l'avait viré…

— Elle ne sait plus quoi croire, Camille. La mort de maman l'a choquée mais l'ouverture du testament l'a mise à terre. La grand-mère, la propriété, l'argent… Ça fait déjà beaucoup. Un père secret en plus… Après tout, pourquoi pas ?…

— Mais toi ? Tu y crois, toi ?

— Non… Pas vraiment. Mais j'ai accepté les trous de notre histoire depuis longtemps déjà. Pour Angèle, c'est différent.

— Mais si elle en est à douter de tout, pourquoi elle ne me répond pas ? Il suffit de trouver Renée Marin. C'est elle, la solution !

— Elle est en colère. Elle a besoin de temps pour assimiler tout ça.

— Et si on n'a pas de temps ? Tu l'as dit toi-même, Renée Marin est peut-être déjà morte. Mais si elle ne l'est pas… Elle a quand même près de quatre-vingt-dix ans ! C'est pas le moment d'hésiter !

— Je comprends.

— Parce que je la connais, maman. Je sais comment ça va se passer. Elle va rester bloquée dans sa colère, exactement comme elle l'a fait avec Mamie quand elle était encore en vie. Elle va louper le coche, et après elle va regretter.

— C'est possible.

— Donc j'irai toute seule, tant pis. Je refuse qu'elle reste fâchée pour l'éternité. À la minute où j'ai l'adresse je fonce et je vais chercher les réponses. Au pire les réponses ne lui plaisent pas… Au moins j'aurai essayé. Et au mieux je les aurai réconciliées.

19

Sa famille contre son cœur

— Je ne voudrais pas vous presser mais… il faut prendre une décision, maintenant. Ça devient urgent. Mademoiselle, vous m'entendez ?

Simone n'obtint aucune réponse et lança un regard mi-furieux mi-inquiet à Manée, qui haussa les épaules. Elle percevait, elle aussi, les chuchotis de la patronne et de sa serveuse. L'appel à l'aide de Patrick avait peut-être eu plus d'impact qu'elle n'avait voulu le croire. Elle pesta à voix basse :

— Dites oui, dites non, mais dites quelque chose !

— Elle a buggé, dit Sophie. Camille, youhou ! Camille !

— Chut ! souffla Manée.

La dernière chose dont elle avait besoin, c'était de confirmer les soupçons de l'équipe.

— Je crois que Carine se sent un peu fatiguée, lança Manée d'une voix forte en désignant Camille. On va te raccompagner à la voiture, Carine. On retourne dans cette bonne vieille Peugeot, d'accord ?

— Non.

Manée fut si surprise qu'elle en lâcha sa canne. Camille avait repris ses esprits et une lueur étrange animait son regard. Elle ajouta avec un demi-sourire :

— Non, Tatie Danielle. Je me sens mieux. On va causer un peu d'abord. Parce que au vu des récents événements, je pense qu'il faut rediscuter notre accord de départ.

Trois têtes se penchèrent vers Camille qui, tendant un doigt, énonça :

— Premièrement, à partir de maintenant, je ne roule plus si je n'ai pas de réponse. Je veux bien prendre des risques, mais je ne vais pas continuer à me laisser mener par le bout du nez. Donc je roule, vous parlez. Vous ne parlez pas, je m'arrête. (Elle tendit un autre doigt.) Deuxièmement, si Sophie reste, elle explique à ses parents que je ne l'ai pas kidnappée. Je ne mets pas en péril mon travail pour vos histoires de famille. (Troisième doigt tendu.) Vous me rédigez un papier comme quoi *vous* m'avez engagée. Et vous me le rédigez maintenant. Si vous prenez la poudre d'escampette, je veux pouvoir prouver ma bonne foi. (Quatrième doigt.) Vous faites taire votre fils. Avons-nous un accord ?

Il fallut quelques secondes à Manée pour ravaler sa fierté. Elle n'appréciait pas ce revirement, elle détestait qu'on lui dicte sa conduite, mais elle dut reconnaître que Camille n'était pas aussi inconsistante qu'elle l'avait d'abord pensé. Elle finit par hocher la tête mais tempéra néanmoins :

— Je peux *essayer* de faire taire mon fils, mais je n'ai aucun contrôle sur ce qu'il fera.

— Ça ira. Maintenant, le papier.

Il fallut dix bonnes minutes pour que Sophie trouve dans son sac à dos papier et stylo, que Manée rédige le document demandé, que Camille le relise et l'empoche.

La fillette, qui ne comptait pas abandonner son plan, envoya un message à ses parents : « Je suis pas kidnappée, on s'amuse vachement. Continuez à me suivre. Bisous. »

Elle composa sous la dictée de son arrière-grand-mère un autre message à destination de Patrick : « Manée fait dire à papy d'arrêter de faire le cornichon à la télé et de lui lâcher les basques et à la biographe aussi. Bisous. »

Jusqu'à la dernière minute, Simone refusa de desserrer les mâchoires. Ce n'est qu'en voyant Manée, Camille et Sophie se lever pour partir qu'elle consentit à s'exprimer : « Vous n'avez pas intérêt à me laisser ici, bande de folles fugueuses. »

Ainsi le groupe repartit ensemble. Elles firent mine de se diriger vers une Peugeot quelconque avant d'obliquer à vive allure vers l'Opel bleue garée sur le côté du restaurant. Elles ne surent jamais si leurs ruses avaient sauvé la situation ou si elles s'étaient méprises sur les chuchotements de l'équipe, mais en s'engageant sur une autoroute vide de toute voiture de police, Manée et Camille poussèrent à l'unisson un soupir de soulagement agrémenté d'un soupçon de fierté.

— Direction Nantes, dit Manée.

— J'enclenche le dictaphone, répondit Camille.

— Je crois que j'ai commencé à dessiner vers cinq ou six ans. Ou plutôt non, je dessinais déjà avant, mais c'est vers cet âge que j'ai commencé à montrer un certain talent, ou en tout cas que mon père a vu dans mes gribouillages quelque chose qui valait la peine d'être exploité. Il me dégota alors une vieille institutrice à la retraite qui avait eu l'heur de faire les Beaux-Arts à Paris au siècle précédent. Elle était bancale et à demi aveugle. Je la trouvais tout à fait effrayante. Et je réalise maintenant que je suis à peu près dans la même condition qu'elle à l'époque, ce qui est assez déplaisant.

Manée marqua une pause et Camille lui lança un regard noir. La jeune femme avait exigé des réponses, des réponses à *ses* questions. Elle n'avait que faire d'un nouveau récit de jeunesse de l'artiste. Elle s'apprêtait à rappeler leur nouvel accord à la vieille dame quand celle-ci lui fit discrètement signe de patienter.

— Toujours est-il que je pris des cours de dessin avec cette institutrice et qu'elle eut la bonté de confirmer ce que mon père pensait. À partir de là, j'eus droit à du vrai papier, de beaux crayons, et même des pastels. Pour la peinture à l'huile et l'aquarelle, ça ne viendrait que plus tard.

Nouveau regard en biais de Camille, qui lâcha la pédale d'accélérateur. Manée s'empressa d'enchaîner.

— Mais ce que je voulais dire aujourd'hui, c'est que l'art n'a pas besoin de matériel sophistiqué pour s'exprimer. En vérité, je crois qu'un de mes plus beaux dessins, je l'ai fait au dos d'un tract.

Camille réprima un frisson. *Le tract.*

— Je l'avais ramassé par terre, ce tract. Il était dans le chemin avec des centaines d'autres et comme à ce moment précis je n'avais rien pour dessiner, j'en ai glané quelques-uns avant de continuer mon chemin. J'avais un crayon dans ma poche, que je gardais précieusement. Mais le papier, ça, c'était difficile à trouver. (Elle se tourna vers l'enfant qui écoutait en silence sur la banquette arrière, calée entre deux coussins, à côté d'une Simone renfrognée.) Tu vois, Sophie, il y a eu des moments de ma vie où je me suis retrouvée à errer sur les routes avec pour tous biens les vêtements que j'avais sur le dos. Cette fois-là, j'étais avec un cousin un peu plus âgé que moi et une petite fille que nous ne connaissions pas. On l'appelait la Petiote parce qu'elle était… eh bien, toute petiote. Et figure-toi que cette Petiote, c'était la grand-mère de Camille. (L'enfant fit « Oh ! », Simone fronça les sourcils et Camille encore plus.) Et c'est pour ça que Camille a voulu écrire ma biographie.

— C'était une bonne idée, approuva l'enfant. Comme ça tu lui parles de tout en même temps.

— Exactement. Et donc cette Petiote, comme mon cousin et moi, avait été séparée de sa famille à cause de la guerre.

— Tu avais peur ? demanda Sophie. Sans tes parents ?

— Moi, pas trop. Ça peut sembler étrange mais je prenais ça pour un genre d'aventure. Et puis mon cousin était avec moi. La Petiote, en revanche, avait très peur, à tel point qu'on devait souvent la porter pour qu'elle avance. On l'a même mise dans une brouette une fois. Et le soir elle pleurait. Tous les soirs. Elle appelait son papa et sa maman et elle sanglotait. Alors j'ai eu une idée.

Manée reprit sa position face à la route avec une grimace et frotta son cou. Camille se mordit les lèvres et attendit, le cœur battant la chamade.

— J'ai pris un des tracts que j'avais ramassés par terre, mon crayon, et j'ai demandé à la Petiote de me décrire sa famille. Au début elle ne disait pas grand-chose mais quand elle a vu que je dessinais, elle est devenue plus bavarde. Alors elle a dit : « Mon papa, il est brun avec un sourire très grand, et un nez qui fait comme un bec » ou : « Ma maman a un grain de beauté là » et elle me montrait où. Et puis elle a dit : « Ma sœur a une dent de travers et mon frère a des cils très longs et des yeux noirs. » On y a passé un bon moment et plus je dessinais plus la Petiote parlait. Elle corrigeait quand je me trompais. « Plus foncés, les cheveux » ou : « Une bouche qui monte comme ça. » Elle en oubliait même de pleurer. Elle en venait à raconter toutes sortes de choses, dont je n'avais pas besoin pour le dessin, comme la voix de son père quand il chantait, leurs sorties en famille, le café où ils vivaient, ce qu'ils aimaient manger… Mais peut-être que c'est aussi cela qui a rendu ce dessin si beau. Toute leur vie et leur bonheur qu'elle racontait et que j'ai essayé de mettre sur le papier. Sa joie à elle de retrouver les visages de ceux qu'elle aimait. C'était la première fois que je la voyais sourire. Quand j'ai eu fini le dessin, elle l'a regardé comme si c'était le plus magnifique, le plus précieux des trésors. Elle l'a observé pendant des heures, jusqu'à ce qu'il n'y ait plus de lumière du tout. Alors elle l'a plié bien précautionneusement, l'a emballé dans un autre tract pour qu'il ne se salisse pas et l'a glissé entre sa robe et son tricot. Tous les jours suivants, elle a ressorti son dessin avant d'aller se coucher. Elle regardait, elle disait ses prières, et elle se couchait avec sa famille contre son cœur. Elle ne pleurait plus. Il lui donnait du courage. Je crois… qu'elle a gardé ce dessin toute sa vie.

La vieille dame risqua un œil vers Camille qui fit « oui » de la tête et murmura un silencieux « merci » avant d'essuyer ses joues d'un revers de main. Elle n'invita pas Manée à parler davantage. Elle ne relâcha plus l'accélérateur en guise de menace. Elle ne profita même pas de son avantage pour exiger les prénoms que Manée omettait toujours de donner. Nantes était en vue et, pour cette étape, ces révélations lui suffisaient. Elle n'avait plus qu'une hâte : déplier le tract et plonger dans le dessin. Jusqu'alors il ne lui évoquait rien. Désormais ces visages, nés des mots de Mamie et transmis après toutes ses années, représentaient l'ultime trace de ces ancêtres secrets. *La famille de Mamie, de maman. Nos aïeux retrouvés.*

20

Chez Gatsby

— C'était ça, ta solution ? Cacher la voiture dans un… hangar désaffecté ? Puis-je savoir ce que nous attendons à présent ? Un gang de malfrats pour voler le véhicule ? Un garagiste, peut-être, pour le repeindre ? Une bande de rats pour le grignoter ?

Simone scruta la pénombre et la crasse du hangar, une moue dégoûtée sur le visage, puis elle resserra son cardigan sur sa maigre poitrine et croisa les bras par-dessus. Elle avait consenti à quitter le monospace, Manée assurant qu'elles trouveraient ici de l'aide, mais cet endroit ne lui inspirait rien qui vaille.

— Il doit y avoir une porte ! cria Manée, perdue dans les ombres à l'autre bout du bâtiment vide. J'ai expédié suffisamment d'œuvres ici pour savoir que quelqu'un y vit. Il doit y avoir un accès, ou un passage… Il suffit de chercher. Allez !

Camille offrit son bras à Simone, mais cette dernière refusa de quitter le flanc de la voiture, seul endroit où la lumière du jour pénétrait par le portail rouillé et largement ouvert.

— J'ai trouvé un truc ! fit la voix lointaine de Sophie. (Puis :) Ah non, c'est une bibliothèque. Elle est vachement grosse. Mais y a pas beaucoup de livres dedans.

— C'est bien, l'encouragea Manée. Continue le long de ce mur, je suis sûre que tu vas trouver.

La vieille dame était toutefois loin de ressentir l'assurance qu'elle affichait. Elle ne connaissait pas l'homme qu'elle souhaitait rencontrer. Elle n'avait aucune certitude quant au fait qu'il résidât effectivement là. Elle savait seulement qu'il collectionnait les œuvres d'art, qu'il avait acquis un certain nombre de ses créations à elle, et qu'il se les faisait livrer à cette adresse. Persuadée qu'il serait heureux de rencontrer une artiste dont il appréciait le talent, elle comptait sur sa notoriété pour obtenir l'aide nécessaire à la suite du voyage. Elle s'était attendue à trouver un loft, un hôtel particulier, éventuellement une grosse villa… Mais certainement pas ce sordide assemblage de parpaings bruts et de tôle ondulée. *À quoi sert d'avoir un nom qui ouvre les portes quand on n'est pas capable de trouver la foutue entrée* ? pesta-t-elle intérieurement.

Elle était sur le point de reconnaître son échec quand un grincement retentit, bientôt suivi d'un cri de Sophie. Camille s'élança la première dans sa direction, suivie par Manée, sa canne, et les appels inquiets de Simone.

— Ça va ! répondit vite l'enfant. J'ai eu peur mais c'est juste… Y a quelqu'un qui est sorti de la bibliothèque !

Et effectivement, une silhouette quittait peu à peu la pénombre pour gagner la flaque de lumière où était garée la voiture. Un drôle de silhouette, massive et scintillante, qui avançait sans bruit et sans se soucier des quatre personnes qui l'observaient avec des yeux de plus en plus ronds. C'était une femme, presque aussi large que haute et dont les jolis pieds manucurés, quoique fort sales, laissaient dans la poussière collante du sol leurs empreintes hésitantes. Elle ne marchait pas très droit. Elle portait sur la tête un haut-de-forme posé de guingois et à la main une paire d'escarpins aussi pailletés que sa robe. Elle sortit par le portail déglingué sans dire un mot, sans se retourner, puis disparut dans la rue. Et pendant que Sophie courait se réfugier dans les bras de Camille, Manée, tout son aplomb retrouvé, lançait :

— Je vous avais bien dit qu'il y avait une porte.

La bibliothèque *était* la porte. Montée sur de solides gonds, elle pivotait tout entière et révélait un long corridor pavé au bout duquel se devinait un jardin des plus engageants. Un son familier accueillit le petit groupe quand il en émergea : un carillon géant s'élevait haut au-dessus de leurs têtes.

Un carillon qui coûte des millions, songea Camille en embrassant du regard la maison, son reflet dans la piscine, les palmiers qui l'encadraient, l'impeccable pelouse, l'incroyable quantité de fleurs, parterres, buissons et massifs qui y dessinaient des arabesques, et la nuée de jardiniers qui œuvrait à maintenir ce décor parfait.

— Alors ça, ça me débouche les coins ! fit Sophie sans que personne ne songe à la corriger. Preum's dans la piscine !

Elle courut vers l'eau miroitante mais s'arrêta net à deux mètres du bord. Sur l'un des transats entourant le bassin, une forme humaine reposait sous un drap de bain. N'en dépassaient que deux jambes nues et poilues et, de l'autre côté, le sommet d'un crâne chauve.

L'enfant souleva la serviette côté tête. Elle poussa un cri : l'homme qu'elle croyait endormi la fixait avec une curiosité amusée.

— Voilà qui est singulier, dit-il simplement.

— Manéééééééeeee, hurla la fillette en détalant.

— Je suis ravi. Positivement ravi. Quelle chance que vous ayez trouvé ma petite porte dissimulée ! Bien sûr si vous aviez appelé avant je vous aurais indiqué l'entrée officielle, plus… ostensible… mais j'avoue que le plaisir de vous voir apparaître ainsi efface tout remords de ma conscience. Quelle délicieuse surprise. Délicieuse !

L'homme répéta ce mot avec un regard appuyé vers Camille qui se sentit rougir. Cet énergumène la perturbait. Il avait noué la serviette autour de sa taille mais elle était à peu près sûre qu'il ne portait rien en dessous.

Le parfait cliché du millionnaire, songea-t-elle. *Un géant chauve et bedonnant qui offre le thé à moitié nu pendant que son personnel de maison s'affaire autour de lui.*

Un homme en livrée noir et blanc déposa sur la table des scones encore fumants et Sophie s'empressa d'en attraper deux pour les tartiner de beurre. Le géant chauve, tourné vers Manée, poursuivait de sa voix basse et lente :

— Vous pouvez compter sur mon absolue discrétion, cela va sans dire. J'ai suivi vos… aventures des derniers jours. Cette histoire de kidnapping, de fugue… follement amusant. (Il enfourna un croissant dans son énorme bouche et ajouta :) Je vous fournirai le véhicule qui vous plaira. Mais vous devez passer la nuit ici. J'insiste. La grande Etcheverry dans ma modeste demeure… Si je laissais passer cette opportunité, j'en mourrais.

Une femme en peignoir émergea à ce moment-là de la maison, avisa le petit groupe attablé sur l'herbe, le rejoignit et coula dans l'un des fauteuils.

— Ludmilla, mon cœur, je te croyais au spa, roucoula le géant. Regarde qui nous a rejoints !

Ludmilla se contenta de claquer mollement des doigts et l'homme en costume s'empressa de lui servir du café. Elle peinait à garder les yeux ouverts.

— Ludmilla n'est pas du matin, expliqua le géant pour qui, apparemment, le matin débutait à quinze heures. De toute façon, elle ne parle pas un mot de français. Elle ne s'intéresse pas à l'art non plus. Mes amis sont si *ennuyeux*. Voilà pourquoi vous devez rester. Renée, ma chère, je vous en prie. Honorez-moi de votre présence.

Il se laissa glisser de sa chaise et posa théâtralement un genou à terre. Un peu désarçonnée, Manée hocha la tête.

— Merci de votre hospitalité, dit-elle. Nous resterons. (Elle abaissa son regard vers la serviette qui s'était entrouverte et adressa un signe à l'homme.) Mais je préférerais que vous enfiliez un pantalon.

— Où est Gasby ? demanda Sophie à Camille en se hissant hors de la piscine.

— Gatsby, avec un *t*. Mais ce n'est pas son vrai nom. Manée a dit que c'était Jérôme.

— Ben il est où, Gatsby-Jérôme ?

— Parti dormir, j'imagine.

Et cuver son petit déjeuner.

Car celui qui aimait se faire appeler Gatsby en hommage au Magnifique de Francis Scott Fitzgerald avait agrémenté son thé de pas mal de whisky, ce qui n'avait pas échappé à Camille. Ludmilla s'était contentée de café mais n'en avait pas moins échoué à rester éveillée. Elle ronflait à présent sur un transat, un immense chapeau dissimulant son visage et ses épaules ; ses longues jambes, son ventre sculpté ainsi qu'un abondant décolleté dévoilés par un maillot de bain aux découpes compliquées. D'autres lève-tard avaient paru, de-ci de-là, seuls ou en petits groupes, avant de filer par la bibliothèque. Tous avec ce même regard vitreux, cette même allure titubante de lendemain de cuite. Simone et Manée avaient souhaité se reposer au frais et laissé Sophie sous la surveillance de Camille. Cette dernière pestait intérieurement en se répétant : *C'est pas un endroit pour une enfant.*

Pourtant l'enfant s'amusait grandement, sautant et plongeant, riant, criant, éclaboussant. Et quand les derniers fêtards eurent fini de traverser le jardin, que le majordome déposa près d'elle un plateau de fruits frais et qu'elle accepta de glisser à son tour dans la piscine, Camille voulut bien admettre qu'on n'était pas si mal chez Gatsby.

— Il risque pas de nous trouver ici, papy Patrick ! rit Sophie en attrapant une grosse fraise. Les gens d'Internet non plus !

Camille opina. Sur Twitter, les spéculations à leur sujet allaient toujours bon train. On croyait avoir aperçu les fugitives à Tours, à Toulon, à Strasbourg. Les photos d'Opel Meriva bleues fleurissaient, les méprises se multipliaient. Tout ce remue-ménage sembla soudain bien abstrait à Camille, comme si elle avait été téléportée loin, très loin, dans un monde parallèle dont tout danger était écarté.

Simone et Manée reparurent en fin d'après-midi. Elles semblaient détendues, complices, à mille lieues de leurs disputes du matin. Sophie bondit de joie quand le majordome apporta à sa demande maillets, arceaux et boules ; la fillette enrôla Camille, les deux vieilles dames et même Ludmilla – enfin apte à tenir debout et toujours en maillot de bain – pour une partie de croquet joyeuse et désordonnée. Ludmilla gagna. Elle ne dit qu'un mot pour célébrer sa victoire : vodka.

Gatsby se joignit à elles en fin de dîner, l'œil plus vif et désormais vêtu d'un élégant smoking. Il leur offrit une visite de sa collection d'art et Camille put constater que l'œuvre de Manée y tenait une place de choix. Camille connaissait les carillons. Elle savait que Renée avait peint et dessiné. Mais elle n'imaginait pas l'étendue des techniques explorées par l'artiste.

— Période origami, énonça Gatsby en désignant une sculpture complexe et fragile, toute de papier plié, évoquant une fleur ployée aux courbes sensuelles.

— Je rentrais de mon deuxième séjour au Japon, dit Manée en caressant du bout du doigt un pétale rose pâle. Et ça… (Elle venait d'apercevoir un vase noir zébré d'or, identique à ceux que Camille avait contemplés dans son bureau.) J'ignorais que vous en possédiez un, Jérôme. Je ne vous l'ai certainement pas vendu.

— J'ai mes… circuits privés, sourit Gatsby sans chercher à cacher sa fierté. Mais j'ai plus rare encore, ma chère. Laissez-moi vous montrer quelque chose.

Le petit groupe suivit le géant qui les guida d'un pas nonchalant vers la pièce suivante. Au centre du mur qui leur faisait face, une toute petite toile était suspendue. Manée s'approcha pour mieux la distinguer. À trois pas du tableau, elle parut chanceler. Gatsby lui tendait déjà le bras, auquel elle s'agrippa avant de réclamer une chaise.

— C'est donc bien la vôtre, se rengorgea l'homme.

— Où l'avez-vous eue ? souffla la vieille dame.

Gatsby enfonça ses mains dans ses poches, se planta face au mur et choisit d'ignorer la question.

— Voyez-vous, dit-il, je n'en étais pas sûr. Elle n'est pas signée, pas datée. Son propriétaire initial avait semble-t-il toujours tu sa provenance ou son auteur. Mais il y avait quelque chose dans le choix des couleurs, dans la composition… Vous voyez comme la falaise ressort sur le ciel ? Et cette plage de galets, luisante, comme juste baignée par la mer… C'est puissant. Naïf encore, imparfait, presque juvénile… Mais la vivacité du trait… Et cet oiseau qui s'envole…

— Où ? répéta Manée dont la canne frappait nerveusement le sol.

Gatsby haussa les épaules et, sans se détourner de l'œuvre, dit :

— À Paris, il y a des années. Lors d'une vente aux enchères dans le cadre d'une succession. Le catalogue comportait des merveilles. Et au milieu d'œuvres majeures, de grands noms du réalisme et de l'impressionnisme… cette toile et une autre, quasi identique, anonymes. C'était intrigant, et je crois avoir fait preuve d'une extrême…

— Et la deuxième toile, l'interrompit sèchement Manée. Vous l'avez aussi ?

— Hélas non, les deux ont été vendues séparément et l'autre m'est passée sous le nez. J'ai fait des pieds et des mains pour la racheter, sans succès, ce qui m'a particulièrement frustré. Mais j'avoue qu'obtenir aujourd'hui la confirmation de mon intuition est une grande satisfaction. (Il se tourna vers la vieille dame, toujours crispée sur sa canne et sa chaise.) Auriez-vous l'extrême amabilité de me la signer ? Avec vos récentes aventures, les médias et le grand public qui vous redécouvrent… une œuvre de jeunesse… deviendrait vite inestimable.

— Non.

Le lourd visage de Gatsby s'affaissa d'un coup.

— Non… vous ne voulez pas signer ? Ou non, ce n'est pas votre œuvre ?

— Non, c'est tout.

L'ambiance dans la petite pièce se refroidit subitement. Même Ludmilla, qui ne comprenait rien à ce qui se tramait et n'écoutait qu'à moitié, réprima un frisson en sentant monter la pression. Manée et Gatsby demeurèrent figés face à face un long moment, aussi contrariés l'un que l'autre. Comme toujours quand elle était nerveuse, Camille se mordit les lèvres. Simone pria pour que l'entêtement de sa camarade ne les fasse pas jeter dehors en pleine nuit. Sophie espéra simplement que le mauvais caractère de son arrière-grand-mère ne la priverait pas de piscine, de croquet et d'un fabuleux petit déjeuner.

Puis Gatsby finit par émettre un petit rire.

— Au moins, *vous*, vous n'êtes pas ennuyeuse. Veuillez pardonner mon insistance, chère Renée. Vous êtes ici mes hôtes, je ne souhaite en aucun cas vous mettre mal à l'aise. Il est tard, vous avez besoin de repos. Ludmilla, chérie, peux-tu montrer à ces dames leurs quartiers ?

Puis il réalisa l'inanité de sa demande et appuya sur une sonnette au mur. Le majordome reparut et emmena *ces dames* vers leurs appartements.

Ce n'est que bien plus tard que Camille, poussée par la curiosité, osa quitter sa chambre pour retourner voir le tableau. Il ressemblait beaucoup aux deux toiles sans cadre accrochées dans le bureau de la villa, à Ustaritz. Elle n'avait pas une grande connaissance de la peinture mais elle voyait une similitude non seulement dans le sujet

– falaises, plages de galets –, mais aussi dans l'exécution.

— Il a quelque chose d'émouvant, fit la voix traînante de Gatsby derrière elle. (La jeune femme sursauta, surprise, mais approuva de la tête.) Quelque chose qui vous accroche le cœur et rend presque douloureux de s'en éloigner. Si on le regarde suffisamment longtemps, on finit par sentir les embruns, vous savez ? J'ai fait ça si souvent… (Il soupira.) Voulez-vous prendre un verre avec moi dans le jardin ? Ludmilla a disparu et je déteste boire seul. Champagne ? Gin ? Absinthe ? Mahia ? Ouzo ? Pinot ? Ce que vous préférez. J'ai tout.

Il lui tendit le bras et, peut-être parce que, tout géant et millionnaire qu'il était, il avait l'air fort seul et désœuvré dans son smoking et son immense maison, Camille lui offrit le sien en retour.

— D'accord, dit-elle. Mais juste une coupe. L'alcool me monte vite à la tête.

Il y eut une coupe. Et puis quelques autres. Le ciel était rempli d'étoiles, la nuit chaude et le champagne frais… L'alcool rendait Camille bavarde et Gatsby mélancolique. Elle parla pour l'égayer et il l'écouta pour oublier. Les heures se brouillèrent, se diluèrent.

Quand Camille ouvrit les yeux le lendemain, elle était allongée tout habillée sur son lit. Un mot était déposé sur l'oreiller : « Chère Camille, je vous remercie pour cette délicieuse soirée. J'ai pris la liberté de nous enregistrer au cas où vous auriez oublié. Bien à vous, J. »

Camille gémit, autant pour la migraine qui montait que pour la peur qui l'étreignait.

Qu'est-ce que j'ai fait ?

Et elle aperçut le dictaphone.

21

Malédiction !

— Ma vie amoureuse… mais ma vie amoureuse, c'est une blague ! (La voix de Camille est légèrement étouffée, comme si le dictaphone avait été caché sous une étoffe ou dans une poche pendant l'enregistrement.) Je veux bien vous raconter mais vous allez voir, c'est nul.

— Je suis tout ouïe. (C'est la voix de Gatsby, pareillement assourdie.) Retirez ceci, ma chère. Je veux le champ libre pour œuvrer.

(Bruits mats sur le plancher.)

— Vous êtes sûr que Ludmiya… Ludmilla… ne nous en voudra pas ?

— Ludmilla n'en saura rien. Et quand bien même… Elle a un sens de la propriété assez peu développé. Mettez-vous dans la lumière… Vos pieds ici… parfait. Vous disiez donc, ma chère, votre vie amoureuse ?

— Nulle.

— Je ne vous crois pas.

— Nulle ! Et vous savez pourquoi ? Parce que *je* suis nulle. Parce que je me traîne tellement de casseroles que je fuis dès que je sens que ça devient… Vous êtes sûr d'y arriver, Gatsby ? Vous avez l'air un petit peu très éméché.

— Pas plus que vous, ma chère. Si vous voulez bien cesser de gigoter… Voilà. Donc vous fuyez quand ça devient… ?

— Heu… sérieux. C'est chaque fois pareil : un gars me plaît, je lui plais aussi, je me dis vas-y ma vieille, cette fois c'est la bonne, tu peux y arriver. Ça se passe super pendant un moment, c'est cool et tout. Et d'un coup il me dit : « Et si on partait en week-end tous les deux » ou : « Je voudrais te présenter mes potes » et là, paf ! je le jette. C'est plus fort que moi. Et vous savez pourquoi ? Vous êtes à côté, Gatsby ! Vous allez en mettre partout.

— Tsss, laissez-moi faire et continuez de parler, ma chère. C'est plus fort que vous parce que… ?

— Parce que mes parents, bien sûr ! C'est toujours la faute des parents, vous ne savez pas ça ? Et même des grands-parents ! Parce que écoutez bien : « Ce qu'on ne répare pas se répète. » C'est Simone qui l'a dit l'autre jour et depuis ça me trotte dans la tête en rémanence. (Un silence.) Ah oui, finalement vous vous débrouillez plutôt bien. (Nouveau blanc.) Vous faites ça à Ludmilla ?

— Pas seulement. Parlez, ma chère, parlez.

— Ah oui ! Donc les parents. Ou plutôt les enfants. Moi j'adore les enfants. Mais vous vous rendez compte du milliard de façons qui existent de ruiner un môme ? Tout ce qu'on fait, tout ce qu'on dit ! Moi ma mère… mais ma mère elle m'a soûlée ! Elle disait : « Maman ne disait jamais rien alors moi je dis tout » mais on n'avait rien demandé, nous ! Qu'est-ce qu'on en avait à faire de ses vieux problèmes moisis ? Et le pire… le pire… Vous vous arrêtez, Gatsby ? Mais vous n'avez pas fini !

— J'étais captivé par votre récit, ma chère, mais je reprends. Le pire ?

— Le pire c'est qu'elle raconte sa vie en long en large et en travers parce que communiquer c'est si important, mais mon père… son mari… Ils ne s'adressent plus la parole depuis des années ! Elle peut plus le supporter et elle refuse de divorcer ! Et vous savez pourquoi ? Parce qu'elle n'a pas eu de père, elle, et qu'elle ne voulait pas nous priver du nôtre. Vous imaginez ça ? La bêtise du truc ? Deux parents malheureux pour le prix d'un ! Tu m'étonnes qu'Éloïse soit partie ! Oh ! vous me chatouillez !

— Toutes mes excuses, je m'égare. Qui est Éloïse ?

— Ma sœur. Elle s'est installée à la Réunion. Elle a trois enfants, maintenant. Des garçons, heureusement ! Parce qu'on est maudites, vous voyez ? Les femmes de notre famille ? Y a un maudissement… une maudiction…

— Malédiction.

— Malédiction ! Mamie, partie de Normandie pour Menton. Vous voyez où est Menton ? On peut pas faire plus loin dans le Sud-Est. Ma mère, de Menton à Lille. On peut pas faire plus loin au nord. Ma sœur ! De Lille à la Réunion ! Carrément, elle prend l'avion ! Alors après, c'est quoi ? Wallis-et-Futuna ? Et la génération d'après, c'est la Lune ? Non non non… C'est pour ça que je jette tous les mecs au bout de quelques mois. Même le dernier, là… Il était gentil pourtant. Vraiment gentil. Il me plaisait vachement. Mais je sais comment ça se passe : on tombe amoureux, puis on a envie de faire des bébés, et c'est un risque que je prends pas. Hors de question que mes gosses aillent habiter sur Mars.

— Si vous permettez, ma chère, je vous coupe un instant… Un dernier petit coup… Voilà… J'ai fini.

— Ah ? Ah oui ! vous êtes rapide, dites donc !

— Si vous voulez… je me débrouille aussi avec les mains.

— Oh non… C'est bien comme ça. Ça me suffit.

— Vous ne voulez pas d'un second passage ?

— Non non, je vais laisser sécher.

— Dans ce cas… (Bruit de sommier et de corps qui s'affale.) Poursuivez, je vous en prie.

— Ah oui… Le truc… Je crois qu'avec les enfants, en fait… c'est perdu d'avance. Parce que même si on essaie de faire différent de ses parents, parce qu'on sait ce qui a merdé… on fait d'autres conneries. Vous voyez ce que je veux dire ? Moi j'ai beau penser : « Je ferai plutôt comme ci ou comme ça » parce que tel truc ne me plaisait pas… est-ce que je ferai mieux, en vrai ? Est-ce que le contraire ne sera pas pire ? Ma mère… (Un long silence.) Gatsby ? Gatsby, vous dormez ?

— À peine. Mais continuez, vos paroles me bercent.

— Vous ne pouvez pas dormir dans ma chambre !

— Je me lève, je me lève… (Nouveau bruit de sommier, pas lourd sur le parquet.) Je range ceci…

— Vous êtes sûr que Ludmilla…

— Elle ne s'en doutera même pas.

— D'accord. Alors… merci, Gatsby. Pour cette journée, pour nous avoir accueillies. Et pour ça. C'était… un peu étrange… mais bien.

— Merci à vous, charmante demoiselle. Vous êtes décidément délicieuse. Ma bibliothèque vous sera toujours ouverte.

— Ben… Merci, alors. Bonne nuit. (Camille bâille.) À… plus tard.

— Bonne nuit, ma chère.

(Bruits de pas.)

(Porte qui s'ouvre puis se referme.)

(Bruits de pas à nouveau.)

(Silence.)

(Silence.)

(Silence.)

(Voix de Gatsby.)

« Camille, ma chère, ne m'en veuillez pas. J'ai vu ce dictaphone sur votre table de chevet, je n'ai pas su résister. Voyez-vous, je nourris un amour coupable pour les farces douteuses et les pieds manucurés. Vous m'avez offert les deux ce soir, soyez-en remerciée. (Nouveaux pas, porte qui grince.) (Silence.) (Murmure.) Vous vous êtes endormie bien vite. (Ronflement léger.) Je vous rends le dictaphone, je vous laisse un mot. Pardon d'avance. (Rire étouffé.) Je ne reste pas plus. Bonsoir. Oh ! et je vous laisse le vernis à ongles de Ludmilla. Promis, il ne lui manquera pas. »

22

La capitale des ruines

— Nous avons gagné en confort, dit Simone.

— Mais pas en discrétion, grogna Manée.

— Moi je voulais rester là-bas, grommela Sophie.

Camille ajusta le régulateur de vitesse avant d'expliquer :

— C'était limousine, énorme limousine, ou 4 × 4. Donc j'ai pris le 4 × 4.

— Un 4 × 4 violet !

— Vous auriez préféré une limousine ? Parce que moi, les créneaux en limo, je ne suis pas sûre de gérer.

Manée haussa les épaules et bougonna un moment à voix basse. Sophie, qui commençait déjà à s'ennuyer, demanda où elles allaient. Manée lâcha péniblement :

— Rennes.

— Y aura une piscine ou pas ? Parce que moi, si y a pas de piscine…

— La barbe !

— Quelqu'un est de mauvaise humeur, releva Simone.

— Quelqu'un a mal à la hanche.

— On devrait arriver dans… moins d'une heure, dit Camille en programmant le GPS. C'est une petite étape. Et si je peux me permettre, je roule depuis un moment mais vous ne parlez pas beaucoup.

La vieille dame lui lança un regard assassin.

— Vous ne perdez pas le nord, vous. Vous êtes une plaie. Vous savez ça ? Une vraie plaie. Mais puisqu'on ne peut pas souffrir en paix… Dictaphone.

Camille tira l'appareil de son sac en se mordant les lèvres. Elle avait effacé l'enregistrement de Gatsby mais il restait en elle un fond de honte, vestige tenace de sa peur du matin. Il lui avait fallu du temps – et beaucoup de café – pour se persuader qu'il n'y avait eu, entre elle et le géant chauve, qu'une séance de pédicure sur fond de confidences ; lorsque Manée, lasse d'attendre le réveil de leur hôte, avait ordonné le départ après le déjeuner, Camille avait été bien heureuse de pouvoir s'esquiver sans le recroiser.

Elle enclencha l'appareil, ses joues s'empourprèrent. Manée, cependant, démarrait d'une voix nerveuse :

— Je disais hier que mon cousin et moi avions ramassé au bord de la route la grand-mère de Camille, qu'on appelait la Petiote. Elle venait comme nous de Saint-Lô où mon cousin et moi étions en pension…

— Le café de ses parents était à Saint-Lô ? l'interrompit Camille.

Manée ferma les yeux et expira bruyamment, exaspérée. Elle répondit néanmoins :

— Oui. Rue Saint-Thomas. Donc à l'époque, c'est-à-dire en juin 1944, ma pension avait été réquisitionnée par les Allemands et nous avions dû déménager dans une grosse maison sur les hauteurs de Saint-Lô, à côté du Bon Sauveur, qui était à l'époque un asile d'aliénées. Dans la nuit du 5 au 6 juin on avait entendu des grondements au loin, comme de l'orage. Et puis le matin je vois mes camarades quitter la classe une à une et on nous dit : « Le Débarquement a commencé, les parents qui le peuvent viennent chercher leurs filles. » (Elle se tourna vers les sièges arrière.) Tu sais ce qu'est le Débarquement, Sophie ? (L'enfant fit « non » de la tête.) C'est quand les Alliés sont arrivés sur les côtes françaises pour ficher dehors les nazis. C'était une bonne nouvelle, mais ça présageait pas mal de grabuge, alors les gens essayaient de se mettre à l'abri. Donc la pension se vide, tous ceux qui habitaient autour de Saint-Lô étaient venus récupérer leurs gamines. Le soir, on n'était plus qu'une dizaine et pendant le dîner, on entend les sirènes. Une alerte bombardement. La directrice nous fait mettre au haut de l'escalier, loin des fenêtres. Et tout à coup, une explosion formidable. Toutes les portes s'ouvrent, les vitres volent en éclats, la poussière envahit tout… La directrice nous crie de monter dans les chambres, d'attraper des couvertures, et on sort en courant se cacher dans les chemins.

— Une bombe est tombée sur ton école ? s'exclama Sophie, éberluée.

— Une bombe alliée, oui.

— Mais les Alliés… c'étaient pas ceux qui venaient vous aider ?

Manée eut un sourire triste et expliqua :

— Si, mais comme ils visaient les nazis, et qu'il y en avait partout… les bombes tombaient aussi sur nous.

— C'est horrible…

L'enfant se serra contre Simone, qui lui caressa gentiment la joue. Manée en profita pour poursuivre son récit.

— Donc les bombes tombaient. Dans la nuit du 6 au 7 juin, Saint-Lô a essuyé des bombardements… Je ne sais même plus combien. À chaque accalmie, on se disait : « C'est bon, c'est fini… » Mais ça recommençait de plus belle. Le bruit des avions, le sifflement des bombes qui se détachaient et tombaient sur notre ville. Autour du Bon Sauveur les gens affluaient, couverts de poussière, hagards, cherchaient leur famille, appelaient, criaient. Et ça pleurait… Ça pleurait et ça priait. La ville en bas était un immense brasier. C'était atroce, irréel… et beau à la fois. Toutes ces lumières depuis les hauteurs… Saint-Lô a gagné un triste surnom après ça : la capitale des ruines.

— Et Mamie ? demanda Camille d'une voix ténue. Elle était là aussi ?

— Quelque part dans ce capharnaüm, oui. Dans un chemin, un tonneau, un champ, je ne sais pas. Je ne l'ai pas vue à ce moment-là. Je sais seulement qu'elle avait été séparée de ses parents au début des bombardements, qu'une voisine l'avait emmenée vers le Bon Sauveur en espérant les y retrouver. On espérait tous retrouver des visages connus… Moi, j'ai avisé mon cousin au matin, par miracle : il était tellement sale qu'on ne lui voyait plus que les yeux.

On a décidé tous les deux de partir vers Margueray parce qu'il avait son parrain là-bas. Nos parents étaient dans la direction opposée, mais comme c'est de là qu'arrivaient les Alliés... on ne pouvait pas y aller. Alors on a choisi le sud, pensant s'en tirer mieux... (Elle resta silencieuse un instant.) Six heures. Il nous a fallu six heures pour parcourir les dix kilomètres qui nous séparaient de Condé-sur-Vire. On courait vingt mètres, on se jetait par terre. Les routes étaient défoncées, les gens qui avaient des vélos ne pouvaient même pas rouler. On courait vingt mètres et on se rejetait à plat ventre parce que les bombes tombaient, les éclats volaient... (Une nouvelle pause.) C'est un peu avant Condé qu'on a avisé la Petiote. Elle marchait sur la route avec sa voisine, ou plutôt elle se laissait traîner. Mon cousin a proposé de la porter. Il avait dix-sept ans, il était costaud. Elle n'était déjà plus une petite fille mais elle ne pesait quand même pas grand-chose... Du reste elle n'a pas protesté. On a repéré de nouveaux avions, on a couru. La Petiote restait accrochée à mon cousin, elle avait les yeux ouverts mais ne disait rien. La voisine nous a expliqué que les parents et le frère de la gamine étant introuvables, elle avait pensé à sa grande sœur, partie visiter leur tante à Condé. Elle-même allait vers Saint-Armand, Condé était sur son chemin. On a marché encore un moment. On dépassait beaucoup de gens sur la route, poussant des brouettes, tirant des charrettes, fuyant avec ce qu'ils avaient pu sauver. Alors qu'on arrivait à Condé, les Alliés se sont remis à bombarder. Un peu plus loin il y avait une grange, on a voulu s'y réfugier. La grange était pleine à craquer mais les gens dedans nous ont dit : « Entrez, entrez, on va se serrer », alors on s'est tassés. Un couple est passé aussi mais en voyant la foule a dit : « On ne va pas vous déranger. » Ils ont eu le temps de faire cinquante mètres. Une bombe est tombée juste à côté d'eux, ils sont morts tous les deux. Et nous… on est ressortis et on a continué.

— Manée, fit doucement Simone, je crois que Sophie…

— Je déteste la guerre ! cria l'enfant. Je déteste les nazis ! Je déteste les Alliés ! Si une bombe tombait sur papa et maman…

Manée se retourna au moment où l'enfant éclatait en sanglots. Simone l'entoura de ses bras et la serra contre elle. Manée, qui ne pouvait l'atteindre, se renfonça dans son siège avec un air peiné.

— Elle est un peu jeune pour entendre des choses pareilles…, débuta Camille à voix basse.

— Et de plus petits sont morts aussi, répliqua Manée. C'est dur mais c'est la réalité.

Un silence ponctué de reniflements régna quelque temps dans la voiture. Puis Manée dit, de façon que seule Camille l'entende :

— On veut toujours protéger les enfants, mais ces choses-là… il faut qu'ils les sachent. Au moins dans les grandes lignes. L'horreur, il faut savoir qu'elle existe, qu'elle est advenue, qu'elle peut revenir. Ceci posé, il n'est pas besoin d'entrer dans les détails et ce que vous attendez… vos réponses… je ne peux pas vous les donner tant que la petite est là. Elle a passé assez de temps loin de ses parents. Je la leur rends et ensuite… ensuite seulement on continuera. C'est bon pour vous, Camille ?

La jeune femme hocha la tête sans protester. C'était la première fois que Manée l'appelait par son prénom. *Je suis peut-être une plaie, mais j'existe à ses yeux.*

— On va trouver un hôtel avec piscine, dit Manée en se tournant à nouveau vers Sophie. Une très grande piscine.

— Cool ! s'exclama l'enfant, son chagrin déjà atténué.

On veut toujours protéger les enfants, songea Camille. Elle éteignit le dictaphone et le glissa dans sa poche. *Ne pas vouloir d'enfants parce qu'on ne se sent pas à la hauteur, c'est aussi une manière de les protéger.* Rennes n'était plus qu'à quelques kilomètres. Elle sortit de l'autoroute.

Et Mamie, avec ses mensonges et ses secrets, elle protégeait qui ? Maman ? Henri ? Ou elle-même ?

23

Avec ascenseur mais sans parking

— Je… ne comprends pas…, balbutia Camille. (Elle ouvrit grand son sac sur ses genoux, passa la main au fond, inspecta toutes les poches.) Elle était là. Je ne comprends pas.

Manée haussa un sourcil et se tourna vers la jeune femme dont le front commençait à se couvrir de sueur.

— Quoique vous ayez perdu, ça peut attendre. J'en ai assez de cette voiture. Allez prendre nos clés, je veux m'allonger.

Patrick Etcheverry persistant, malgré le message de sa mère, à appeler à l'aide sur tous les réseaux sociaux, le petit groupe était convenu de ne plus se montrer ensemble en public. Dès l'arrivée à Rennes, Camille avait été missionnée pour entrer la première dans l'hôtel choisi, réserver deux chambres contiguës et revenir avec les clés. Camille et Sophie devaient ensuite monter avec les bagages, Manée et Simone suivraient peu après. Elles se feraient servir dîner et petit déjeuner dans les chambres, Sophie pourrait profiter de la piscine, Camille du spa, les deux vieilles dames resteraient à l'abri. C'était un bon plan : raisonnable, efficace, prudent. Sauf que…

— Voulez-vous sortir de cette voiture ? s'agaça Manée.

— Mais l'enveloppe, geignit Camille, qui sentait la nausée monter. Elle n'est plus là !

— Quelle enveloppe ?

Camille vida l'intégralité de son sac sur sa jupe en jean, le retourna, le secoua, puis se laissa retomber sur son siège.

— L'argent, souffla-t-elle enfin. Tout l'argent. Je l'avais mis dans une enveloppe et… plus rien. Disparu.

— Et c'est ça qui vous panique ? s'étonna Manée. Vous manquez de sang-froid, mademoiselle. Ramassez votre bric-à-brac, respirez un bon coup et trouvez-moi une banque. L'argent… mais ce n'est pas un problème, l'argent.

Elle leva les yeux au ciel, comme si la perte de plusieurs milliers d'euros n'avait pas plus d'importance que celle d'un ticket de bus. Camille s'efforça d'expirer lentement et d'oublier que l'équivalent de plusieurs mois de salaire s'était purement et simplement volatilisé.

— Je ne comprends pas…, répéta-t-elle. La bague est là, le tract n'a pas bougé…

— On ne va pas y passer la nuit, assena Manée. Banque. Maintenant. Allez !

— Ne crains-tu pas, demanda Simone depuis l'arrière, qu'un passage à la banque attire l'attention ?

— Oh, pétard ! tu as raison, Momone. Tu peux être certaine que si je retire le moindre centime, ce cornichon de Patrick va rappliquer aussitôt. Dans ce cas… Vous n'avez qu'à payer avec votre carte bleue, vous. Je vous rembourserai plus tard.

L'artiste pressa Camille mais cette dernière demeura inerte. L'enveloppe avait disparu. Son portefeuille aussi.

— C'est… minimaliste, dit Simone en promenant son regard sur le clic-clac Ikea, la table basse assortie, la kitchenette minuscule et l'étroit balcon.

— Je suis désolée, répéta Camille pour la trentième fois.

— Ça fera bien l'affaire pour une nuit, soupira Manée, allongée sur le sofa et les pieds sur l'accoudoir.

— Y a même pas de piscine, grogna Sophie.

Simone fit signe à l'enfant de dégager la roue de son fauteuil, coincée par une valise, et affirma :

— Je maintiens qu'il faut faire demi-tour. Si nous partons maintenant, nous serons chez Gatsby avant la tombée de la nuit.

— On n'y retourne pas, dit Manée.

— Et tu penses te débrouiller comment, pour la suite ? Tu tiens vraiment à aller de… (Simone se tourna vers Camille.) Comment dites-vous que cela s'appelle ? Vos appartements d'Internet ? (Camille, la tête basse, souffla : « Airbnb. ») Tu veux vraiment aller d'Airbnb en Airbnb ?

— Je m'en contenterai, répliqua Manée.

— Et l'essence ?

— Le réservoir est presque plein. Ça suffira.

— Et si vous vous faites contrôler ? (Elle pointa Camille du menton.) Elle n'a plus ses papiers, je te signale. Plus de permis de conduire, plus de pièce d'identité, rien.

— Moi je veux retourner chez Gatsby, intervint Sophie. Je veux nager !

— Arrête de me chauffer les oreilles avec ta piscine !

L'enfant, vexée, sortit bouder sur le balcon. Manée descendit péniblement ses jambes de l'accoudoir, se redressa et lâcha :

— Je ne te croyais pas si peureuse, Simone.

Camille, elle, n'osait pas intervenir. Elle se sentait fautive. Elle avait fouillé dans ses souvenirs, cherché en vain où elle aurait pu laisser l'argent et les papiers. Simone pensait qu'elle les avait oubliés dans l'Opel mais Camille en doutait. Plus elle réfléchissait, plus elle était portée à accuser Gatsby. Le géant chauve était entré dans sa chambre. Il avait pris le dictaphone, était venu le rendre tandis qu'elle dormait. Il aurait pu chiper son portefeuille et l'enveloppe à l'un ou l'autre moment. La question qui demeurait était : pourquoi ? Une autre farce ? Un moyen détourné pour faire revenir Renée ? Ou pour la faire revenir elle, Camille ? Honteuse, confuse, taraudée par la culpabilité, la jeune femme avait paré au plus pressé : trouver un lieu pour que Manée puisse se reposer. Airbnb, Paypal, quelques clics et la troupe avait pu s'échouer dans un petit deux pièces du centre de Rennes, avec ascenseur mais sans parking. C'était tout ce que son compte en banque permettait. Camille songea que Simone avait raison. Sans argent ni carte bleue, elles n'iraient pas loin. Retourner chez

Gatsby semblait l'option la plus rationnelle. À condition qu'elles y retrouvent là-bas ce qui leur manquait.

— Huile d'olive… Sel… Ketchup… Café lyophilisé… (Simone avait quitté son fauteuil et gagné à petits pas la kitchenette. Elle explorait les placards, énumérant leur contenu.) Confiture. Un fond de miel. S'il reste quelques piécettes dans vos poches, nous pourrons acheter du pain et manger des tartines.

— Tu n'aurais pas ton chéquier ? demanda Manée.

— Je te rappelle que tu m'as kidnappée. Je n'ai pas vraiment eu le temps d'y penser.

— Vous ? lança-t-elle à Camille.

— Avec le portefeuille, soupira cette dernière en remarquant qu'elle avait perdu son prénom en même temps que le reste.

— Et je ne peux pas utiliser le mien. Satané Patrick ! (Elle se rejeta sur le canapé et cala un coussin derrière sa tête, son sac fauve serré contre elle.) Peu importe. Je demanderai aux parents de Sophie, demain, de nous dépanner. On se serrera la ceinture d'ici là, voilà tout.

Ce fut le moment que choisit la fillette pour stopper sa bouderie en plein air. Elle rentra dans le petit salon et s'exclama, avec un sens de l'à-propos saisissant :

— J'ai faim ! On va manger ?

24

Fugue fructueuse

— Plus long, le nez. Voilà, comme ça. Et une cicatrice au-dessus de la… de la pommette. À gauche. Les cheveux bien noirs, bien raides. Stop ! Pas plus longs. Non, les yeux sont plus écartés. Et les oreilles elles font un truc… comme ça.

L'enfant parlait, montrait sur elle au besoin et l'artiste dessinait. Les mots de l'une, prononcés à voix basse, prenaient corps sous le crayon de l'autre.

— Oh c'est beau ! rit l'enfant. Je le savais ! Je savais que ça marcherait ! On dirait tout à fait… Hein, madame, que ça vous ressemble vachement ?

Sophie arracha la feuille du cahier et la tendit fièrement à la femme brune et au long nez qui tenait la pose, depuis une dizaine de minutes, sur les pavés de la rue piétonne.

— Beaucoup, reconnut l'inconnue. C'est magnifique… Je ne m'attendais pas… Merci !

Cachée sous sa vaste capeline, Manée ne releva pas la tête pour recevoir le compliment. Elle fit mine de chercher un crayon dans la trousse pailletée de Sophie jusqu'à ce que l'inconnue ait disparu.

— Dix euros ! glissa la fillette à son arrière-grand-mère en agitant le billet sous son nez. Alors, c'est qui qu'avait raison ?

Manée dut reconnaître que l'idée de Sophie n'était pas aussi absurde qu'elle l'avait pensé.

Quand l'enfant avait dit pour la troisième fois : « J'ai faim » et que Manée avait répondu : « Mange ta main », Camille s'était sentie obligée d'expliquer leur situation. Pas d'argent, pas de carte, pas de chèque. Il allait falloir se contenter de peu au dîner. La fillette, que la faim rendait particulièrement créative, avait alors suggéré de « faire la manche », de « voler des BN au Monoprix » ou « de manger au restaurant et puis on part en courant ». Trois propositions refusées catégoriquement par ses compagnes.

— On ne vole pas, on ne mendie pas, avait assené Manée.

La fillette avait donc regagné son balcon, autant pour échapper à l'air abattu de Camille qu'à la collection de condiments que Simone alignait ironiquement sur la table basse.

Son regard s'était alors posé sur les passants, en contrebas. En cette fin d'après-midi, de nombreux artistes de rue proposaient leurs services sur les pavés encore ensoleillés. Des touristes se prêtaient à la caricature, d'autres admiraient des tableaux posés à même le sol.

Si Manée pouvait dessiner, avait pensé l'enfant, *on se ferait une fortune.* Mais elle savait que son arrière-grand-mère n'y voyait plus très clair. *À moins que les gens se collent à elle, elle saura même pas à quoi ils ressemblent. Elle va pas les dessiner si elle les voit pas.* Deux secondes plus tard elle resautait dans le salon, courait vers son aïeule, l'attrapait par le bras et criait : « Je vais faire la Petiote ! »

Cette déclaration avait jeté un certain froid dans la pièce. Quand l'enfant eut expliqué son plan, à savoir décrire, « comme la Petiote en 1944 », des personnes à Manée pour qu'elle les dessine, ce fut le doute qui prédomina.

— Ça ne marchera pas, estima Simone.

— On pourrait vous reconnaître, ajouta Camille.

— Mais moi j'ai faim ! protesta Sophie. Et ça va marcher, c'est obligé !

La discussion s'envenima tant que Manée, à bout de patience, et plus par esprit de contradiction que par vraie conviction, choisit de suivre l'idée de Sophie. L'enfant avait dans son sac à dos papier et crayons. La vieille dame attrapa son chapeau, descendit sur les pavés et chercha un petit coin pour poser sa carcasse douloureuse au soleil. Deux heures plus tard, et contre toute attente, le duo avait amassé une somme conséquente, sous l'œil ébahi de Simone et Camille postées au balcon.

— On va manger-heu, on va manger-heu, chanta Sophie en sautillant sur place.

— Oui oui, fit Manée sans pouvoir retenir un sourire. Arrête de gigoter, maintenant. On a assez travaillé, on rentre.

Elle posa sa main ridée, aux longs doigts pâles, sur la tête brune de l'enfant. Sa hanche la faisait souffrir, le souvenir de cette autre enfant pour qui elle avait dessiné lui nouait un peu la gorge, mais elle se réjouit d'avoir partagé ce moment avec son arrière-petite-fille.

— Tu avais raison, lui murmura-t-elle à l'oreille. Demain je continuerai le voyage sans toi mais je veux que tu me promettes… Garde ça. Ta conviction. Quand tu sais que tu as raison, ne laisse personne te dire que tu as tort. D'accord ?

L'enfant opina, enlaça sa Manée et dit :

— C'est quand qu'on mange, du coup ?

— Oh punaise ! s'écria Camille, manquant de recracher sa bouchée de Tatin sur l'écran de son téléphone.

Le butin des dessins avait permis de faire les courses, les quatre voyageuses s'étaient offert un festin de tartes salées et sucrées chez le boulanger du coin. Elles terminaient leur dessert et Camille avait vérifié machinalement si de nouveaux articles à leur sujet étaient parus.

— Oh punaise, répéta-t-elle après avoir avalé ses pommes caramélisées. Vos dessins de tout à l'heure. On les a reconnus ! Ça fait un buzz… Oh là là… Apparemment quelqu'un a posté son portrait sur Instagram, une autre personne a dit : « C'est du Etcheverry ! » et depuis… Oh punaise ! Oh la vache ! Faut que j'aille sur Twitter !

Camille gloussa irrépressiblement et Sophie vint se coller derrière elle pour lire par-dessus son épaule.

— C'est quoi, ça ? fit la fillette en posant un doigt collant sur l'écran.

— Des hashtags. Apparemment, maintenant, le monde se divise en deux catégories : les #teamPatrick et les… #teamCamille !

— Ce qui signifie ? demanda sèchement Simone.

— Que certains prennent le parti de Patrick, c'est-à-dire pensent que je vous ai enlevées… Mais une bonne partie… Non, une énorme partie… La majorité, en fait… estime que vous êtes juste en vacances et qu'il… (Elle rit malgré elle.) Qu'est-ce qu'il prend dans les dents ! Oh, le pauvre !

— On se moque de mon papy ? protesta Sophie.

— Désolée ma puce, dit Camille en plaquant l'appareil contre sa poitrine. Mais avec les dessins de Manée, de moins en moins de gens croient à la théorie de l'enlèvement. Du coup il passe pour… (Elle rit à nouveau.) Pardon Sophie. Il passe pour… quelqu'un qui s'est énervé un peu vite et pour pas grand-chose. Ou qui veut faire suer sa maman. Ou…

— Il passe pour un satané cornichon, trancha Manée, et il ne l'a pas volé. La nouvelle voiture a été repérée ?

— Je ne crois pas… Je n'ai rien vu là-dessus. Mais ceux dont vous avez fait les portraits aujourd'hui auraient reçu des offres plus que généreuses pour les céder. Ils parlent de « conte de fées », de « fugue fructueuse », votre cote remonte en flèche…

— Ça remontera le moral de mon andouille de fils. Sophie, pipi, les dents et au lit. Je ne veux pas te rendre à tes parents épuisée. Tu les as prévenus ?

— Oui oui, opina l'enfant. Demain, onze heures, rue Hoche. Ils seront là.

— Ils n'ont rien dit à Patrick ?

— Ils ont promis que non.

Manée expédia l'enfant dans la salle de bains et se rapprocha de Camille.

— Et vous, vous avez appelé Jérôme ? Il a vos papiers ?

— Mon portefeuille et l'enveloppe. Retrouvés dans la table de chevet, soi-disant. Mais je n'y crois pas du tout. Il n'y a aucune raison…

— Peu importe, on n'y retourne pas. Vous les récupérerez au retour en même temps que votre voiture.

— Ce n'est pas sérieux de circuler sans papiers, intervint Simone. C'est l'affaire de trois heures. On peut très bien faire l'aller-retour demain.

— Non ! cria Manée, un peu plus fort qu'elle n'aurait voulu. (Puis plus calmement :) Non. On est presque au bout, je ne vais pas faire demi-tour maintenant.

— Et vous, ça ne vous dérange pas ?

Simone fixait Camille avec une inquiétude mêlée de colère. La jeune femme, qui se sentait beaucoup plus sereine depuis qu'Internet avait pris son parti, répondit dans un sourire :

— Tant que Manée parle, je roule.

— Aussi stupide l'une que l'autre, marmonna Simone. Je vais me coucher. Je ne vous souhaite pas le bonsoir.

La vieille dame déplia sa frêle silhouette et emporta son carré gris, son perpétuel cardigan et son mécontentement dans la chambre. Manée demanda à Sophie de la rejoindre, ce que l'enfant fit sans protester. Puis l'artiste ordonna à Camille de déplier le canapé-lit.

— Vous voulez dormir ici ? s'étonna la jeune femme. Avec moi ?

— Ça vous pose un problème ?

— Je… Non. Comme vous voulez.

— Vous n'avez pas intérêt à ronfler.

Les deux femmes se changèrent en se tournant le dos, se brossèrent les dents à tour de rôle. Camille sortit de sa valise l'urne de sa grand-mère et la posa sur la table basse. À sa grande surprise, Manée extirpa de son sac fauve un récipient noir zébré d'or puis le posa elle aussi sur la table.

— C'est… Mamie, dit Camille.

— C'est ma fille, répondit Manée.

Elles s'installèrent dans le lit, tirèrent le drap sous leur menton.

— Elle est très belle, l'urne de votre fille, chuchota Camille.

Manée grogna et se tourna sur le côté. Un parfum de lavande montait de ses cheveux, de sa longue chemise de nuit de cotonnade froissée. Le silence s'installa, Camille ferma les yeux. Puis la vieille dame demanda :

— Votre grand-mère, vous pensez qu'elle a eu une belle vie ?

25

L'ombre du manque

Jusqu'à sa majorité, Camille n'avait vu Mamie qu'une poignée de fois. Le rituel était toujours le même : un arrêt sur le chemin des vacances, une visite pour le déjeuner qu'Angèle trouvait toujours le moyen d'écourter. L'appartement de Mamie sentait l'encaustique, l'huile d'olive, l'ail et le café. La minuscule table débordait de plats qu'elle avait mis des heures à préparer. Une voisine passait toujours, comme par hasard, pour voir si Camille et Éloïse avaient grandi, si leur mère avait changé. On mangeait, on buvait le café, les petites recevaient une pièce, parfois un petit jouet ou un livre, puis Angèle déclarait qu'il était temps d'y aller. Alors Mamie emballait un panettone, un ou deux kilos de navettes à la fleur d'oranger, insistait pour ajouter des citrons de Menton et, pendant que le père des filles tâchait en soupirant de caler les victuailles entre les bagages dans le coffre, elle se postait à sa fenêtre et agitait la main en souriant. C'est l'image que Camille gardait de cette époque : Mamie à la fenêtre, de plus en plus petite à mesure que la voiture s'éloignait.

Souvent, après ces visites, Angèle racontait un peu de son enfance : le bistrot où elle et son frère rejoignaient leur mère après l'école ; les banquettes de similicuir qui collaient aux cuisses les jours de chaleur ; les diabolos menthe préparés par le patron, le vieux Bouziges ; les habitués qu'elle connaissait tous par leurs prénoms. Elle évoquait l'odeur des cartables neufs à la rentrée, les blouses raides, les plumes et les encriers, les jeux dans la cour, le soleil du Sud et les sorties à la plage, les mimosas en fleur.

Plus tard, à ses filles adolescentes, Angèle donnerait de ces souvenirs idylliques une version plus nuancée, laissant apparaître entre les touches de lumière l'ombre du manque, du silence. Mamie travaillait beaucoup, surtout elle parlait peu. Et quand la petite Angèle devenue jeune fille avait commencé à interroger sa mère sur ses origines, Mamie s'était montrée trop laconique pour la satisfaire. Son père ? Raoul Leblanc, décédé, ils ne s'étaient jamais mariés. La ville où elle était née ? Étretat, un village avec des falaises de craie. La famille ? Décimée, disparue sous les bombardements alliés. C'était tout. C'était bien peu. Henri s'en contentait : d'un naturel angoissé, il préférait se réfugier dans le sport et ses études plutôt qu'explorer son passé. Mais Angèle renâclait. Et plus elle demandait, moins elle obtenait de réponses, plus le fossé se creusait.

Que ressentait Mamie, face à cette fille qu'elle voyait s'éloigner ? Comment avait-elle surmonté le départ de ses enfants, l'une pour le Nord, l'autre pour Paris puis les États-Unis ? Comment vivait-elle ces visites brèves et espacées, la distance qui la séparait de sa famille, la seule qui lui restait ? Pensait-elle parfois à ceux qu'elle avait perdus en Normandie ?

Camille n'aurait su dire si Mamie, selon les mots de Manée, avait eu « une belle vie ». Mais elle pouvait affirmer sans peine que durant les quelques années où elle l'avait côtoyée de près – après qu'elle eut déménagé à Nice bien que sa mère ait tenté de l'en dissuader – Mamie lui avait semblé heureuse. Toujours occupée, toujours souriante, elle promenait à pas menus sa silhouette un peu courbée, ses robes noires usées et son petit chignon serré de la pharmacie à l'église, de l'Ehpad au marché. Elle cuisinait pour l'un, reprisait pour l'autre, faisait les courses et fleurissait les tombes pour tous ceux qui ne pouvaient plus se déplacer.

— Comment ça va, Mamie ? demandait Camille alors que sa grand-mère allumait la gazinière sous la cafetière.

— Tant que vous allez bien, je vais bien, répondait-elle invariablement. Tu veux un carré ?

Elles s'asseyaient sur le canapé, dans le petit salon au papier peint fané, et savouraient leur chocolat face à la fenêtre.

C'est l'image que Camille voulait conserver, celle qu'elle tenta de transmettre à Manée ce soir-là : une femme que la vie avait malmenée mais qui trouvait dans les petits plaisirs quotidiens, dans le soin porté à l'autre, une forme de sérénité.

Je connaissais Mamie, se répétait encore Camille après que Manée se fut endormie, et alors que le sommeil la gagnait. *Mamie était généreuse. Elle aidait tout le monde, tout le temps. Elle donnait sans compter.* Comment faire coïncider cette image avec celle esquissée chez le notaire ? La riche Odette Lemonnier était une étrangère. *Si Mamie avait eu des ressources pareilles, elle aurait donné à la paroisse. À des œuvres de charité. Elle m'aurait aidée pour mes études.* Dans l'esprit embrumé de Camille, les portraits se dissociaient. Mamie souriait, Odette grimaçait. *Alors c'est quoi, le secret ?* De quoi cet argent était-il entaché pour qu'elle refuse d'y puiser ?

26

Cœur lourd

— Le beurre, Sophie. Le beurre, c'est la vie.

L'enfant ne répondit pas, elle savourait sa tartine. Camille sourit de ce tableau : la vieille dame aux cheveux blancs, le dos bien droit sur sa chaise, avec sa tunique flottante, son pantalon large et ses espadrilles ; la fillette brune, ses jambes bronzées repliées sous elle, un t-shirt plein de miettes pour tout vêtement ; un petit déjeuner intergénérationnel ; un plaisir intemporel. Elle-même avait pris place sur le canapé, un bol de café fumant dans les mains. Simone ne s'était pas encore levée.

— Ce qui est bon, reprit Manée, c'est de croquer à travers une grosse couche de beurre, assez épaisse pour bien y enfoncer les dents, tu vois ? Et ensuite de trouver le pain croustillant. (Elle illustra son propos, mâchant consciencieusement.) Quand j'étais petite, on avait des goûteurs de beurre. Ils venaient lors des foires et des marchés. Pour évaluer la qualité, tu comprends ?

— Dis Manée, l'interrompit l'enfant. C'était quoi le nom de ton papa ? Parce que je voudrais faire un arbre génialogique, et sans les noms c'est pas pratique.

Camille, lovée dans le canapé, songea : *Bien vu, Sophie*, mais se garda de bouger. Manée prit le temps de finir sa tartine, repoussa du doigt les miettes sur la table. Puis elle inspira et prononça :

— Je pense que c'est mieux si je fais l'arbre pour toi.

— Ben pourquoi ? demanda l'enfant, déçue.

— Parce que… c'est justement à ça que sert une biographie. À faire de beaux arbres généalogiques. (L'enfant ouvrit la bouche mais son aïeule la stoppa d'un geste.) Va voir ce que fait Simone. Elle ne peut pas dormir encore, je suis sûre qu'elle boude.

L'enfant s'exécuta et Camille observa à la dérobée le profil de Manée. La réticence de la vieille dame à évoquer les patronymes était décidément perturbante. *Mais sans Sophie*, songea-t-elle, *Manée sera libre de parler. Elle dit qu'on est presque arrivées. Avec un peu de chance, ce soir je saurai tout.*

— Je boucle mon sac, dit-elle en se levant, et je descends les bagages dans la voiture. Comme ça on dépose Sophie et on peut filer directement. J'ai hâte de…

— Manée ! cria Sophie depuis la chambre.

Les deux femmes échangèrent un regard interloqué.

— Qu'y a-t-il, Sophie ?

— C'est Simone… Elle boude pas, tu t'es trompée. Mais elle bouge pas non plus et… j'arrive pas à la réveiller.

Manée n'avait plus la foi depuis longtemps ; pourtant, face au corps inerte de Simone, son premier réflexe fut d'adresser au ciel une prière. *S'il y a quelqu'un là-haut : ne laissez pas mourir cette vieille tête de mule. Pas avant qu'on se soit réconciliées !*

Elle continua à apostropher le Seigneur entre deux ordres lancés à Sophie et Camille, puis aux pompiers. *C'est le moment de se rendre utile, là ! Je vous signale qu'elle croit en vous, alors bougez-vous !*

Dans l'ambulance, elle engueulait carrément le Très-Haut : *Triple buse, crème d'andouille, bougre de cornichon de Créateur à la noix !*

Ce n'est qu'en laissant sa Momone entre les mains compétentes des médecins que la vieille dame cessa ses rageuses supplications : elle croyait bien plus en la médecine qu'en Dieu. Elle prit alors conscience de la détresse de Sophie, de ses yeux rouges, de son air effaré, et l'attira contre elle en une silencieuse mais réconfortante étreinte.

— Ses parents sont en route, lui glissa Camille, qui n'avait pas meilleure mine que l'enfant. Ils ne devraient pas tarder.

Manée la remercia, attrapa sa main et ne la lâcha plus.

Estelle et Matthieu trouvèrent le trio dans cette même position. L'enfant s'arracha au giron de son aïeule pour bondir dans les bras ouverts de ses parents. S'ils avaient eu l'intention de les sermonner – elle ou Manée – pour la peur qu'elles leur avaient causée et les jours à leur courir après, ils n'en laissèrent rien paraître. Ils enlacèrent leur fille, essuyèrent ses larmes en laissant couler les leurs, rirent en sanglotant, sanglotèrent en riant, puis ils embrassèrent Manée, saluèrent Camille, et prirent place à leurs côtés sur les chaises tristes et inconfortables comme seules peuvent l'être des chaises d'hôpital.

Et à cinq, ils attendirent.

Quand un médecin vint enfin les voir, il annonça que Simone avait repris connaissance.

— Elle a ouvert les yeux assez vite, à vrai dire, expliqua-t-il avec une nuance indéfinissable dans la voix.

— Et vous nous avez laissés attendre ! s'offusqua Manée. Nous ronger les sangs !

— Nous ne voulions pas… vous faire de fausse joie. (Son air était lugubre, Manée porta sa main à sa bouche et Camille étouffa un sanglot.) Je vous rassure, elle va bien. Enfin elle va… comme une dame de quatre-vingt-onze ans avec une fracture récente du col du fémur et un cœur un peu faible. Vous devez comprendre, madame, qu'une perte de connaissance de ce type n'est pas anodine. Surtout pour une personne de son âge.

— Mais elle va bien ? insista Manée. Elle n'a pas… de séquelles ?

— Nous n'en avons pas détecté. Les examens pratiqués sont revenus normaux. (Soupirs de soulagement.) Il semblerait que Mme Müller ait oublié de prendre ses médicaments hier soir et que cet oubli ait causé le malaise de ce matin. (Camille se laissa retomber sur sa chaise et Manée fronça les sourcils.

Elles pensaient toutes deux à la colère de Simone après le dîner.) Je dois insister sur un point, poursuivit le médecin. La patiente a besoin de repos, de calme et d'horaires réguliers. D'un environnement adapté. Vous ne pouvez pas… (il jeta un regard sévère à Manée)… l'entraîner dans une fuite, une fugue, ou quoi que soit votre situation actuelle. Oui, madame Etcheverry, je sais qui vous êtes. Je n'ai aucun avis à émettre sur votre affaire mais d'un point de vue médical, je dois vous dire ceci : si la patiente résidait en maison médicalisée, ce n'était pas pour rien. Un nouvel épisode de ce genre pourrait avoir une fin moins heureuse.

« Mme Etcheverry » ne répliqua pas : elle accusait le coup et sous le poids de sa probable bêtise, elle se courba sur sa canne. Sophie et sa mère se serrèrent un peu plus contre elle.

Le docteur, sa diatribe terminée, autorisa les visites, « mais pas plus d'une personne à la fois ». Manée alla la première.

Elle ressortit de la chambre les yeux humides et le pas encore plus chancelant qu'à son entrée, mais elle souriait.

— Cette chère tête de mule, souffla-t-elle à Camille, qui était restée adossée au mur près de la porte. La peur qu'elle m'a faite… (Elle saisit la main de la jeune femme et la serra longuement.) Mais il en faudra plus pour venir à bout de Momone… Vous pouvez la voir. Moi je vais souffler un peu. Et merci Camille… Merci.

Camille regarda la vieille dame clopiner jusqu'à Sophie, Estelle et Matthieu, s'asseoir près d'eux et les attirer tout contre elle. Elle n'avait jamais vu Manée aussi fragile, aussi vulnérable. Touchante par sa peur et sa tendresse. L'artiste avait tombé le masque, elle n'était plus qu'une femme au cœur lourd, au chagrin palpable, à l'amour immense.

Et puis Camille vit Manée lâcher sa famille, se relever, empoigner sa canne et la brandir devant elle.

Un homme approchait : grand, vêtu d'un costume de lin clair et tamponnant son front d'un mouchoir assorti.

— Bougre d'imbécile de cornichon de malheur ! hurla Manée.

27

C'est cuit

Patrick Etcheverry ne s'attendait pas à ce que sa mère l'accueille aimablement. Il la connaissait trop pour espérer une rencontre sans heurt et savait qu'il aurait droit à un savon en règle… Mais il n'avait pas non plus imaginé recevoir un tel déluge d'insultes. Manée était déchaînée. La colère qu'elle ressentait à l'égard de son fils se nourrissait de sa propre culpabilité : il fallait que quelqu'un paye pour le malaise de Simone, et dans la mesure où Manée n'était pas encline à l'autocritique, Patrick constituait le défouloir idéal. Sous ce feu nourri d'invectives, le pauvre homme, qui se faisait agonir en public, en vint à s'inquiéter davantage pour la santé de sa mère que pour son image ou sa réputation, choses auxquelles il tenait pourtant beaucoup.

— Manée, Manée… laisse-moi parler ! implorait-il tandis qu'une foule d'infirmières, de médecins, de patients faisaient mine de ne pas écouter tout en chuchotant ardemment.

Un des témoins de l'altercation dégaina son téléphone, et sa vidéo, centrée sur Patrick, amuserait ensuite grandement les confrères de maître Etcheverry ainsi que tous les partisans de la #teamCamille. Pour l'heure, Camille, assise au bout du lit de Simone, ne riait pas.

Tant qu'elle avait cru la vieille dame en danger, la peur et le besoin de se rendre utile avaient chassé toute autre pensée. Mais maintenant que Simone semblait tirée d'affaire, elle ne pouvait s'empêcher de songer à la suite du voyage, que l'arrivée de Patrick compromettait sérieusement.

— Vous croyez… ? débuta-t-elle.

— Chut ! fit Simone.

À la grande surprise de Camille, la petite femme frêle qu'elle avait crue à l'article de la mort trois heures auparavant, et qu'elle pensait au minimum affaiblie, se laissa glisser de son lit, claudiqua jusqu'à la porte et l'entrouvrit.

— Simone, vous ne devriez pas…

— Chut, je vous dis !

Elle demeura appuyée au chambranle, le visage concentré sous ses mèches gris acier, aussi longtemps que les cris retentirent dans le couloir. Puis un soignant moins curieux ou plus consciencieux que les autres exigea que cesse la dispute ou qu'elle s'exporte hors du service.

— Vous avez entendu comme moi ? demanda Camille à Simone quand elle eut regagné son lit. Patrick a dit… que l'hôpital l'avait appelé ?

— Et alors ?

— Alors… c'est bizarre, non ? Vous pensez qu'ils croient au kidnapping ? qu'ils voulaient nous dénoncer ?

— Taisez-vous, fit la vieille dame en se redressant. Écoutez.

Camille tendit l'oreille et murmura :

— On dirait… Manée ?

— La fenêtre ! Ouvrez la fenêtre, ils sont en bas !

Et en effet Patrick et sa mère, éjectés du service, poursuivaient leur querelle sur un bout de parking libre au pied de l'hôpital, presque sous les fenêtres de la convalescente.

— C'est ma biographe, je la paye ! criait Manée. Je fais encore ce que je veux de mon argent ! Je ne suis pas sénile, bon sang de bonsoir !

— Mais Manée… comprends que la situation prêtait à confusion et…

— Mesures-tu seulement le mal que tu aurais pu faire ? Sa réputation, tu y as pensé ?

— Elle prend ma défense, souffla Camille à Simone, accoudée comme elle à la fenêtre deux étages plus haut. Ça me touche, je n'aurais pas cru…

— Silence ! intima Simone.

— … et si tu avais pris ton portable, poursuivait Patrick, rien de tout ceci…

— Je ne voulais pas de portable ! *Tu* m'as imposé ce bidule dont je ne sais même pas me servir !

— C'était pour ta sécurité…

— Sécurité, mes fesses ! Tu voulais me pister ! Et qu'est-ce que c'est que ces manières ? Crier sur l'Internet qu'on m'a kidnappée ! Je passe pour quoi, moi ? Une gâteuse incapable de différencier une biographe d'une croqueuse de diamants !

— S'il te plaît, Manée… Calme-toi, nous pouvons régler cela sans…

— Je me calme si je veux !

La vieille dame, néanmoins, avait le souffle court et les joues brûlantes. Elle s'assit avec peine sur un plot en béton. Son fils, prudemment, s'accroupit à côté d'elle.

— Ma petite Manée…

— Laisse-moi, gros bêta.

— Ma petite maman, ma petite Renée, ma petite Manée…

— Il chante ? s'étonna Camille.

— Une comptine inventée quand il était petit. Chut !

— Tu crois que c'est drôle ? reprit Manée d'une voix moins forte mais toujours lourde de reproches. Perdre sa liberté de mouvement ? Ne plus y voir assez pour conduire, pour lire, pour peindre ? Devoir demander de l'aide pour tout et n'importe quoi ? Avoir mal en permanence ? Ne plus arriver à marcher, se casser la figure et se dire qu'un jour, bientôt, on ne sera plus capable de se relever ? Et vous… (Elle ouvrit les bras comme si la famille Etcheverry au complet s'alignait sur le parking.) Vous tous qui parlez de moi comme d'un poids, d'une chose encombrante à déplacer. Si tu savais comme je déteste ça… Et toi… (Elle cria à nouveau.) Je te déteste encore plus de ne pas le comprendre !

— Manée…

— Qu'est-ce qu'il dit ? demanda Simone qui n'osait pas se pencher plus à la fenêtre.

— Je ne sais pas, fit Camille en plissant les yeux pour mieux entendre. Il parle trop bas. Je dirais qu'il s'excuse. Il a l'air de s'excuser. Il prend sa main… Elle ne le repousse pas…

— Fermez la fenêtre, ordonna Simone en retournant vers son lit. C'est cuit.

Camille obtempéra tout en gardant à l'œil Simone, dont le visage s'était crispé.

— Vous avez mal, Simone ? Je peux faire quelque chose ? (Simone ne répondit pas.) Voulez-vous que je vous laisse ? Pour vous reposer ? (Toujours pas de réponse et Camille tenta un sourire rassurant.) Vous savez… je ne pense pas que ce soit « cuit ». Au contraire. Si Patrick admet que je n'ai kidnappé personne, ce qui semble être le cas, il laissera Manée poursuivre son voyage. Il n'y a aucune raison…

— C'est sûr que ça vous arrange, vous !

Le ton de Simone était hargneux, mais Camille n'eut pas le temps de répondre : on frappa à la porte et une tornade brune s'engouffra dans la chambre pour se ruer sur Simone.

— Momone ! J'ai eu trop peur pour toi ! Je suis trop contente que tu sois guérie !

La convalescente rendit son étreinte à Sophie et caressa ses longs cheveux.

— Je suis désolée de t'avoir fait peur, ma doucette. Mais tu vois ? Je vais très bien maintenant.

— Et moi aussi ! Je vais aller à La Rochelle avec papa et maman ! Nous trois et pas d'ordinateur et en plus y aura une piscine et ça sera des vraies vacances en famille et on pourra aller à l'aquarium tous les jours !

— C'est bien, ma chérie.

— Et ils m'ont même pas grondée ! Pas comme papy Patrick avec Manée ! (Elle se hissa sur la pointe des pieds pour embrasser la joue ridée.) Tu dois plus oublier tes médicaments, d'accord ? (Puis elle bondit vers Camille et la prit dans ses bras.) Et toi, tu enregistres bien tout ce que dit Manée parce que moi j'adore trop quand elle parle de la famille et tout ça ! Et après on aura un arbre génialogique avec tout le monde et ce sera trop super ! Je dois aller dire au revoir à Manée ! Papa et maman vont venir vous faire des bisous. T'cho !

Et elle disparut comme elle était venue, à toute allure et auréolée de bonheur.

Estelle et Matthieu vinrent ensuite, avec plus de retenue mais autant de soulagement. Ils embrassèrent Simone et remercièrent Camille. Sophie, semblait-il, avait déjà eu le temps de leur raconter les requins, le miroir d'eau, les baignades, les glaces…

— Nous n'avons jamais cru à la théorie de l'enlèvement, confia Estelle à Camille. On a peut-être l'air de mauvais parents mais on connaît notre énergumène. Et Manée aussi, on la connaît. On a essayé de raisonner mon père mais il est aussi têtu que sa mère… ou que sa petite-fille. C'est de famille, on a la tête dure… Merci d'avoir pris soin de Sophie. Et bonne chance pour la suite de votre biographie. Nous avons tous hâte de la lire.

Puis après quelques paroles aimables et salutations de circonstance, ils s'éclipsèrent à leur tour.

— Sophie va me manquer, soupira Camille, restée seule avec Simone. (Puis aussitôt, elle se mordit les lèvres et ajouta :) Vous aussi, bien sûr… Enfin… si vous ne pouvez pas continuer le voyage…

— Comprenez-vous bien ce qui se passe ? demanda la vieille dame d'une voix aigre. À votre avis, quel est l'objectif de Manée ? Après son « excursion », je veux dire. Vous croyez qu'une fois son petit périple terminé, elle va se laisser enfermer dans une maison de retraite ? Patrick s'est peut-être laissé berner… mais vous ?

— C'est-à-dire…, débuta Camille avec gêne, que je me doutais plus ou moins…

— Vous saviez, murmura Simone. Vous saviez qu'elle ne rentrerait pas et vous n'avez même pas protesté.

Camille sentit ses joues rosir puis s'empourprer. Elle avait deviné dès le départ que Manée fuguait. Elle en avait ressenti un malaise, de la peine pour la famille laissée dans l'ignorance, mais elle s'était tant répété qu'elle n'avait pas le choix, que ça ne la regardait pas, que ses remords s'étaient effacés. Elle n'y avait même pas pensé en discutant avec les parents de Sophie.

— Vous vous étonniez tout à l'heure, reprit Simone en lui tournant le dos, que l'hôpital ait appelé Patrick. Eh bien, c'est moi qui l'ai demandé. (Camille écarquilla les yeux, bouche bée.) Et tant que j'y suis, sachez que c'est également moi qui ai caché vos papiers chez Jérôme. Moi aussi qui ai glissé à Sophie qu'il y avait une plage toute proche à La Rochelle. Moi encore qui lui ai parlé de l'aquarium. Moi, en somme, qui m'évertue à vous ralentir depuis que nous sommes parties.

— Vous avez caché mes papiers chez Gatsby ? Vous ? balbutia Camille, pour qui cet aveu absurde éclipsait tous les autres.

— Et Dieu sait si j'ai insisté pour que vous fassiez demi-tour. Mais non, tout le monde se fiche de rouler sans papiers. Et l'argent ! Je pensais qu'au moins, sans liquidités, vous rebrousseriez chemin. Mais non ! Toujours pas ! Manée dessine, elle ramasse sa monnaie et en prime personne ne la reconnaît ! Alors j'ai fait ce qu'il fallait. Je regrette d'avoir inquiété Sophie, mais c'était ma dernière option.

L'air ahuri, Camille protesta :

— Vous n'avez pas fait ça ! Votre malaise... Vous avez oublié vos médicaments exprès ?

— Ce n'était pas une expérience agréable, mais je n'avais plus le choix.

— Mais vous auriez pu y passer ! Et on s'est fait un sang d'encre !

— Je devais immobiliser Manée assez longtemps pour que Patrick puisse nous trouver. Seulement maintenant que ce benêt la laisse repartir... qu'il persiste à gober cette histoire ridicule de biographie...

Camille se laissa tomber sur le bout du lit, sonnée.

— Et tout ça pour l'empêcher de fuguer...

— Tout ça pour l'empêcher de mourir !

— De... quoi ?

La petite vieille dame, assise dans son lit, prit le temps de retrouver un semblant de calme. Elle savait qu'elle ne disposait que d'un minuscule créneau pour gagner Camille à sa cause.

— Vous aviez compris, débuta-t-elle posément, que Manée ne comptait pas rentrer. Ce que je vous dis, moi, c'est que ce voyage est son dernier. Elle remonte la piste, vous comprenez ? Elle rentre chez elle, quelque part en Normandie, et là-bas... Il n'y a pas de cachette, Camille. Pas d'endroit secret pour éviter d'être enfermée. Elle décline et elle le sait. Elle veut en finir avant d'être trop abîmée.

— Mais non, se rebiffa Camille. Manée est forte, elle est rude, elle...

— Manée n'aime rien davantage que sa liberté. Et même si Patrick ne l'enferme pas... son corps s'en charge un peu plus chaque jour. Vous l'avez entendue tout à l'heure ? Elle a mal, elle y voit de moins en moins, elle a besoin d'aide et elle a horreur de ça.

— Elle vous a dit ça ? Qu'elle voulait mourir ?

Simone fut tentée de mentir. Il eût été plus simple de convaincre Camille en affirmant que oui, Manée avait ouvertement déclaré son envie d'en finir. Mais peut-être parce qu'elle avait tant triché au cours des derniers jours, elle avoua :

— Non. Elle reste évasive sur sa destination et ce qu'elle y fera. Mais je la connais. Et ces choses qu'elle vous raconte... Renée n'a jamais parlé de sa vie comme elle le fait en ce moment. Jamais. C'est un testament qu'elle vous laisse, Camille. L'histoire de sa famille, pour que vous la leur transmettiez après.

— Si vous êtes si sûre de vous, dit lentement Camille, pourquoi vous n'en parlez pas à Patrick ? Il est sûrement encore dans le coin.

— Manée ne me le pardonnerait pas.

— Comme c'est pratique... Vous faites vos coups en douce, vous nous tendez des pièges, vous nous faites... des frayeurs pas possibles ! Parce qu'on a vraiment eu peur pour vous, Simone ! Et quand ça échoue, vous me refilez le bébé ? C'est dégueulasse. Pourquoi vous ne parlez pas directement à Manée, d'abord ? Ce serait quand même plus simple que toutes vos manigances ! Demandez-lui où on va, pourquoi on y va, et ce qu'elle prévoit ensuite.

— Impossible. À la minute où elle saura que je sais, elle me laissera en arrière et je n'aurai plus aucune chance de la sauver.

— Donc c'est moi qui dois renoncer ? À cause d'une idée débile que vous ne voulez même pas vérifier ?

Et la jeune femme croisa les bras, son regard furieux planté sur le linoleum grisâtre de la chambre.

— Camille…, implora Simone. Camille, regardez-moi. Je ne veux pas aller en Normandie. Et si vous avez un tant soit peu d'affection pour Manée ou sa famille, croyez-moi, vous ne voulez pas y aller non plus.

28

À côté de l'église

— Où sommes-nous ? demanda Manée.

— Torigny.

— Parfait. Nous sommes presque arrivées.

Camille observa un instant sa passagère, qu'un grand sourire illuminait. *Manée, suicidaire... N'importe quoi. C'est une force de la nature, cette femme-là.* Puis Simone toussota et Manée s'inquiéta aussitôt.

— Tu as froid, Momone ? Camille, coupez l'air climatisé. Momone s'enrhume.

— Ça va, grogna Simone en boutonnant son cardigan. Je ne suis pas en sucre.

— J'ai promis au docteur que je veillerais sur toi. C'est à cette condition que tu as été autorisée à...

— La barbe !

Simone croisa les bras et Camille se mordit les lèvres. Depuis qu'elles avaient quitté Rennes, en milieu de matinée, peu de mots avaient été échangés. Manée avait demandé d'attendre Condé-sur-Vire pour reprendre son récit, arguant que les faits seraient mieux narrés dans les lieux où ils s'étaient déroulés. Simone affichait une mine lugubre et aboyait dès qu'on essayait de lui parler. Manée imputait l'humeur de son amie au malaise de la veille, à la journée et à la nuit passées à l'hôpital. Camille savait, elle, ce que Simone lui reprochait.

Bien sûr, la jeune femme aurait pu tenter d'éclaircir la situation. « Manée, Simone pense que vous m'avez embauchée pour vous conduire à la mort. Pouvez-vous la rassurer ? » Mais elle entrevoyait déjà l'issue de cette intervention : hauts cris de l'une, fureur de l'autre, énième dispute, possible retard dans leur trajet et, à coup sûr, double dose de remontrances pour elle-même. *Je veux bien aider, mais pas si c'est pour me faire engueuler.* Aussi Camille s'efforça-t-elle de museler son impatience et d'ignorer les œillades courroucées.

— Avancez encore, fit Manée quand la voiture entra enfin à Condé-sur-Vire. Encore un peu… Voilà l'église ! Arrêtez-vous là.

Camille gara le 4 × 4 sur un parking et la petite troupe, menée par Manée, alla s'asseoir à l'ombre de l'édifice religieux.

— C'est ici, déclara Manée, que votre grand-mère, sa voisine, mon cousin et moi sommes arrivés le 7 juin 1944. Près de cette église étaient parqués des parachutistes américains que les Allemands avaient capturés. On nous a fait signe de dégager et nous sommes partis vers la maison de la tante qui se trouvait par là. (Elle montra une petite rue adjacente.) Malheureusement, nous n'y avons trouvé personne. Nous nous sommes installés dans l'étable à côté. Je n'avais plus qu'une chaussure, ma jupe était déchirée. Mon cousin était toujours aussi sale et la gamine sur son dos n'avait pas meilleure mine. La voisine est sortie un moment, elle nous a ramené des cerises que la Petiote n'a pas voulu manger. Elle restait accrochée à mon cousin. Je ne sais pas s'il lui rappelait quelqu'un, ou si elle était juste rassurée de se sentir portée… Même après, même quand elle a recommencé à marcher, elle voulait au moins lui tenir la main. Ça, elle l'aimait bien, mon cousin… (Manée observa un moment l'église et les massifs de fleurs qui l'entouraient.) Puis la voisine a dit qu'elle devait partir. Elle était bien embêtée mais elle voulait essayer d'atteindre Saint-Armand avant la nuit. Mon cousin a proposé de garder la Petiote. De toute façon il n'avait pas vraiment le choix, elle refusait de le lâcher. Comme nous avions encore faim, nous sommes ressortis à la recherche des cerisiers. Il y avait au bout de cette rue (elle l'indiqua de la main) un grenier à foin, avec une échelle en bois et en haut une trappe pour accéder. On a vu ce petit chien au bas de l'échelle qui aboyait. Mon cousin a dit : « Pourquoi il aboie, lui ? Si ça se trouve, il y a à manger là-haut, on devrait monter. » Mais une patrouille allemande venait vers nous, on s'est fait tout petits contre un mur. Ils ont trouvé ça bizarre aussi, les Allemands, ce petit roquet qui aboyait sans s'arrêter. Ils ont monté l'échelle. Et ils sont redescendus avec trois Français au bout de leurs fusils et un poste de TSF dans les bras. Les pauvres gens avaient réussi à cacher une radio dans leur grenier pendant toute l'Occupation, et le lendemain du Débarquement ils se sont fait dénoncer par leur chien… (Manée secoua la tête.) Ils ont été pendus. Et les parachutistes dans la foulée. Ici, juste à côté de l'église. (Elle planta sa canne dans la pelouse jaunie et se leva.) Les Allemands savaient que quelque chose d'énorme allait leur tomber sur la figure, ça les rendait nerveux. Et c'est pour ça qu'on a décidé de repartir, le cousin et moi. On s'est dit : « Tant pis pour la tante et la sœur, ici c'est trop dangereux, continuons vers Margueray. » Camille, aidez Momone à se relever. Nous allons reprendre la voiture. Je vais vous guider.

— Là ! cria Manée tandis que Camille s'engageait sur un pont au-dessus de la Vire. C'est ici que j'ai dessiné pour la Petiote. Depuis des jours, depuis Condé, elle pleurait qu'elle voulait retourner à Saint-Lô.

— Des jours ? s'étonna Camille. Pour faire… (elle consulta le GPS)… neuf kilomètres ?

— Ah ça, on n'avançait pas vite. Et encore, c'était mieux depuis que la gamine marchait et que j'avais pu prendre des chaussures sur une pauvre femme dans un fossé… (Elle resta pensive un instant.) C'est horrible à dire, non ? J'ai pris des chaussures aux pieds d'une femme morte. Et sur le moment ça ne m'a même pas gênée. Elle avait des tatanes, moi pas. Alors je me suis accroupie près d'elle, j'ai pris les chaussures et je les ai enfilées.

— C'était la guerre, grogna Simone de son siège arrière.

— C'était la guerre, répéta Manée. Et plus on avançait plus on en voyait, des pauvres gens au bord des routes. Les chaussures, ce n'est pas la seule chose qu'on leur ait volée. Votre grand-mère avait récupéré un chandail, Raoul des pantalons…

Camille se tourna si brusquement vers la vieille dame qu'elle fit faire au 4 × 4 une embardée.

— Pardon, souffla-t-elle en redressant le volant, mais votre cousin s'appelait… Raoul ?

— Raoul Leblanc, confirma Manée. Un sacré bon gars, je peux vous l'assurer. Toujours gai, toujours prêt à rendre service. Il n'a jamais râlé de devoir porter la gamine, ne s'est jamais plaint. Pourtant, qu'est-ce qu'elle a pleuré dans ses oreilles…

Les yeux brillants, Camille n'écoutait plus Manée. Elle pensait à sa mère qui avait désespérément cherché Raoul Leblanc à Étretat. Sa mère qui, faute de réponse, en était venue à penser que c'était un leurre, peut-être même un nom inventé. *Mais Raoul Leblanc existe*, songea Camille. *Et Mamie l'aimait*.

29

La tranchée

De champs en villages, de détours en digressions, Manée continua son pèlerinage sur les traces des trois enfants en exode. Elle parla des poux et de la faim, des pommes mangées trop vertes et des pommiers sous lesquels le trio s'abritait souvent. De ces Normands qui les accueillirent pour une nuit ou plus dans leurs fermes, granges, laiteries, appentis, et partagèrent avec eux leurs maigres ressources. Des vaches qu'il fallait bien traire, du pain qu'il fallait bien faire, des parturientes qu'il fallait bien accoucher, des enfants qu'il fallait bien occuper, de la vie qui continuait pour les habitants de la Manche même si la région s'enlisait dans une guerre d'usure, l'« enfer des haies ».

Après quelques sandwichs en guise de déjeuner, Manée enchaîna sur les pluies de juillet 1944, les nuits dans les bois, les parasites qui pullulaient. Les médicaments qui manquaient et les pauvres gens qui mouraient. Et la Petiote qui, toujours, tenait la main de Raoul.

— Les bombes qui tombaient, les balles qui sifflaient, c'est tout ce qu'on savait, déclara Manée tandis qu'elles approchaient de Margueray. Ça et les Allemands qui nous poussaient à partir chaque fois que les Américains approchaient. Cette bâtisse (elle montra une grosse ferme, sur le bord de la route) appartenait au parrain de Raoul. C'est drôle qu'elle soit toujours debout… Il en manquait un gros morceau quand on l'a trouvée. Non, ne vous arrêtez pas, nous-mêmes n'avons fait qu'y passer. Nous avions appris, en arrivant, que le parrain et son fils étaient partis. J'ai su plus tard qu'ils avaient rejoint un réseau de résistants dans le Vercors. Ils ne sont jamais rentrés… Fusillés en 1945. (Manée plissa les yeux et se décida pour la route de droite, la pointant du doigt pour Camille.) Nous, on a continué à marcher. Pas le choix, il fallait avancer. Je ne crois pas qu'on s'était lavés correctement une seule fois depuis juin. Sur les routes et les chemins, on risquait toujours de se faire tirer dessus par les avions américains, alors on coupait souvent à travers champs et après les pluies nous étions drôlement crottés. Je me souviens que par ici, on a vu un avion à double queue nous piquer dessus et on a couru, comme toujours, se réfugier sous des pommiers. On n'avait pas repéré, au début, que le fossé à côté était plein d'Allemands morts. Mon cousin a eu une idée : il a voulu prendre des casques « pour nous protéger la tête ». Vous savez, quand les bombes ou les obus ne tombaient pas loin, on se ramassait des éclats et Raoul en avait pris un dans la fesse la veille ou l'avant-veille alors… il a tendu la main vers un Allemand, a soulevé son casque… et le soldat, pas si mort, lui a attrapé le poignet. Mon cousin s'est figé et la Petiote, qui l'agrippait toujours, a hurlé. « *Nein* », a soufflé l'Allemand. « Danger. Américains tirer. » L'Allemand voulait nous protéger. Je crois qu'à ce moment-là, ils avaient compris qu'ils ne gagneraient pas la partie. Mais ça montre que même mourant, même ennemi, on peut rester un brave type. Prenez à droite. Au bout, entrez dans le chemin.

Camille avança sur une allée de terre et stoppa devant un portail. Manée observa le bâtiment qu'on apercevait derrière une rangée de thuyas.

— Ce n'est plus la même maison. Mais c'était bien ici. On est arrivés un soir, fin juillet, juste après l'affaire du casque. On a couché chez ces braves gens, des fermiers. Ils avaient des Allemands, bien sûr, et deux grosses mitrailleuses antiaériennes de chaque côté de l'allée. Le lendemain, les Allemands les fichaient dehors parce que les Alliés arrivaient. Les fermiers ont entassé toutes leurs possessions, leurs meubles, et même leurs poules sur des tombereaux pour s'en aller. Et comme on faisait peine à voir, ils nous ont juchés par-dessus. Je peux vous dire qu'on rigolait, sur ce bric-à-brac. Même la Petiote trouvait ça drôle. Surtout les poules. On se faisait bien mitrailler de temps en temps mais à ce stade, ça ne nous faisait plus vraiment peur. On était habitués. Même les tanks allemands ne nous faisaient plus d'effet. Quand on les repérait derrière les haies on faisait un détour, c'est tout. On a roulé vers Mortain, après quelques jours on s'est arrêtés chez un éleveur que les fermiers connaissaient. Et on n'est jamais allés plus loin. Reculez et partez par la gauche, je vais vous guider.

Il fallut un certain temps pour trouver la propriété que cherchait Manée. Là elle descendit de la voiture, suivie de près par une Simone déterminée à ne pas la lâcher, et une Camille intriguée par l'air sérieux de l'artiste.

— Ils ont planté des fleurs, dit la vieille dame en observant le jardinet qui s'étendait devant une belle maison de pierre. Vous voyez ce massif qui fait comme un zigzag ? C'était la tranchée.

Elle approcha encore de la demeure, dont les volets étaient clos, et s'agenouilla avec une grimace de douleur devant un rosier.

— C'est bien qu'ils aient fleuri la tranchée.

Elle se releva avec une autre grimace, chancela. Simone comme Camille tendirent vers elle un bras et à trois, cahin-caha, elles allèrent s'asseoir sur un banc de bois accolé à la façade.

— Les éleveurs qui vivaient ici… L'homme avait fait 14-18. Pour défendre sa famille, il avait choisi ce qu'il connaissait : une tranchée. De bons gros fossés en zigzag, bien étayés. Et comme nous avons atterri ici juste avant la contre-attaque de Mortain, nous nous sommes vite retrouvés coincés entre Allemands et Américains. Une nuit on s'est réveillés parce qu'on entendait mitrailler et bagarrer dehors. Et au matin, on a trouvé les chars américains dans le champ de pommiers en face. C'était les premiers que je voyais de près, on était bien heureux de les trouver. Les éleveurs sortent le calva, offrent à boire… Et d'un coup, ça explose à côté. Un char allemand qui nous tire dessus ! Le paysan crie : « À la tranchée ! », Raoul rebrousse chemin sur ses talons, il est le premier dans le fossé et on se retrouve tous là à écouter les tanks qui se tirent les uns sur les autres au-dessus de nos têtes. Et entre les tirs et les explosions, on entend les poules caqueter. Ça inquiète la Petiote, elle veut aller les chercher, Raoul la retient. Une autre explosion, tout près cette fois. Raoul passe la tête et dit en riant : « Tout va bien, les poules n'ont rien. » Et là, ça tombe juste à côté. Je tends le bras pour attraper mon cousin. (Manée passa un doigt sur la cicatrice qui lui zébrait le poignet.) Mais pas assez vite. Un éclat l'a touché à la tête. (Elle soupira.) On n'a rien pu faire. Il est mort ici, dans la tranchée. Et le lendemain nous étions libérés.

— Renée, murmura Simone en lui serrant la main.

— Je suis désolée, dit Camille sans oser la toucher.

— C'est bien qu'ils aient mis des rosiers. Raoul aurait aimé.

30

Perdre tous ceux qu'on aime

Camille aurait voulu prendre une pause. S'asseoir, seule, au pied du rosier et pleurer Raoul Leblanc. Ce jeune homme serviable et souriant, mort à dix-sept ans d'avoir voulu rassurer une gamine au sujet de quelques poules. Camille se sentait coupable, gênée vis-à-vis de Manée, tout en percevant l'absurdité de ces sentiments. Elle était déçue, aussi. Elle avait espéré pouvoir appeler sa mère, lui annoncer qu'elle avait retrouvé Raoul Leblanc, que Mamie avait dit vrai. *Mais elle a menti*, songea la jeune femme avec amertume, *et le mystère du père reste entier.*

Camille aurait aimé avoir le temps de pleurer Raoul autant que ce qu'il représentait : une chance de réparer ; mais Manée avait d'autres projets. Il fallut remonter dans la voiture, prendre la route en sens inverse, enregistrer le récit de *l'après*.

Le décès de Raoul, expliqua Manée, avait durement affecté la Petiote. Seule la perspective de retrouver bientôt sa famille arrivait encore à mettre un peu de vie dans son regard cerné de chagrin. La jeune Manée s'était employée à alimenter cet espoir autant que la gamine, qui dépérissait à vue d'œil. Les deux adolescentes durent rester plusieurs semaines chez les paysans près de Mortain avant d'être confiées à des Américains pour remonter vers le nord.

— Ce qu'on a vu en repartant…, dit Manée alors qu'elles repassaient Margueray. Les routes grouillaient de monde, des camps avaient poussé partout, ils avaient tellement de matériel ! Des jeeps, des tanks énormes, de l'essence ! On ne voyait guère plus d'automobiles chez les Français, tout se faisait avec les chevaux quand il en restait, mais les Américains, eux… ils étaient drôlement équipés. Ils avaient de la musique, ils distribuaient du chocolat à pleines poignées. Et des cigarettes, et des chewing-gums, et du savon ! Voyager avec les G.I., c'était… un autre monde. Tout autour, c'était la destruction, les ruines, les vaches éventrées, les morts qu'on n'avait pas encore ramassés, des tanks retournés, les ponts effondrés… (Elle laissa errer son regard sur la campagne un instant.) On ne croirait jamais que ces champs ont bu tant de sang. On ne voit plus rien maintenant. (Elle indiqua une route à gauche.) Mais vous savez, les gens… On a beaucoup montré ces images de Français accueillant les Alliés en libérateurs, les remerciant, les embrassant… Mais ici, on avait trop souffert de leur offensive pour assister à de telles effusions. On était heureux d'être débarrassés des occupants, bien sûr, mais les bombes alliées avaient quand même rasé nos villes. (Elle leva la main pour faire signe à

Camille de freiner.) Garez-vous là. Passez-moi votre photo, voulez-vous ?

La vieille dame, le cliché jauni à la main, descendit de la voiture et aida Simone à faire de même. Elles marchèrent à pas prudents vers un sentier bordé d'un muret.

— Ici, dit-elle. Le camp américain était sur ce côté, là-bas ils gardaient les prisonniers. Je crois que la photo a dû être prise par ici.

— C'est toi ? demanda Simone en scrutant l'image aux couleurs passées.

— Avec la Petiote.

— Petiote, effectivement. (Elle se tourna vers Camille.) Elle était de quelle année, votre grand-mère ?

— 1929, souffla la jeune femme en regardant, elle aussi, la photo usée.

— Elle ne faisait pas ses quinze ans. Je n'aurais jamais dit que Renée était la plus jeune des deux.

— J'ai toujours été grande, répondit Manée en lui jetant un regard en biais.

Camille se laissa tomber sur le muret. L'envie de pleurer ne l'avait pas quittée depuis la tranchée et la photo de Mamie eut raison de ses dernières résistances. Jusqu'alors, le portrait de cette enfant triste n'évoquait qu'une idée vague de la guerre. À présent, Camille savait ce qui se cachait derrière la maigreur, derrière les cernes, derrière l'anxiété et la main tenue si serrée.

— Dites-moi qu'elle a retrouvé ses parents, dit-elle sans chercher à cacher ses larmes. Dites-moi qu'elle n'a pas traversé tout ça pour les perdre eux aussi.

À ce stade, peu lui importait que Mamie ait menti. Elle souhaitait juste que cette gamine apeurée, cette presque petite fille qui avait couru sous les bombes et vu mourir un camarade aimé ait pu retrouver un semblant de paix auprès des siens. Manée s'assit à son tour sur le muret et comme à regret expliqua :

— Quand les Américains nous ont ramenées à Condé, nous y avons trouvé la tante. Celle qu'on avait cherchée en vain début juin. Il a bien fallu que je lui laisse la Petiote… pour aller chercher ma propre famille.

Camille replia ses jambes, les entoura de ses bras, y enfouit son visage et souffla :

— Continuez.

— De ce fait, je n'étais pas avec elle quand elle est retournée à Saint-Lô. Je n'ai su ce qui s'était passé que… plus tard. Les dégâts dans la ville avaient été considérables et les parents de la gamine… malheureusement… et comme nombre de Saint-Lois… n'avaient pas survécu. On les a sortis des décombres, après, quand… est venu le temps de déblayer. Si votre grand-mère était restée auprès d'eux… La voisine qui l'a traînée au Bon Sauveur lui a sauvé la vie, sans aucun doute. (Le mot « Où ? » parvint à Manée à travers les bras serrés de Camille.) Dans leur rue, à deux pas du café. Il y avait des abris antiaériens mais ils n'ont…

— Pourquoi elle n'était pas avec eux ?

— Je crois… qu'elle est sortie la première et qu'elle a couru jusqu'au coin de la rue. C'est là que ça a commencé à tomber, que la voisine l'a attrapée… (Manée étendit une jambe pour soulager sa hanche douloureuse.) Votre grand-mère était persuadée d'avoir vu son frère courir après elle mais… on les a retrouvés ensevelis tous les trois au même endroit.

— Dieu les garde, souffla Simone en s'asseyant à son tour sur le muret.

Manée posa sa main pâle et veinée sur le genou de Camille, qui ne bougeait toujours pas, et dit avec douceur :

— Ça a été dur pour elle, c'est certain. Mais votre grand-mère avait plus de ressource qu'on aurait pu croire. Elle a aidé à déblayer, vous savez.

— C'est elle qui les a… retrouvés ? s'étouffa la jeune femme.

— Non, elle n'y est allée que plus tard, avec sa tante, pour voir ce qui aurait pu être récupéré. Mais il n'y avait plus un mur debout et rien à sauver.

— Et sa sœur ? demanda soudain Camille en se redressant. Elle était avec la tante à Condé. Elle s'en est sortie !

— Sa sœur… (Manée bougea à nouveau sa jambe et songea qu'elle avait passé l'âge de s'asseoir si près du sol.) Je vous ai parlé des tracts que j'avais ramassés au bord du chemin. Ces tracts avaient été largués par les Alliés avant les bombardements de Saint-Lô, pour prévenir la population. Mais poussés par le vent… ils avaient manqué leur cible. Ils avaient atterri à Condé, où personne ne s'était vraiment inquiété. On ne pouvait pas imaginer ce qui allait se déchaîner… Enfin la sœur en avait ramassé un et l'avait porté à sa tante, qui n'y avait pas prêté grande attention. Elle était accoucheuse, la tante, et ce jour-là, on était venu la chercher pour une naissance qui se présentait mal à Sainte-Suzanne. Ça lui avait semblé plus urgent. Mais la sœur a insisté, insisté, pour rentrer à Saint-Lô prévenir sa famille, si bien que la tante lui a dit de prendre son vélo…

— Est-ce qu'elle s'en est sortie ? répéta Camille d'une voix altérée.

Manée secoua la tête.

— Elle est arrivée à Saint-Lô, trop tard ou trop tôt. Entrée dans la ville en début de soirée, elle n'a eu ni le temps de prévenir sa famille, ni celui de rebrousser chemin. On l'a retrouvée sous des décombres à quelques rues du café.

Camille ferma de nouveau les yeux et laissa ses larmes couler. Mamie, quand elle avait été photographiée dans ce chemin, espérait encore retrouver sa famille. Le café où elle avait grandi. Mais son père, sa mère, sa sœur, son frère avaient été ensevelis. Le café de son enfance s'était écroulé. Tous avaient disparu, sous les bombes alliées et dans le brasier.

— Alors elle n'avait vraiment plus personne, finit par murmurer Camille.

— Il restait quand même sa tante, modéra Manée. La pauvre femme était restée bloquée à Sainte-Suzanne le 7 juin, puis avait été entraînée plus loin, comme nous en somme. Mais elle était bien soulagée de voir réapparaître la Petiote en septembre. À ce stade, elle pensait avoir perdu toute sa famille. Elles se sont… raccrochées l'une à l'autre, si l'on peut dire.

Camille ne réagit pas et Simone profita de ce bout de silence pour demander :

— Et toi, Renée ? Ta famille ?

L'artiste prit le temps de frotter le bas de son pantalon où quelques feuilles s'étaient accrochées, avant de répondre :

— La maison de mon cousin a pris un obus, ses parents et ses petits frères ne s'en sont pas sortis. La sœur de ma mère était à Cherbourg, elle n'a pas survécu non plus. Ma marraine s'est fait mitrailler par un avion en allant traire ses vaches. Pépé a pris une balle : un Américain nerveux l'a pris pour un Allemand alors que le pauvre vieux avait plus de soixante-dix ans. Une cousine a été arrêtée pour une broutille et déportée, son fiancé a rejoint la Résistance et s'est fait fusiller… Mon bon Raoul dans sa tranchée…

— Et tes parents ?

— Décédés.

— Ma chère, chère Renée, fit Simone en saisissant la main de son amie.

— Ma chère, chère Momone, répondit Manée en lui rendant son étreinte. Momone qui trouve le moyen de me plaindre après avoir traversé bien pire.

— Je sais ce que c'est que de perdre tous ceux qu'on aime.

Les deux camarades restèrent quelques instants en silence, puis Manée décréta qu'il était temps de partir. Les yeux rouges et la tête basse, Camille aida les deux vieilles dames à regagner le véhicule et s'y installer.

— Direction Valognes, annonça Manée. On fera juste une petite halte avant. Je vous dirai quand.

— Qu'est-ce qu'il y a, avant Valognes ? demanda prudemment Simone, que ce périple normand commençait à épuiser.

— Les tombes des Lemonnier.

— Lemonnier..., répéta Simone. Ce nom me dit quelque chose mais...

— C'était celui de ma Mamie, renifla Camille en bouclant sa ceinture.

Jugeant les sépultures des Lemonnier plutôt inoffensives, Simone déclara bravement :

— Alors allons voir les Lemonnier. Ils étaient donc originaires de là-bas ? Les corps ont été rapatriés ?

— Les Lemonnier, répondit l'artiste en caressant distraitement son sac fauve, reposent où ils sont nés. Vous démarrez, Camille ?

Mais Camille, les mains posées sur le volant, s'était enfoncée dans ses pensées. Elle ne pouvait se défaire de l'impression que quelque chose clochait. *Ça ne colle pas*, se répétait-elle. *Mamie a donné des instructions. Pourquoi déposer ses cendres à Saint-Lô si sa famille est ailleurs ?* À nouveau, elle eut ce sentiment de ne pas réussir à faire coïncider les différentes versions de Mamie. *À moins que Manée ait menti. Le notaire a bien dit que la mère de Mamie était morte en 1999. Mais alors toutes ces histoires sur sa famille, sur le café détruit...* Et puis un détail la percuta : pour la première fois du voyage, Manée avait dit « les Lemonnier ». Pas « les parents de la Petiote », comme elle le faisait habituellement. « Les Lemonnier ». Et subitement, une idée surgit dans son esprit. Une idée bizarre, incongrue... mais qui expliquerait tellement bien pourquoi elle ne parvenait pas à superposer les Lemonnier et les parents de Mamie. Tellement bien pourquoi les pièces du puzzle refusaient de s'emboîter.

Manée, cependant, observait Camille. Les taches sombres qui grignotaient son champ de vision lui interdisaient de *lire* sur son visage les émotions de sa voisine, mais elle sentait son trouble, et la tension qui l'habitait. Elle perçut le relâchement qui s'ensuivit, l'ébauche de sourire, vit la jeune femme se tourner vers elle pour lui parler. Prenant les devants, elle posa sa main sur le bras de Camille et murmura :

— Soyez gentille, ne dites rien et démarrez. On discutera de tout ça chez les Lemonnier.

31

Les parents d'Odette

— Psssst !

Simone, assise dans son fauteuil roulant à la droite de Camille, tentait d'attirer discrètement son attention. La jeune femme ne bougea pas. Le cimetière était petit, paisible, champêtre. Une centaine de tombes s'alignaient en rangs plus ou moins nets, nichées entre une grosse haie courbe et la silhouette trapue de l'église. Camille relâcha ses épaules et laissa le soleil de fin de journée caresser sa tête, sa nuque, l'arrière de ses bras.

Les trois femmes faisaient face à une haute stèle de granit noir. Deux noms y étaient gravés : Félix Lemonnier ; Jeanne Le Frast épouse Lemonnier. « Les parents d'Odette », avait soufflé Manée.

Il y avait d'autres Lemonnier autour, toute une travée leur était dédiée. Statuettes et plaques ébréchées, fleurs ou oiseaux de porcelaine cassés, portillons et barrières rouillés, photos encadrées devenues blanches à force d'intempéries : tout disait l'usure et l'oubli.

Personne pour venir à la Toussaint, songea Camille. *Depuis bien des années*. Elle s'agenouilla et arracha une touffe de chiendent desséché. *Mamie aurait fait ça*.

— Camille, répéta Simone, toujours à voix basse mais avec insistance. Camille ! Regardez les dates !

Camille se releva et jeta sa poignée d'adventices au pied de la haie. Obéissant à Simone, elle lut : Félix Lemonnier, 1890-1945 ; Jeanne Le Frast épouse Lemonnier, 1900-1999.

— J'ai vu, chuchota-t-elle.

— Pardon ? (Simone avait abandonné toute velléité de discrétion, elle explosa soudainement.) Comment ça, vous avez vu ? Et vous ne dites rien ?

— Laissez-lui encore deux minutes, souffla Camille.

— Non mais…, balbutia Simone. On marche sur la tête, là ! Regarde-moi, Renée ! Arrête de faire semblant de je ne sais quoi et regarde-moi ! À qui sont ces tombes ? Parce que ce ne sont certainement pas celles des parents Lemonnier !

Manée se pencha pour caresser le granit lisse puis se tourna enfin vers son amie. Simone, dans son fauteuil, était écarlate.

— Momone, dans quel état tu es !

— Mais enfin ! Regarde les dates, bon sang ! (Elle se tourna vers Camille.) Pourquoi vous ne dites rien, vous ? Ça vous concerne, quand même !

— Tu trembles, Momone…, s'inquiéta Manée. Expire. Expire calmement.

— Ne cherche pas à changer de sujet !

Simone, toutefois, avait le souffle court et les joues en feu. Elle s'astreignit malgré sa colère à faire ce que son amie lui conseillait. Son cœur retrouva un rythme plus soutenable, ses joues une couleur moins soutenue.

— C'est mieux, approuva Manée.

— C'est formidable, grinça Simone, qui n'avait rien perdu de son acerbité. Tu mens, tu nous amènes sur des tombes inconnues. Tout est formidable.

— Ce ne sont pas des inconnus, rectifia Manée, ce sont les parents Lemonnier. Et je n'ai pas menti.

— Très bien. Ils sont donc morts en 1944, puis re-morts en 1945 et 1999. C'est extraordinaire, dis-moi. (Puis, interpellant Camille :) Et vous, vous la laissez dire des âneries pareilles ?

— C'est-à-dire, débuta prudemment Camille, que je me doutais… que la famille de Mamie était enterrée à Saint-Lô. Mamie a demandé que je dépose ses cendres là-bas, alors… Elle devait bien savoir, elle…

— Merveilleux. Donc ce ne sont pas les parents de votre grand-mère, vous le saviez, vous n'avez rien dit… Épatant. Et toi, Manée, tu persistes à dire que ce sont les Lemonnier ?

— Tu vois bien que ce sont les Lemonnier, s'agaça Manée en désignant la pierre tombale. C'est écrit dessus !

— Tout à fait. C'est écrit dessus, comme le Port-Salut. Mais tu voudras bien admettre qu'on ne décède habituellement qu'une fois. Donc cette personne, cette Jeanne Le Frast, n'est pas la maman de la Petiote. Sommes-nous d'accord ?

— Nous sommes d'accord, lâcha Manée qui peinait de plus en plus à supporter les sarcasmes de Simone. Mais tu admettras, toi, que je n'ai jamais dit le contraire !

— Jeanne Le Frast est morte en 1999, crut bon d'intervenir Camille. Ça c'est sûr, parce que Mamie a hérité sa propriété cette année-là et que j'ai les papiers.

— Ah oui ? fit Manée, intéressée. Le Manoir ?

— Je ne pense pas… D'après le notaire c'est une petite maison… Le moulin, peut-être ?

— Le moulin n'est pas une maison, sourit l'artiste. C'est une ruine, et encore… Avant même que mon père y cache les Américains, il menaçait déjà de nous tomber sur la tête. C'est bien pour ça que les Allemands n'y ont jamais mis les pieds ! Ceci dit, ça lui ressemblerait assez de léguer un tas de pierres à sa fille.

— Je ne sais pas si c'est un tas de pierres, admit Camille. Je ne l'ai jamais vu…

— Stop ! hurla Simone. *Ton* père ? Ton père cachait les Américains dans un moulin qui appartenait aux Lemonnier ?

— Évidemment.

Simone promena son regard de Camille à Manée en se demandant si les deux femmes partageaient le même étrange délire ou si elle-même perdait la raison. Voyant la petite dame se tasser dans son fauteuil et virer à nouveau au cramoisi, Camille suggéra à Manée d'abréger son calvaire.

— Vous avez compris toute seule, vous, répliqua l'artiste.

— J'avais le testament. Dites-lui. S'il vous plaît.

Manée haussa les épaules mais fit signe à Camille d'approcher le fauteuil de Simone de la dalle de granit noir. Elle-même s'assit dessus et dit, montrant l'inscription gravée dans la pierre :

— Félix Lemonnier était mon père. C'est pour ça que j'ai voulu venir. La famille de Camille n'est pas ici mais la mienne, oui.

Simone posa de grands yeux ébahis sur sa vieille amie.

— Mais… ça n'a aucun sens. Tu n'es pas une Lemonnier, toi. Tu es une Marin.

— Je ne l'ai pas toujours été.

— Mais… si ! Etcheverry, Roussel, c'étaient tes noms d'épouse mais tu es née Marin ! J'ai vu tes papiers, Renée ! Je sais ça, quand même ! Qu'est-ce que c'est encore que ces bêtises ?

La voix de Simone s'était faite implorante et Camille se mordit les lèvres, espérant que Manée achève vite son explication. Mais les secrets longtemps enfouis peinent parfois à retrouver la lumière et ce n'est qu'après plusieurs secondes que Manée réussit à dire, avec plus de difficulté qu'elle n'aurait pensé :

— Ce que je raconte, Simone, c'est que je suis Odette Lemonnier.

32

Papa, maman, je suis rentrée

— Non ! Tu ne peux pas lâcher ça comme ça et t'attendre que je comprenne, ou même que j'y croie, sans la moindre explication !

— Mais il n'y a rien de plus à expliquer, Momone ! *Je suis* Odette Lemonnier, point !

— Comment ça, point ? Tu as grandi dans un café, peut-être ?

— Simone… La gamine du café, c'était Renée Marin !

— La gamine du café…, répéta Simone, hébétée. Mais la gamine du café c'était la grand-mère de Camille !

— Et la grand-mère de Camille *était* Renée Marin ! Tu m'énerves, à la fin !

Manée, excédée, décapita d'un coup de canne un vieux plant de chrysanthèmes. Elle pensait avoir fait le plus dur en déclarant : « Je suis Odette Lemonnier. » Elle n'avait pas anticipé l'incrédulité de son amie ni le déluge de questions qui en découlerait. Simone, vexée, glapit :

— Moi je t'énerve ? Tu annonces que tu mens depuis je ne sais combien d'années, que tu n'es pas celle que tout le monde pense que tu es, et c'est moi qui t'énerve ?

— Oui tu m'énerves ! Je suis moi et je n'ai pas menti ! Dites-lui, vous, au lieu de bayer aux corneilles !

Les yeux gris de Simone et ceux, bleu laiteux, de Manée, se braquèrent sur Camille. La jeune femme avala sa salive et protesta faiblement :

— Je ne suis pas sûre d'être la mieux placée…

— Essayez quand même ! la somma Manée. (Puis, pointant un index sur Simone :) Et toi tu écoutes, tu respires calmement et tu te concentres !

— Mais je *suis* concentrée ! Ce n'est pas ma faute si tu refuses d'expliquer !

— Tu vas voir si…

— Elles ont échangé ! cria Camille pour couvrir la dispute. Mamie et Manée ont échangé leurs identités ! (Les deux vieilles dames s'étaient tues. Camille reprit un ton plus bas.) Je ne sais pas quand, je ne sais pas pourquoi, mais c'est la seule explication possible.

— L'explication à quoi ? dit froidement Simone.

— Au testament. L'argent que possédait Mamie alors qu'on la croyait pauvre. La mère qui lui a légué des biens alors qu'on pensait Mamie orpheline. L'héritière, Manée, dont on n'avait jamais entendu parler. Je me souviens très bien avoir pensé, chez le notaire, qu'il avait dû y avoir une erreur. La Mamie que je connaissais et l'Odette Lemonnier dont il me parlait, c'était comme… deux personnes différentes.

Mais avec l'échange, tout redevient logique. Mamie était une « fausse » Odette Lemonnier. Vous comprenez ?

— Absolument pas.

Camille se mordit les lèvres, cherchant un autre angle pour expliquer.

— Disons..., dit-elle en ouvrant les mains vers le ciel, que nous avons deux filles. L'une (Camille leva la main gauche) est une petite citadine brune et maigrichonne, fille d'un émigré italien. C'est Mamie, née Renée Marin. L'autre (elle leva la main droite) est une grande blonde campagnarde qui a grandi dans un manoir et qui aime dessiner. C'est Manée, née Odette Lemonnier, fille de Jeanne Le Frast épouse Lemonnier...

— Une sacrée teigne, compléta Manée.

— ... et de Félix Lemonnier...

— Décoré de la Première Guerre et résistant durant la seconde.

— ... dont nous voyons ici les tombes...

— Papa, maman, je suis rentrée !

— Vas-tu te taire ? s'indigna Simone.

Manée posa un doigt sur sa bouche mais ne put retenir un sourire. Camille, les mains toujours levées, reprit :

— ... dont nous voyons ici les tombes et le Manoir probablement dans le coin.

— Là-bas, fit Manée en pointant l'ouest, au-delà de la haie. Je me tais !

— Donc la brune et la blonde se rencontrent par hasard après les bombardements à Saint-Lô. Elles errent sur les routes, puis chacune finit par rentrer chez elle. Plus tard, elles se retrouvent (mains jointes), elles échangent leurs identités et repartent chacune de son côté. (Camille croise les bras, faisant passer sa main droite à gauche et inversement.) Vous, Simone, rencontrez à Bordeaux la blonde qui s'appelle désormais Renée Marin, et ma Mamie sera pour le reste de sa vie Odette Lemonnier.

— C'est ça, approuva Manée d'un air satisfait.

— C'est pour ça, continua Camille en suivant le fil de sa pensée, que Mamie avait plein d'argent et une maison dont elle n'a jamais profité. Elle a juste attendu de les rendre à la vraie Odette Lemonnier. (Elle se tourna vers Manée.) D'ailleurs je suis désolée, Manée, mais comme on ne peut pas déshériter ses enfants… c'est ma famille qui va toucher la plus grosse partie de tout ça. Vous, vous aurez juste la maison.

La vieille artiste sourit avec désinvolture et affirma :

— Je vous l'ai dit dès le départ : je n'ai besoin de rien. Vous pouvez même garder la maison si ça vous chante… et si c'est autre chose qu'un tas de cailloux.

— Donc tu me dis…, souffla Simone, comme assommée, que tu es assise sur tes parents, là, maintenant ?

— Enfin ! s'exclama Manée. Oui, Momone ! Oui !

— Mais non… Tes parents sont morts pendant la guerre. Tu l'as dit tout à l'heure…

— Ah non, fit Manée avec un éclat malicieux dans les yeux. J'ai dit qu'ils étaient morts, mais je n'ai pas dit quand. (Elle prit la main de son amie, et sa voix se fit plus douce.) Je sais, Momone, que c'est perturbant. Mais tu en as connu, pendant la guerre, des personnes qui ont dû changer de nom, non ?

— Pendant la guerre… oui…, murmura Simone.

— C'est la même chose. Juste un changement de nom. Et après je me suis mariée et j'ai encore changé de nom. Mais ça ne change rien à qui je suis dans le fond. Et ça ne change rien à notre amitié non plus. Soixante-sept ans ensemble, ça compte plus qu'un patronyme, pas vrai ?

— Je… suppose…, finit par acquiescer Simone.

— À la bonne heure ! Et maintenant que tout est clair, au Manoir !

Elle lâcha la main de sa camarade et fit signe à Camille pour qu'elle l'aide à se relever. Simone, qui s'extirpait enfin de sa torpeur et retrouvait par la même occasion un peu de mordant, les arrêta d'un geste.

— Quoi encore ? grogna Manée. Ne me dis pas que je dois te réexpliquer !

— Non, tu étais Odette Lemonnier, j'ai compris. Mais Raoul ? C'était le cousin de qui ? Celui de la vraie Odette ou de la fausse Odette ?

— Simone… ne te fais pas plus bourrique que tu n'es ! Si j'ai dit « mon cousin », c'est que c'était mon cousin.

— Tu as dit « ma biographe » aussi. Mais on sait toutes ici que Camille n'est pas plus biographe que moi danseuse du ventre !

— Simone, ne recommence pas à m'énerver…

Camille, sentant la situation dégénérer, crut apaiser les tensions en disant :

— C'est vrai que ça fait beaucoup à encaisser. Moi-même avec Mamie…

Mais Simone, se tournant brusquement vers elle, lui jeta avec rancune :

— Vous, je ne vous ai pas sonnée ! Vous saviez qu'on allait chez Manée et vous n'avez rien dit, je ne suis pas près de vous le pardonner !

— Simone ! protesta Manée. Laisse la gamine tranquille, enfin ! Qu'est-ce que ça change, qu'elle ait su où on allait ?

Camille, elle, avait saisi l'allusion : Simone, toujours persuadée que Manée remontait la piste pour mourir sur la terre de ses ancêtres, voyait la destination atteinte et craignait un suicide imminent.

— Je suis désolée, murmura la jeune femme en évitant le regard de Simone.

— De toute façon, ce n'était pas à elle…, commença Manée.

Mais Simone s'écria soudain : « Oh mon Dieu ! », avant de jeter à Manée un regard horrifié.

— Quoi, encore ? rouspéta l'artiste.

— Quelle année ? demanda Simone, le souffle rauque. L'échange, quelle année ?

— 1955. Juste avant de quitter la Normandie. Mais calme-toi, à la fin ! Tu vires encore au vermillon !

— Oh mon Dieu, répéta Simone. Puis elle porta ses mains à son visage et gémit : Seigneur Tout-Puissant ! Dites-moi qu'elles n'ont pas échangé les enfants !

33

Des enfants qui ne seraient pas les siens

Manée avançait d'un pas claudicant mais décidé le long de l'allée bordée de tilleuls centenaires, sa canne frappant le sol à chaque foulée, son sac de cuir fauve rebondissant sur son flanc. Derrière elle, Camille poussait le fauteuil de Simone en se mordant les lèvres. Quant à Simone, au comble de l'exaspération, elle s'attendait à tout moment à apprendre que son amie, la Renée frelatée, était aussi une mère de contrebande.

— Manée ! Vas-tu me répondre à la fin ?

— Je croyais que tu interrogeais ton Dieu. Il ne sait pas ?

— Manée, as-tu oui ou non échangé tes enfants ?

Manée ne répondit pas. Elle commençait à distinguer une bâtisse de pierre au bout de l'allée. Ignorant la douleur croissante dans sa hanche, elle hâta encore sa marche furibonde.

— Manée, je veux une réponse ! Maintenant !

— Compte là-dessus et bois de l'eau fraîche.

— Manée ! Arrête-toi et parle-moi !

Mais Manée ne consentit ni à ralentir, ni à s'expliquer. À bout de nerfs et de patience, Simone finit par cracher :

— Tu sais ce que tu es ? Une teigne ! Tu es aussi teigne que ta mère, voilà !

La vieille artiste ricana :

— Aussi teigne que ma mère... (Elle marmonna un moment à voix basse puis s'immobilisa d'un coup, fit volte-face et pointa un index rageur sur son amie.) Tu me demandes si j'ai échangé mes enfants ? Tu as le culot de me demander si j'ai échangé mes enfants ? Tu ne me connais donc pas du tout ? Tu ne m'as pas vue, peut-être, courir les hôpitaux avec ma fille ? dépenser tout ce que je gagnais, et même plus, pour lui trouver des médecins, du matériel, en France et ailleurs ? m'échiner, peindre, sculpter, souder, de jour comme de nuit, pour qu'elle puisse vivre ? survivre ? (Simone, toute couleur quittant ses joues, balbutia quelques mots, mais Manée ne la laissa pas parler.) J'ai honte, Momone ! Honte pour toi qui oses me poser une question pareille. J'ai enterré ma fille, tu étais là. Tu m'as vue. Tu sais que sans elle... (Un sanglot monta qu'elle étouffa aussitôt.) Et mon fils ? Mon grand couillon de fils ? Tu crois qu'il l'a payé comment, son cabinet d'avocat ? Avec des piments ? Avec mes carillons, Simone ! Les carillons que j'avais créés pour ma fille et que j'aurais voulu enterrer avec elle. Mais non ! Il fallait aider Patrick alors j'ai continué à souder en pleurant toutes les larmes de mon corps mais heureuse d'aider mon fils ! (La vieille dame hurlait et postillonnait, hors d'elle. Simone se ratatina sur son siège.)

Tu crois vraiment qu'on peut aimer des enfants à ce point, des enfants qui ne seraient pas les siens, et avoir le cran d'abandonner sa chair et son sang à une autre ? Tu crois vraiment que si j'avais laissé mes enfants, je n'aurais pas retourné ciel et terre pour les retrouver ? (Elle prit à témoin les arbres, l'allée, l'azur, brandissant frénétiquement sa canne.) Je ne laisse pas tomber mes enfants, moi ! Je ne les échange pas, je ne les abandonne pas, je ne les fous pas dehors quand j'en ai assez de les voir ! Ce sont mes enfants, Simone ! Ils ont peut-être perdu leur nom mais jamais leur mère !

— Renée… Manée… J'étais fâchée, confuse…, plaida Simone sans plus savoir quel prénom utiliser. Je ne voulais pas…

— Je peux entendre les reproches ! Je ne suis pas celle que tu pensais, d'accord ! J'ai privé mes enfants de leur identité, d'accord ! Mais si tu ne comprends pas que tout ce que j'ai fait, tout, c'est justement pour mes enfants… alors autant rentrer chez toi tout de suite ! (Elle tourna le dos à Simone, fit deux pas vers le Manoir puis se ravisa.) Parce que je te le dis tout net, Simone : j'ai fait bien pire que ça. J'ai fait une chose impardonnable et la seule raison que je peux donner, c'est qu'il le fallait. Il le fallait pour *mes* enfants. Donc si tu as le moindre doute, rentre chez toi ! Maintenant ! Et bon débarras !

Et elle repartit vers le Manoir, pour de bon cette fois.

Sur le chemin, sous les arbres centenaires et un ciel pâlissant, deux femmes aux sentiments chahutés la regardèrent s'éloigner. Puis Simone reprit ses esprits et lança à Camille :

— Qu'est-ce que vous attendez ? Poussez-moi ! Il ne faut pas qu'on la perde de vue !

34

Extrait de l'entretien « Etcheverry : l'insaisissable » paru en février 1975 dans le magazine *Elle*

[…]

Elle : Vous rentrez de New York où vous avez installé l'une de vos œuvres, et vous avez été sollicitée pour une exposition en Italie. Comment conciliez-vous ces déplacements avec votre vie de famille ?

Renée Etcheverry : Je ne pense pas qu'on poserait ce genre de question à un artiste masculin. Vous imaginez César, Deschamps ou Christo devoir se justifier de leurs absences ? Non, les hommes créent et c'est normal qu'ils s'expatrient avec leurs œuvres. Mais si c'est une femme, alors on s'inquiète de la famille. Que les choses soient claires : j'emmerde quiconque prétendra que ma place est en cuisine plutôt qu'à l'atelier. J'ai un mari, il est tout à fait capable de faire tourner la maison quand je n'y suis pas. Et le reste du temps aussi, d'ailleurs.

Elle : Votre époux, justement : quelle est sa place dans votre processus créatif ? Vous assiste-t-il parfois ?

R.E. : Si vous entendez par « assister » être un compagnon et un père formidable, alors oui, il m'assiste. Sinon jamais. Et c'est tant mieux, car si nous travaillions ensemble je me verrais sûrement, comme Niki *(de Saint Phalle, épouse de Jean Tinguely, NDLR)*, reléguée au rang d'assistante du génie. Déjà qu'on me prend régulièrement pour une « collaboratrice » quand je fais mes installations !

Elle : Le féminisme est-il l'un des combats que vous menez ?

R.E. : Je ne suis pas une militante, si c'est votre question. Je n'appartiens à aucun mouvement, aucun parti. Je me contente d'affirmer ma liberté, personnelle et individuelle, à créer sans qu'on me renvoie à mon sexe ou mon statut de mère.

Elle : Votre série de sculptures « Larki » évoque pourtant l'émancipation des femmes et vous auriez reversé le bénéfice des ventes à des associations d'aide aux mères célibataires. Cela ressemble à une démarche engagée.

R.E. : Il n'y a pas de démarche. Je fais, c'est tout. Je crée avec ma colère et ma rage, avec mon amour et mon envie. Je suis touchée par certaines causes, si je peux les aider tant mieux.

Elle : Diriez-vous que la passion est votre moteur ?

R.E. : Mon moteur, c'est avant tout de faire manger mes enfants.

Elle : N'est-ce pas contradictoire, de refuser qu'on vous renvoie à la cuisine et de déclarer ne créer que pour nourrir vos enfants ?

R.E. (riant) : C'est vrai. Mais je revendique le droit à la contradiction et je suis une cuisinière médiocre. Peut-être que si j'avais aimé ça, si j'avais montré la moindre disposition pour ça, je m'épanouirais aujourd'hui dans une cuisine et ce serait aussi bien. Mais je ne savais que peindre donc j'ai fait ce que j'avais à faire pour assurer un avenir à mes enfants. Ça a marché, j'ai continué.

Elle : Vos enfants sont-ils, dans ce sens, une source d'inspiration ?

R.E. : Dans ce sens et dans bien d'autres.

Elle : Avez-vous déjà réalisé leurs portraits ?

R.E. : Évidemment. Mais ce sont des œuvres privées et elles le resteront.

Elle : Est-ce par volonté de les protéger ?

R.E. : Quoi d'autre ? Connaissez-vous une autre motivation en tant que parent ? Du moment où ils naissent c'est l'idée dominante, non ?

Elle : Seriez-vous prête à tout pour vos enfants ?

R.E. : Tout, sans exception. Je mourrais pour eux. Je tuerais pour eux. J'abandonnerais tout pour eux.

Elle : Vous arrêteriez de créer pour eux ?

R.E. : Non.

Elle : Une autre contradiction.

R.E. : Je refuse aussi toutes les interviews et pourtant je suis ici. Je vends des œuvres dans le monde entier et pourtant je suis ruinée.

Elle : Y a-t-il un lien entre notre entretien d'aujourd'hui et votre banqueroute ?

R.E. : C'est ma punition pour être aussi mauvaise gestionnaire que cuisinière. Mon agent m'a tannée pour que je crée des produits dérivés et que j'en fasse la promotion. Donc je vous annonce que dès juin vos lectrices pourront s'offrir des modèles réduits de mes carillons monumentaux. Ce sera très joli dans leurs salons et ça renflouera mes comptes.

Elle : À propos de ces carillons, justement, on raconte que vous avez créé le premier modèle pour votre fille.

R.E. : Quel enfant ne rêverait pas de voir sa mère apprendre la soudure pour lui ?

Elle : Vous semblez insaisissable, Renée Etcheverry. Peintre, plasticienne, sculptrice, aujourd'hui soudeuse… vous produisez sans cesse, des œuvres très variées, mais vous fuyez les mondanités et refusez d'être photographiée. Certains murmurent que derrière votre nom se cacherait un collectif d'artistes.

R.E. : À nouveau, ce genre de rumeur ne courrait pas si j'étais un homme. Mais je vais vous dire : en fait, je m'en fous complètement. Je sais qui je suis, je sais pourquoi je travaille, j'ai pu faire de mon talent un métier et c'est tout ce qui compte. Les ragots ne me concernent pas. Je ne ferai pas moins, j'apprendrai d'autres techniques si j'en ai besoin. Je refuse les barrières, les carcans, les limites, et les mondanités ne m'intéressent pas. Tout ce que je veux c'est créer et prendre soin de ma famille.

Elle : Aimeriez-vous que vos enfants suivent vos traces ? Qu'ils deviennent artistes à leur tour ?

R.E. : Ce qu'ils deviendront n'a aucune importance, ils seront toujours parfaits à mes yeux. La seule chose que j'espère pour eux, c'est qu'ils soient heureux. Et qu'ils aient de quoi manger. Je rappelle donc à votre lectorat que mes carillons miniatures seront en vente dès le mois de juin en série limitée. Andy Warhol en a déjà précommandé deux.

[…]

Illustration : Renée Etcheverry (de dos) et son carillon « John D. ». Rockefeller Center, New York, États-Unis.

35

Des formes et des noms

— On devrait… lui laisser un peu d'espace, suggéra Camille.

— Quelle bonne idée ! ironisa Simone. Et vous ne voulez pas lui tendre un revolver, tant que vous y êtes ? Collez-lui au train, je vous dis !

Poussant toujours le fauteuil de Simone, Camille accéléra le pas pour les rapprocher de l'artiste. Arrivée à vingt mètres de cette dernière, elle ralentit.

— Distance de sécurité, argumenta-t-elle avant que Simone ne puisse protester. Juste le temps qu'elle se calme. On ne la perd pas de vue, et je vous promets que si elle fait quoi que ce soit de louche, je cours. Ça vous va ?

Malgré son angoisse, Simone opina.

Camille, elle, n'était pas inquiète. Elle ne croyait pas une seconde à la Manée qui, à peine le pied posé sur le domaine familial, s'empresserait de se supprimer. D'une part parce qu'elle ne la pensait pas suicidaire. Et d'autre part parce que, même si ça avait été le cas, le Manoir ne pouvait être le lieu redouté.

À ce stade, Camille ne pouvait nier que l'artiste remontait bien une piste. Quelle qu'en soit la finalité, son voyage prenait de plus en plus une allure de pèlerinage sur les traces du passé. Or, le passé, justement, n'avait pas fini d'être exploré.

Sur les six questions que la jeune femme avait posées avant leur départ du Pays basque, quatre restaient sans réponse, dont la plus cruciale peut-être : pourquoi Mamie avait quitté la Normandie ? L'échange d'identité en avait peut-être été le moyen, mais il n'expliquait toujours rien. Par un calcul somme toute logique, la jeune femme estimait que, si, pour obtenir des réponses, il fallait rouler, alors il restait encore quelques kilomètres à avaler. C'est donc avec sérénité qu'elle poussa Simone jusqu'au bout de la longue allée, déboucha sur un parterre de buis soigneusement taillé, et découvrit le Manoir qui avait appartenu aux Lemonnier. C'était une belle et imposante demeure, à laquelle les toits d'ardoise pentus, la pierre claire dorée par le soleil couchant et les petits clochetons pointus donnaient un air à la fois solide et distingué.

— Mais… c'est un véritable château ! s'ébahit Simone.

— Vous arrivez ou je dois venir vous chercher ? cria Manée, plantée devant les marches d'un haut perron.

L'artiste, selon l'expression de Sophie, s'était *défâchée*. Propulsée par Camille, Simone vint se placer à son côté. Manée lui adressa un sourire, Simone lui prit la main.

Comme mes élèves, songea Camille. *Elles se disputent, elles hurlent, et l'instant d'après, c'est oublié.*

Camille eut un instant de vague à l'âme durant lequel l'image de sa mère, qui refusait toujours de prendre ses appels, flotta devant ses yeux. Puis elle se ressaisit. *Quand je saurai tout, j'irai lui parler*.

Pendant ce temps, les deux enfants de quatre-vingt-dix printemps avaient entrepris de gravir le perron. Leurs esprits demeuraient jeunes mais leurs articulations beaucoup moins. Atteindre la porte mobilisa ce qu'il leur restait de force et d'énergie après une journée épuisante à tous points de vue. Aussi furent-elles particulièrement ravies de découvrir que le Manoir avait été transformé en chambres d'hôte.

— Nous dormirons ici, décréta Manée.

Camille fut chargée de réserver les chambres, ramener la voiture, décharger les bagages. Ces corvées terminées, elle trouva les deux camarades attablées en silence dans la salle à manger. L'une promenait son regard pâle sur les boiseries, les fenêtres, les plafonds et la cheminée, tentant entre les taches sombres de retrouver l'écho du passé. L'autre observait la première, son attendrissement largement gâché par l'anxiété.

— Demain, nous irons voir la maison, dit enfin Manée.

Puis elle affirma, avec un sourire radieux, que le Manoir était tel qu'elle l'avait laissé.

Les nouveaux propriétaires des lieux auraient certainement trouvé à redire à cette déclaration, tant les travaux de rénovation et de mise aux normes du bâtiment avaient été colossaux. Mais Simone ne s'attacha qu'au mot « demain », signe que son amie comptait vivre jusqu'au matin. Elle s'autorisa alors à relâcher quelque peu sa vigilance.

Le dîner se passa sans heurt, et quasi sans paroles. La « chose impardonnable » évoquée par Manée ne fut pas mentionnée. Aucune précision, sur rien, ne fut demandée. Par un accord tacite, motivé autant par la pudeur que par la fatigue, Camille et Simone évitèrent soigneusement tout sujet émotionnellement chargé. La saveur des plats, la blancheur de la nappe, la nuit qui promettait d'être étoilée : voilà en substance de quoi elles bavardèrent, avec légèreté mais peu de conviction. Manée demeurait lointaine, ne cessant de manger que pour caresser le cuir fauve de son sac. Les grillons se chargèrent de remplir les blancs de la conversation. Puis la nuit s'installa, effectivement étoilée. Simone et Manée regagnèrent leur chambre. Sentant pour sa part que le sommeil serait dur à trouver, Camille préféra aller s'asseoir sur l'herbe à l'arrière du Manoir. Les lumières du bâtiment s'éteignirent, une à une. Elle alluma son téléphone. Twitter s'était définitivement désintéressé de leur périple depuis que Patrick avait, assez courageusement d'ailleurs, posté ses excuses en ligne. La vidéo où Manée le couvrait d'invectives à Rennes circulait encore, les articles sur la « grande artiste redécouverte » fleurissaient toujours mais d'elles quatre, revenues à trois, on ne disait plus rien. *Exit* les #teamCamille et #teamPatrick.

Camille sourit en écoutant un message de Sophie (« On s'est baignés quatre fois aujourd'hui ! ») puis s'allongea sur le dos, dans l'herbe odorante, et laissa son regard errer sur la voûte céleste. Tellement de constellations… Si peu dont elle connaissait la forme et le nom. Elle repéra la Grande Ourse, le « W » de Cassiopée, chercha un moment les trois points de la ceinture d'Orion.

Des formes et des noms, se répéta la jeune femme. *La forme ne change pas si on change le nom.* Elle frissonna, le regard plongé dans ces nuées scintillantes. *Renée ou Odette, c'est toujours Mamie.* Mais les étoiles n'ont pas d'ancêtres, pas d'enfants, pas de patrimoine à léguer. *Qu'a gagné Mamie en changeant d'identité ? Qu'a-t-elle perdu ? Et que dira maman en apprenant qu'elle n'est née ni Angèle, ni Lemonnier ?*

36

Les noms et les robinets

— Vous avez l'air fatigué, Camille, releva Simone le lendemain matin tandis qu'elles entamaient toutes deux leur petit déjeuner.

— Un peu de mal à m'endormir, sourit la jeune femme. Mais ça va, merci.

— Vous êtes certaine ? Si vous n'êtes pas en état de conduire, nous pouvons toujours faire une pause. Manée… (Elle baissa la voix.) Manée boucle sa valise, elle veut repartir tout de suite après avoir vu la maison que sa mère a léguée. Je préférerais pour ma part… Enfin je ne verrais pas d'inconvénients à ce que nous prolongions notre séjour ici.

— Vous n'avez plus peur qu'elle se supprime sur le domaine familial ?

— Chut ! pesta Simone. Si elle nous entendait !

Camille observa la petite femme, qui avait enfilé sur un chemisier de soie ivoire un cardigan jaune vif. Avec son air pincé, elle lui évoquait un citron fâché.

— Vous vous inquiétez trop, Simone.

— Et vous, pas assez !

— Vous avez l'air de deux conspiratrices, fit la voix de Manée à l'autre bout de la salle.

L'artiste rejoignit ses compagnes en clopinant et prit place à table.

— On parlait de votre maison, fit Camille avec un clin d'œil à Simone. J'ai vérifié l'adresse tout à l'heure, c'est juste à côté. On a hâte de voir à quoi elle ressemble.

— Un gros tas de cailloux, je vous l'ai déjà dit. Passez-moi le beurre.

Pourtant, Manée était loin du compte, comme elles le découvrirent assez rapidement. Niché entre deux champs de pommiers, semblant surgir de parterres multicolores de gueules-de-loup et de lupins, l'édifice pimpant n'avait rien d'une ruine.

— Mazette…, fit l'artiste avec un sifflement appréciateur. Mais c'est qu'elle a reconstruit le moulin, la Le Frast ! Et elle l'a sacrément agrandi !

— Vous aimeriez visiter ? proposa Camille. Je n'ai pas les clés mais selon le notaire Mamie payait quelqu'un du coin pour le ménage et l'entretien. Si je l'appelle, je peux peut-être trouver…

— Pas la peine. Je voulais voir, j'ai vu. En voiture !

— J'aimerais visiter, moi, tenta Simone.

Mais Manée avait déjà fait demi-tour. Son sac en bandoulière et sa longue tresse blanche battant son dos, ses camarades sur les talons, elle gagna le 4 × 4 violet sans un regard en arrière. Elle ordonna « Lisieux », Camille démarra et Simone, l'air plus lugubre que jamais, laissa échapper un soupir désespéré.

— Enfin Momone ! protesta Manée. Regarde ce ciel ! N'est-ce pas une magnifique journée ?

— Oui oui, magnifique, maugréa Simone. Qu'est-ce qu'on va faire à Lisieux ?

— Visiter sainte Thérèse, bien sûr. Tu te sens d'humeur à prier ? (Simone balbutia et Manée éclata de rire.) Je plaisante, Momone ! Déride-toi un peu ! C'est un splendide matin d'été, nous sommes en Normandie toutes les deux. Souris !

Via le rétroviseur, Camille encouragea Simone du regard. *Regardez-la*, semblait dire la jeune femme, *elle est tout sauf suicidaire, vous pouvez vous détendre.* Simone consentit à décrisper son visage, dénouer ses bras, et admit du bout des lèvres :

— C'est vrai que c'est une belle journée.

— À la bonne heure ! Et maintenant, laisse-moi te raconter quelques petites choses au sujet de ma mère, qu'on règle une bonne fois pour toutes cette histoire de teigne.

— Je prends le dictaphone ? demanda Camille.

— Est-ce que la Terre tourne ? répliqua Manée.

Docilement, Camille sortit et enclencha l'appareil. Pas vraiment rassérénée, Simone s'appliqua néanmoins à garder un visage neutre.

— Ma chère et tendre mère, commença Manée avec entrain, ne m'a jamais supportée. Dans la mesure où elle était détestable avec tous et toutes, sauf mon père, je ne le prenais pas personnellement. Mais j'ai grandi avec la notion très nette que pour vivre heureuse, il valait mieux rester hors de son chemin. Je passais beaucoup de temps dehors avec mon père. Ou seule à dessiner. J'ai fait ma pension. Les rares fois où elle me voyait, elle me battait. Papa me consolait. « Ta mère est dure », qu'il disait, « mais elle croit bien faire. » Sa tendresse à lui me suffisait. (Elle serra son sac. Sa voix se fit moins gaie.) Et puis papa est mort. C'était en août 1945, juste avant la fin de la guerre. Je suis partie un matin pour dessiner près d'un étang. Papa est monté sur le toit pour réparer je ne sais quoi. Il a glissé, il est mort dans les bras de ma mère deux heures plus tard, et je n'étais pas là. Parce qu'elle n'a pas jugé utile, parce qu'elle n'a pas voulu m'envoyer chercher. Je suis rentrée, c'était fini. (Elle soupira.) Ensuite, évidemment, c'est devenu pire. À la pension, ça allait, mais quand je rentrais, je devais ruser pour l'éviter. Quand j'ai eu fini l'école j'ai demandé à poursuivre mes études. Elle a refusé. Alors j'ai élu domicile dans l'aile la plus délabrée du Manoir, celle où elle n'allait jamais, et j'ai peint, dessiné, lu, contemplé la nature. La nuit, je filais en cuisine voler ce dont j'avais besoin. Et ça a duré comme ça jusqu'en 1950. Jusqu'à ma majorité.

Simone calcula mentalement puis souffla :

— Mais oui… Tu es de 1929, toi. C'est la mamie de Camille…

— La Petiote était de 1932, confirma Manée. De nous deux, c'était bien moi la plus vieille, comme on le voit d'ailleurs nettement sur la photo. (Elle adressa à Camille un clin d'œil.) Et je peux maintenant officiellement t'annoncer que je suis plus âgée que toi, Momone. Et que je suis du 3 septembre.

— Le 3 septembre, répéta Simone. Quand je pense à tous les anniversaires qu'on t'a souhaités à la mauvaise date…

— Les dates, fit Manée en haussant les épaules, c'est comme les noms et les robinets. Faut pas hésiter à en changer si ça fonctionne mieux après.

— Mais les anniversaires des enfants..., poursuivit Simone sans prêter attention à cette métaphore plombière. Ils n'ont jamais fêté leurs anniversaires le bon jour non plus !

À nouveau, l'artiste haussa les épaules.

— L'essentiel, c'est qu'ils aient eu des anniversaires.

— Mais les années ! Ils étaient des mêmes années, tes enfants et ceux de la Petiote ?

— À peu près.

— À peu près ? Ça veut dire quoi, à peu près ?

— Patrick et Henri sont de 1953, mon Ange de 1954 et Claudine, la vraie Claudine, de 1955.

— Ce qui veut dire, évalua Simone, que la mère de Camille a fait toute sa scolarité avec un an d'avance ?

— Mais elle s'en est très bien sortie, intervint Camille. Première de sa classe toute la primaire.

— Tu vois ? fanfaronna Manée. Comme les robinets ! Donc ma mère...

— Ça ne t'a rien fait de laisser ton nom comme ça ? De changer ceux de tes enfants ?

— Non. Et puis la barbe ! Laisse-moi raconter ! Donc ma mère m'a laissée pousser comme une herbe folle dans mon coin de Manoir, sans se soucier de ce que je pouvais devenir. Le matin du 3 septembre 1950, elle débarque pour la première fois dans le grenier qui me servait de chambre et m'annonce : « Aujourd'hui, tu t'en vas. » Pas un bonjour, pas de joyeux anniversaire. De toute manière on ne l'avait plus fêté depuis la mort de papa. Elle ajoute : « J'ai rempli mes obligations envers toi, je ne te dois plus rien, de toute façon je n'ai jamais voulu de toi. » Et elle m'invite, cette chère et tendre femme, à déguerpir séance tenante.

— Comme ça ? demanda Simone. Sans autre explication ?

— Si : elle a précisé qu'elle avait essayé de me faire passer à l'aiguille à tricoter, mais que je m'étais accrochée. Et elle a sorti sa badine. J'ai eu le temps de ramasser trois bricoles, mon matériel de dessin, et je me suis retrouvée à la porte.

— C'est horrible, murmura Camille.

— Je suis désolée pour toi, compatit Simone.

— Ne le sois pas, sourit Manée. Sans ça, j'aurais pu continuer longtemps à végéter dans mon coin de grenier. La dernière année, je sortais de ma tanière seulement pour chercher à manger, et éventuellement me laver un peu à la pompe s'il ne faisait pas trop froid. Plus personne ne m'adressait la parole au Manoir, ma mère avait progressivement remplacé tous les employés de la ferme, plus aucun ne me connaissait. J'osais encore moins sortir de la propriété : j'avais trop honte de mon allure. Il ne nous restait aucune famille, j'avais délaissé mes camarades d'école. J'étais une ermite de vingt ans à l'hygiène douteuse, qui dessinait sur les murs faute de papier. À deux doigts de virer tout à fait sauvage, en fait. Elle m'a plutôt rendu service en me fichant dehors.

Simone comme Camille protestèrent mais Manée réaffirma que c'était, avec le recul, le meilleur cadeau d'anniversaire que sa mère pouvait lui offrir.

— Mais sur le moment ? s'inquiéta Simone. Qu'as-tu fait ?

— J'ai pleuré, d'abord. Ensuite je me suis rebiffée, je suis allée crier sous ses fenêtres. Quand deux garçons de ferme ont essayé de m'attraper et menacé d'appeler les gendarmes, je suis allée me cacher dans un pommier. J'y ai passé la nuit. Le lendemain à l'aube, je retournai au Manoir, volai ce que je pouvais de provisions et de monnaie, récupérai une paire de souliers et un vélo. Et je suis partie pour de bon. Comme ce matin, sous un ciel radieux et sans un regard en arrière.

— Et tu n'y es jamais retournée ?

— Pour quoi faire ? Mon père n'était plus là, ma mère ne voulait pas de moi.

— Tu n'as jamais eu envie… de reprendre contact avec elle ? Pour savoir ce qu'elle devenait ?

— Je sais exactement ce qu'elle est devenue : une vieille teigne, une très vieille teigne, puis une teigne décédée.

— Elle aurait pu changer, murmura Simone. S'adoucir avec l'âge… Si elle avait connu les enfants… Et elle t'a quand même tout légué.

— Parce que tu crois que j'aurais voulu mettre mes enfants dans les pattes d'une harpie pareille ? Je leur ai rendu service, figure-toi ! Quant à l'héritage, dis-toi bien qu'elle n'avait pas le choix. (Elle se tourna vivement vers Camille.) Avait-elle laissé un testament, la Le Frast ? Une lettre pour moi, quoi que ce soit ?

— Pas que je sache, répondit Camille en se mordant les lèvres.

— Voilà ! J'ai hérité parce qu'il n'y avait personne d'autre. Ça a bien dû lui faire mal, à la Jeanne, de m'imaginer rentrer au bercail.

Simone demeura pensive un moment puis demanda :

— Alors c'était pour ça, le changement de nom ? Pour t'assurer qu'elle ne te retrouve pas ?

Manée ne répondit pas. Elle se pencha vers le GPS et demanda :

— On arrive bientôt à Lisieux ?

37

Le plus bel endroit de la Terre

— C'est ici que nous avons échangé. J'ai pris son livret de famille et elle le mien. J'ai retiré les agrafes de nos deux cartes d'identité, interverti les photos et fait couler un peu de peinture sur tout ce qui était taille, couleur des yeux et des cheveux. Pas ma plus belle œuvre, c'est certain, mais ce fut suffisant pour nous offrir de nouvelles vies. Ensuite nous sommes parties chacune de notre côté, elle Odette et moi Renée.

Manée indiqua de la main la monumentale basilique Sainte-Thérèse de Lisieux, aveuglante de blancheur sous le soleil de midi.

— Votre grand-mère et ses enfants sont entrés là. Elle portait sa fille dans ses bras, son garçon marchait à côté. Trois petites têtes brunes sous la pluie. Et c'est la dernière fois que je les ai vus.

Camille voulut visiter le sanctuaire. Elle y pénétra avec un sentiment de révérence émue, tant pour la magnificence du monument, son aura de sainteté, que pour ce qu'il représentait dans sa propre histoire familiale. *Je pose mes pas sur ceux de Mamie. Maman est passée ici, tout juste renommée.* Elle fit glisser ses doigts sur un banc de bois, ferma les yeux. *Mamie s'est peut-être tenue ici à l'aube de sa nouvelle vie.*

Le pourquoi était tout proche, Camille le savait et, pour la première fois, elle en eut peur. Et si, en déposant aux pieds de sa mère le secret espéré, rien ne changeait ? Et si tout était trop cassé pour être réparé ? Le chuintement des pas sur les dalles de marbre, le bourdonnement léger des prières murmurées, l'odeur lointaine de l'encens, lui semblèrent soudain insoutenables. Elle fut soulagée de retrouver la lumière du jour, le franc ciel bleu et l'air amusé de Manée.

— Vous aviez un miracle à demander ? sourit l'artiste.

— Pour ça, c'est plutôt sur vous que je compte, répondit doucement la jeune femme en s'asseyant sur le banc où les deux nonagénaires l'attendaient.

— Alors allons manger, fit Manée sans se départir de son sourire. À défaut de miracle, nous aurons au moins du beurre.

Trente minutes plus tard elles étaient attablées à la terrasse d'un restaurant, sur une placette pavée de Lisieux et sous de vastes parasols. Chacune le nez dans son assiette mais d'appétits variés : Manée dévorait, Simone picorait, Camille attendait.

— Cet échange, finit par demander la jeune femme tandis que Manée terminait sa sole meunière, vous n'en avez jamais parlé ? À personne ?

— Nous avions juré, fit Manée entre deux bouchées. À moins que nous ne soyons toutes les deux d'accord pour le révéler, ce qui ne s'est jamais présenté jusqu'à ce que vous arriviez chez moi.

— Et vous n'avez plus été en contact ensuite ?

— Jamais. Nous sommes parties chacune de notre côté, sans même savoir où l'autre se rendrait.

— Et ensuite vous en avez dit le moins possible, pour ne pas vous trahir. (Camille piqua une tomate dans son assiette, mais son estomac était noué.) C'est pour ça que Mamie ne parlait jamais. (Elle reposa sa fourchette.) Son frère, sa sœur… On ne savait même pas qu'ils avaient existé.

La jeune femme soupira et Manée, après un instant d'hésitation, lâcha ses couverts et déclara :

— Ils s'appelaient Paul et Madeleine. Paul avait deux ans de moins que votre grand-mère, il apprenait l'accordéon. Et Madeleine, l'aînée, adorait coudre et créait ses propres modèles. Leurs parents s'appelaient Pierre Marin, Pietro Marino à l'origine, et Yvonne Gremoin. Le dimanche ils se rendaient tous ensemble au bal sur la Vire, ils aimaient danser. Le père collectionnait les partitions de chansons. Tino Rossi, Charles Trenet… *Les Roses blanches* de Berthe Silva était sa préférée. La mère avait une sœur, Lucette. C'est la tante qu'on a retrouvée à Condé. Je n'en sais pas beaucoup plus mais avec les noms, dans les archives, vous pourrez peut-être retracer les généalogies.

Manée retourna à son assiette et Camille, les yeux humides, la remercia. Puis après avoir bu quelques gorgées d'eau, la jeune femme demanda doucement :

— Et le mari de Mamie ? Maman pensait être une enfant illégitime mais c'était faux, n'est-ce pas ?

L'artiste eut un fin sourire, prit le temps de saucer son plat avant de répondre :

— La fille-mère, c'était moi. Mais j'y viendrai. Chaque chose en son temps.

Elle demandait la carte des desserts quand Simone, d'un coup, sursauta sur sa chaise.

— Mais bon sang ! s'exclama-t-elle. Patrick !

— Patrick rien du tout, fit sèchement Manée.

— Mais tu lui as toujours dit que son père était Jean Roussel ! qu'il était mort ! Alors que la veuve Roussel, ce n'était pas toi !

Comme maman avec Raoul Leblanc, songea Camille. *Et la question suivante est…*

— Son vrai père était-il seulement mort ? s'étouffa Simone.

Bingo.

— Qu'est-ce que ça peut faire ? s'agaça Manée. Patrick a eu un père, c'était Luc Etcheverry. Le reste n'a aucune importance.

Simone se redressa sur sa chaise. Sa voix tremblait de colère lorsqu'elle demanda :

— Alors c'est ça ? Les pères aussi, c'est comme les robinets ? Tu les échanges quand ça t'arrange ? Tu as menti à ton fils, Manée. Tu lui as caché ses origines !

Le visage de Manée, qui s'était progressivement obscurci, avait désormais tout d'un ciel d'orage.

— Vous m'énervez ! cria-t-elle brusquement. Toutes les deux ! Arrêtez de poser des questions, arrêtez de vouloir connaître la fin sans attendre le milieu !

La serveuse, venue prendre les commandes de desserts, fut renvoyée *illico* d'un « L'addition ! »

hargneux. Camille régla le déjeuner la tête basse et la petite troupe se remit en route vers la voiture dans une ambiance de cortège funèbre.

Lisieux était déjà loin quand Manée consentit à reprendre la parole. Elle prit soin, en préambule, de prévenir ses acolytes que la première qui l'interrompait serait débarquée du véhicule sans sommation. C'était à l'évidence une menace creuse mais son air farouche dissuada quiconque d'ouvrir la bouche pour les kilomètres à venir. Camille enclencha le dictaphone, Simone croisa les bras et Manée, pas tout à fait *défâchée*, débuta d'un ton nerveux :

— Donc la Le Frast m'a fichue dehors. Je pouvais aller où je voulais. Mais en vérité, je n'avais aucune idée d'où je voulais aller. J'ai roulé au hasard, je me suis retrouvée à Saint-Lô. Là j'ai pensé à l'exode et j'étais à nouveau en exode alors… j'ai bifurqué vers Condé. (Elle fronça les sourcils.) C'était comme un instinct, je devais retrouver la Petiote. J'ai roulé jusqu'à la maison de la tante. La Petiote n'était pas là mais la tante m'a expliqué dans quel village la chercher. J'ai fini par la dénicher. Et j'ai vite compris qu'elle avait mieux à faire qu'errer avec moi sur les routes et les chemins. Je ne me suis pas attardée. (Elle se tut quelques minutes, durant lesquelles Simone comme Camille se retinrent de la questionner. Puis elle reprit, avec plus de douceur.) Elle avait changé, la Petiote. Elle était toujours aussi crevette mais dans ses yeux… dans son sourire… il y avait de la joie dans son sourire. Pourtant elle en avait bavé depuis que nous nous étions quittées. Sa tante, qui l'avait recueillie, était une brave femme mais n'avait guère le sou. La Petiote s'était retrouvée fille de ferme à quatorze ans, ce qui veut dire qu'en échange du gîte, du couvert, d'une paire de godillots par an et d'une maigre solde, elle était corvéable sept jours sur sept, à toute heure du jour ou de la nuit. Une vie de labeur, je peux vous l'assurer… Et pourtant elle était heureuse. « J'ai rencontré quelqu'un », m'a-t-elle dit le jour où je l'ai retrouvée. « Il est comme moi, il n'a pas eu de chance. Mais ensemble on va trouver la chance. » Ils parlaient déjà de se marier, d'ouvrir ensemble un café, de fonder une famille. Ils étaient prêts à économiser chaque sou pour concrétiser ce rêve. Elle n'était plus la petite fille apeurée qui courait sous les bombes mais une jeune femme amoureuse qui faisait des projets. Et jolie avec ça… Gracieuse, menue mais solide… comme une ballerine, ce genre de beauté forgée dans l'effort et l'austérité. Et moi… j'aurais aimé l'emmener mais je ne faisais pas le poids. Toute seule avec mon vélo, mes manières de sauvage, mes frusques trouées… Je n'ai même pas proposé. Elle n'avait plus besoin de moi.

— Cet homme, c'était mon grand-père ? osa demander Camille.

— Jean Roussel, oui. Elle disait qu'il ressemblait à Raoul. Qu'il était gentil comme lui, serviable, courageux. Qu'il n'était pas comme les autres garçons qui vous serrent dans un coin pour vous arracher un baiser. L'honneur, c'était important pour Jean Roussel. Faire les choses bien, ne pas brûler les étapes, pouvoir marcher la tête haute aux yeux de tous.

— Alors Mamie s'est mariée.

— Assez vite, oui. Mais pour bien comprendre Jean Roussel, il faut que je reparle de la guerre. Programmez le GPS pour Deauville, voulez-vous ?

Camille s'exécuta et Simone, craignant de voir arriver la fin du voyage, s'inquiéta aussitôt :

— Qu'y a-t-il à Deauville ? Quelque chose de particulier ?

— La mer, Simone. Et avec un peu de chance, des gaufres. Je te signale qu'à cause de toi je n'ai pas pu prendre de dessert. Mais d'ici là je voudrais avancer dans mon histoire, alors silence. (La vieille dame avait repris son air buté, personne ne pipa mot.) Donc Jean Roussel. (Elle se tut un moment, satisfaite de son autorité.) Parfait. Il était de Cabourg, lui. La ville n'avait pas trop souffert pendant l'Occupation mais comme partout, il y avait eu des dénonciations, des emprisonnés, des déportés… Et comme dans toutes les communes, une fois l'occupant délogé, ça avait été l'heure des règlements de comptes. (Elle se tourna vers la conductrice.) Vous avez déjà vu les images de femmes tondues, Camille ? (La jeune femme hocha la tête.) La mère de Jean Roussel a fait partie de ces malheureuses, tondues après la Libération. Il était entré en résistance assez tôt, lui. Restée seule, et déjà veuve, la mère Roussel s'était retrouvée à laver et repasser le linge des Allemands. La population était convaincue qu'elle avait fauté ; on l'avait dénoncée. Et pour Jean Roussel, à peine revenu au pays, ça avait été d'une violence insupportable. Voir sa mère humiliée, par ses propres camarades de surcroît… Le ton était monté, les anciens frères d'armes en étaient venus aux mains. Mais le mal était fait, les cheveux étaient tombés, et il ne vit dès lors qu'une option : quitter cette ville, repartir de zéro ailleurs, où son honneur et celui de sa mère ne seraient pas mis en question. Ils ont donc filé tous les deux et Jean Roussel a loué ses bras comme manœuvre dans les champs, se déplaçant au gré des contrats. C'est comme ça qu'ils sont arrivés dans le secteur de Saint-Lô, où Jean a rencontré la Petiote. Assez vite, il lui a présenté sa mère. Elles se sont vues quatre ou cinq fois, votre grand-mère la décrivait comme une femme discrète, gentille, presque craintive. Puis la malheureuse chuta dans un escalier. Elle ne s'en releva pas. Quant à lui… Je l'ai aperçu, lors de mon passage éclair, brièvement. Assez pour comprendre qu'il l'adorait. Il la couvait des yeux. Comme une sainte, une idole, une déesse de dix-huit ans en jupon poussiéreux. Que pouvais-je faire ? (Elle haussa les épaules.) Je lui ai souhaité le meilleur, je l'ai bien embrassée, je suis remontée sur mon vélo et je l'ai laissée. J'étais allée vers le nord, j'ai continué sur ma lancée. À un moment j'ai touché la côte, je l'ai remontée. Je dormais à la belle étoile, me nourrissais dans les vergers. Avec l'argent chipé à ma mère, j'ai acheté de quoi dessiner, et comme ça j'ai tracé mon chemin, toujours passablement sale mais reprenant des forces, des couleurs, et un peu d'assurance. Et puis vers la fin septembre, je suis arrivée en haut d'une falaise. (Elle sourit, son regard laiteux perdu dans le vague.) Je crois que c'était ce que j'avais vu de plus beau, de toute ma vie. Le bleu et le vert de l'eau, le jaune doré de la craie, le gris luisant des galets… Et ce cône dressé fièrement, insolemment, juste devant moi…

— Étretat, murmura Camille.

— Tout de suite, j'ai pensé : « Voilà ce que je veux peindre pour le reste de mes jours. C'est le plus bel endroit de la Terre. »

— Où sont nés maman et son frère ? demanda soudain Camille. Ils se croyaient d'Étretat mais ce sont vos enfants qui y sont nés.

— Au Havre. C'est là que la Petiote et Jean Roussel ont ouvert leur café. Après mon arrivée à Étretat, j'ai écrit à la tante, et j'ai reçu quelques mois plus tard un mot de la Petiote qui m'annonçait tout à trac son mariage et son déménagement. C'est comme ça que j'ai eu son adresse. Un coup de bol, car la tante mourait l'hiver suivant. C'est drôle quand on y pense. Les choses tiennent à si peu, parfois…

— Tes enfants sont nés à Étretat ? demanda Simone avec un gros effort pour ne pas laisser trembler sa voix. Tu y es donc restée ?

— J'ai eu une chance proprement insolente. Quand je suis arrivée à l'automne 1950, la première personne sur qui je suis tombée – littéralement, car je ne regardais pas où je marchais tellement le panorama me captivait – était un petit bonhomme fort bien mis qui s'excusa presque que je l'aie renversé. Il me questionna au sujet des dessins que je transportais, feuilleta mes croquis, parut les trouver intéressants. Quand il dit : « Demoiselle, je voudrais être votre Pygmalion », je n'ai évidemment rien compris. Mais quand il proposa de me loger, me nourrir, me blanchir et me fournir de quoi peindre, je n'hésitai pas deux secondes. Je n'étais pas complètement niaise, je me doutais que ce genre de proposition pouvait cacher un loup. Mais l'homme était âgé, bien plus petit que moi... Alors toute crasseuse et fière que j'étais, bien certaine de savoir m'en débarrasser au besoin, je l'ai suivi jusqu'au village niché au creux de la valleuse et jusqu'à sa maison. (Elle sourit, caressa son sac fauve.) Je me demande si elle est encore là, sa villa. Elle ne payait pas de mine, vue du dehors, mais à l'intérieur... quelle splendeur ! Des tableaux partout ! Des originaux, des toiles de grands maîtres, de ceux qui étaient venus poser leurs chevalets sur cette côte et qui comme moi avaient voulu capturer la perfection de ce décor. Comme moi mais beaucoup mieux. Je me suis sentie si minuscule, face à ce petit homme et ses tableaux. Si humble... Et ça, c'était nouveau. Jusqu'alors, je me pensais incroyablement douée. Mais je ne connaissais rien. Rien de rien. Je n'avais jamais vu, encore, le génie de ces peintres. Inness, Auburtin, Riou, Caillebotte... Degas et Monet... C'est avec Victor que j'ai appris ce qu'était la peinture, la vraie. Lui qui m'a enseigné l'histoire de l'art et des artistes, lui aussi qui m'a mis mes premières toiles dans les mains. Cet homme si petit que j'aurais pu manger sur sa tête était un géant de savoir et de passion. (Elle sourit avec tendresse.) Cher Victor... Je l'ai tellement aimé...

— Le tableau chez Gatsby, fit prudemment Camille, celui que vous n'avez pas voulu signer. Il venait de chez ce Victor, n'est-ce pas ?

— Je l'avais peint quand je vivais chez lui. Celui-là et un autre. J'ai voulu les reproduire plus tard, de mémoire. Les copies sont dans mon bureau.

— Et c'est ce Victor… le père de tes enfants ? demanda Simone.

Contre toute attente, Manée éclata de rire :

— Victor ? Mais il avait trois fois mon âge, c'était un vieillard à mes yeux ! Et de son côté, mon Pygmalion n'y aurait pas trouvé grand intérêt, il était plus Persée que Galatée. (Camille lui jeta un regard dubitatif, Manée se sentit obligée de préciser.) Il préférait les hommes, Camille, même si à l'époque, ce n'est pas quelque chose qu'on criait sur les toits. Non, Victor n'était pas… (Elle rit à nouveau puis reprit son sérieux.) Victor fut mon mentor, mon mécène et mon ami. Il n'y eut jamais rien entre nous hormis beaucoup de respect et d'affection, ce qui est déjà énorme. Victor m'a ouvert sa maison et son cœur, je lui aurais confié ma vie les yeux fermés. En vérité… je lui ai confié plus que ma vie, et il ne m'a jamais fait défaut. La seule chose que je peux reprocher à Victor… (Manée serra contre elle son sac, prit une grande inspiration)… c'est de m'avoir présenté Albert. Mais sans Albert, je n'aurais pas eu les enfants, alors… Non, il n'y a vraiment rien à reprocher à Victor.

— Donc c'est cet Albert…, débuta Simone.

— Le père des enfants, acheva Manée. Albert Onfroy. Trouvons une crêperie à Deauville et je te parlerai de lui. Il me faut au moins de la chantilly pour ça.

38

Riche et bourgeois comme eux

En cette fin de mois d'août, et par un soleil aussi éclatant, la plage de Deauville était naturellement prise d'assaut. Garer le 4 × 4 à proximité s'avéra impossible et ce fut en lente procession que Simone, Manée et Camille, à pied, à canne et à roue, munies de leurs gaufres et adéquatement chapeautées, gagnèrent les planches. La chantilly eut le temps de couler, le chocolat de goutter, mais Manée poussa tout de même un soupir de contentement lorsque, appuyée à la cabine de plage Lana Turner, elle put enfin croquer son dessert.

— La chantilly, c'est le paradis, soupira-t-elle entre deux bouchées.

— Chantilly et Nutella, ça fait quand même beaucoup, s'inquiéta Simone. Je te rappelle que tu es censée éviter le sucre.

— Pour quoi faire ? Mourir en bonne santé ? Non merci, je préfère profiter.

Simone lança un regard affolé à Camille, qui haussa les épaules en retour. Manée avait dit « mourir » ? La belle affaire. Tout ce qu'elle voyait, elle, c'était une vieille dame gourmande qui savourait la vie. Puis Manée cria : « Un parasol vient de se libérer ! Courez, Camille ! Payez, graissez les pattes qu'il faudra, il nous faut ces places ! Et prenez des transats ! »

Alors Camille courut, négocia et soudoya. Elle revint essoufflée d'avoir galopé et annonça :

— C'est bon, un parasol et trois chaises longues. Mais ça a coûté cher, désolée…

— Pourquoi vous excuser ? s'étonna la vieille dame. C'est moi qui vous ai dit de payer. Vous avez réussi, félicitez-vous ! (Elle tendit son bras à Simone et fit signe à Camille de les suivre avec le fauteuil.) Moi, je ne m'excuse jamais.

— Il n'y a pas de quoi se vanter, grinça Simone en agrippant sa camarade.

— Je ne me vante pas, j'expose un fait.

— Parfois tu me désoles, Renée. (Puis elle se reprit.) Odette. (Puis avec agacement.) Je ne sais même plus comment t'appeler !

— Manée, ça marche toujours, fit l'artiste avec une grimace, car le sable entrait dans ses espadrilles et lui brûlait les pieds. Et non, je ne m'excuserai pas de ça non plus. Les excuses ne servent à rien, à part apaiser ceux qui les présentent. Quand le mal est fait, il est fait. On assume, ou pas. On pardonne, ou pas. Moi, j'assume tout.

— Et vous pardonnez ? ne put s'empêcher de demander Camille, qui avait renoncé à traîner le fauteuil roulant et le portait désormais, tant bien que mal, au-dessus de sa tête.

— Mais je pardonne tout, moi. Vous ne me voyez pas ? Je me fâche, je me calme, c'est fini. Même mon andouille de fils, qui veut m'enfermer dans un clapier, je n'arrive pas à lui en vouloir vraiment. Mais il y a une différence entre pardonner et vouloir maintenir un lien. Ma mère, par exemple, j'ai fini par faire la paix avec ce qu'elle était. Mais je n'ai pas cherché à la revoir pour autant. Quand je tire un trait, c'est pour de bonnes raisons, et surtout pour de bon. Il n'y a qu'une personne, à vrai dire… une seule à qui je ne pourrai jamais pardonner. Et c'est justement d'elle que je dois vous parler.

Arrivé à destination, le trio se laissa tomber sur les chaises longues à l'ombre bienvenue du grand parasol deauvillais. Manée commanda des rafraîchissements, prit le temps d'avaler une gorgée de son thé glacé. Puis Camille enclencha le dictaphone et Manée parla. Pendant vingt minutes, personne ne l'interromprait.

— J'ai rencontré Albert Onfroy à l'été 1951. Victor me l'a présenté comme le fils de connaissances parisiennes, dont la villa à Étretat était proche de la sienne. Je ne vivais alors que pour peindre, ne m'intéressais à rien d'autre que mes chères falaises, cherchant sans cesse à capturer leur perfection à coups de pinceau. Mais en voyant Albert, c'est comme si j'avais découvert une nouvelle merveille, plus formidable encore que tout ce que la nature m'offrait. Albert avait deux ans de moins que moi, des cheveux blonds qui bouclaient légèrement, des yeux d'un bleu extraordinaire, un peu tombants, et un sourire à faire fondre les pierres. Il était d'une beauté séraphique, encore enfantine, et j'ai voulu le dessiner aussitôt.

Ses parents, des industriels de la bonne bourgeoisie parisienne, faisaient partie de ce qu'on nomme à Étretat les estivants : ils passaient l'année en ville et la belle saison sur la côte. Ils étaient riches, et demandaient souvent conseil à Victor lorsqu'ils souhaitaient acquérir une œuvre, ou faire un placement, comme ils disaient. Mais ils étaient aussi tristes : la guerre leur avait pris deux fils, Albert était le seul qu'il leur restait. L'idée que je fasse son portrait leur plut, et c'est ainsi que j'entrai dans leur « cercle ». Bien sûr, je n'étais pas riche, moi. Je n'avais pas de nom, pas de famille, aucune possession, rien d'autre que mon petit talent. Je ne subsistais que par la bonté de Victor, à vrai dire, mais recommandée par lui, je fus accueillie par les Onfroy. Toujours un peu sauvage, je parlais peu et travaillais beaucoup. Albert se prêtait aux séances de pose de bonne grâce, aussi concentré et muet que moi. Je leur remis le portrait à la fin du mois de septembre. Ils l'aimèrent. Et ils repartirent tous pour Paris. (Manée s'arrêta à nouveau, but un peu de thé et passa une main sur ses yeux fatigués.) Ils m'avaient accueillie chez eux avec beaucoup de bienveillance, voyez-vous. La mère d'Albert, surtout, semblait m'apprécier. Quand je refusai d'être payée pour le portrait, elle me fit livrer le plus joli nécessaire de toilette, d'argent incrusté de nacre. À Noël 1951, je reçus un manteau ravissant, commandé par elle à Paris. Elle avait pris en affection l'orpheline sans le sou toute dédiée à son art que j'étais. Au printemps suivant, quand ils revinrent et que d'autres sentiments naquirent entre Albert et moi, moins professionnels et plus tendres, nous avions tous deux bon espoir que sa famille, malgré mon manque de fortune, de nom, etc., pose le même regard bienveillant sur notre jeune idylle que sur ma personne. (Manée réajusta son chapeau et but à nouveau.) Mais ce ne fut pas le cas. Du moment où Albert eut parlé de nos sentiments à ses parents, je devins *persona non grata* dans leur villa. La jeune orpheline dédiée à son art devint vénale aventurière, on interdit à Albert de me fréquenter, on m'ignora lorsqu'on me croisait. Le portrait fut décroché et mon nom banni de leur maison. L'innocente idylle prit alors des allures de drame shakespearien et, se nourrissant de l'interdit, flamba vite en une passion contrariée. Il y eut des serments d'amour éternel, des rendez-vous clandestins sur les falaises, des promesses murmurées entre les pleurs et les étreintes. Alors ce qui devait arriver arriva : je tombai enceinte. L'apprenant, Albert jura qu'il m'épouserait. Sa famille refusa d'en entendre parler. J'étais une semi-vagabonde, hébergée pour des raisons louches par un vieil homme tout aussi louche. J'en voulais à leur fils, leur seul fils, et par lui à leur fortune. S'il m'épousait, ils le renieraient. Albert devait m'abandonner à mon sort, retourner à Paris, poursuivre ses études. Un jour, il reprendrait la filature familiale, épouserait une jeune femme riche et bourgeoise comme lui, qui lui donnerait de beaux enfants riches et bourgeois comme eux. C'était le plan et Albert, qui n'était pas encore majeur et toujours étudiant, dut rentrer à Paris selon les désirs de ses parents. Début 1953, j'accouchai d'un petit garçon, Henri. (Manée étendit ses jambes, voulut boire, s'aperçut que son verre était vide.) Et

Albert était là. Il n'avait pas pu m'abandonner, ni son enfant. Il avait envoyé promener ses parents, ses études, nous avait dégoté une petite maison de pêcheur et nous vivions ensemble, comme si nous étions mariés. Victor nous aurait aidés mais Albert tenait à subvenir à nos besoins, alors il prenait tous les emplois qu'on voulait bien lui proposer. Pour ça, comme pour son courage, je l'aimais encore plus. Il se fichait complètement que sa famille ne donne ni ne prenne de nouvelles. Il se moquait de son héritage, de sa carrière, de tout ce à quoi il avait renoncé pour moi. Il disait : « Mon amour, mon fils et deux bonnes mains pour travailler, c'est tout ce dont j'ai besoin. » Nous étions des gosses, alors. Des gosses heureux et amoureux. Je les regardais, lui et Henri, et je me demandais : « Peut-on être plus heureux que ça ? » Et on pouvait : l'année suivante, je retombai enceinte. J'étais certaine que ce serait une fille. Pendant la première grossesse, j'avais été malade d'un bout à l'autre mais pour mon Ange, ce fut comme un rêve. Je pouvais grimper la falaise, peindre tout le jour, je dormais merveilleusement, tout contre mes deux amours. Et alors que j'approchais du terme, les parents Onfroy ont pointé le bout de leur nez. Piteux, embarrassés. Comprenant que leur fils ne reviendrait pas, ils avaient dû, eux, mettre de l'eau dans leur vin. Et quand ils ont découvert le petit, alors là… on a eu tout à fait gagné. Mon fils, à un an et demi, c'était… un chérubin. Blond et bouclé, des yeux comme la mer par beau temps, et des fossettes… Le portrait de son père au même âge, avait dit la mère Onfroy en sanglotant. Ainsi tout était parfait dans le meilleur des mondes, les problèmes s'étaient résolus d'eux-mêmes et l'amour, le vrai, avait triomphé.

Manée s'arrêta et héla le garçon de plage pour de nouvelles boissons. Après un regard incrédule à Camille, Simone demanda :

— Mais après ? Si tout allait si bien, qu'est-ce qui a pu arriver ?

— La pire catastrophe de ma vie, Simone. Et le plus beau cadeau à la fois. Mon Ange est née.

39

L'anomalie

D'incrédule, le visage de Simone devint sombre, puis inquiet.

— La maladie de ta fille, souffla-t-elle.

— Quand on t'annonce que ton enfant, l'enfant que tu as voulu, attendu, accueilli avec tout l'amour possible… ton enfant jusque-là parfait… Que cet enfant ne marchera pas, ne parlera pas, vivra comme un légume et mourra sans doute jeune… Il n'y a pas de mots pour dire une douleur pareille. Ce n'est pas le ciel qui te tombe sur la tête, c'est l'univers entier. C'est l'insouciance qui meurt, et avec elle l'espoir, et la joie. Je n'ai pas compris, moi, ce que disait le médecin ce jour-là. Ma fille était belle, si belle. Un peu lente, c'est vrai, par rapport à son frère au même âge. Mais malade ? Attardée ? Handicapée ? Je ne l'ai pas cru. Seulement les semaines ont passé, et mon Ange ne progressait pas. Un autre médecin a dit la même chose, avec des mots différents. Anomalie de développement du cerveau, retard mental, espérance de vie limitée. Et Albert qui me regardait avec de grands yeux perdus où je voyais la peur, comme un trou où nous allions tous tomber. Je me souviens de ce jour-là, mon bébé dans les bras, si petit, si parfait. On ne pouvait pas lui voler sa vie si tôt, comme ça. On ne pouvait pas nous voler la nôtre. On avait tout, le bonheur, l'amour, deux enfants, un avenir. Alors j'ai repoussé cette idée de toutes mes forces. Pendant des jours, j'ai souri face à mon mari qui pleurait en disant que non, les médecins se trompaient, notre fille allait bien, aussi bien que possible, bientôt elle tiendrait sa tête, bientôt elle babillerait, bientôt elle se servirait de ses mains. Et puis l'idée est devenue trop lourde, je n'ai plus eu assez de forces pour la porter. Et là, je me suis effondrée. J'ai passé trois jours prostrée dans notre lit, ma fille dans les bras, à n'émerger que pour l'allaiter et la changer. Albert était complètement perdu entre sa peine, la mienne, et le petit dont il fallait s'occuper. Victor était absent et je n'avais personne d'autre alors… Albert a appelé ses parents à l'aide. Un réflexe de môme, mais nous n'étions que ça, après tout. Des mômes apeurés. Les Onfroy n'avaient rien su jusque-là. On leur avait tu les médecins, les diagnostics effrayants. Quand ils sont venus, qu'ils ont appris… Qu'ils m'ont vue, moi, comme une loque, incapable de me lever… Albert et sa peine insupportable, notre maison minuscule et sens dessus dessous, le petit qui n'avait pas été lavé depuis des jours… Et au milieu de ce chaos ma fille, une enfant de quatre mois qui ne tenait pas encore sa tête, cette tête trop petite qui ne voulait pas fonctionner, et qui ne semblait rien percevoir de la détresse qu'elle suscitait. Ils ont vu tout ça, les Onfroy, et ils ont compris. Ils ont dit à leur fils :

« Nous sommes là mon petit, nous allons t'aider. » Ils nous ont rapatriés chez eux, dans leur villa d'Étretat. Albert a été installé dans son ancienne chambre avec Henri, et moi dans la dépendance avec Angèle, par commodité. Elle pleurait beaucoup la nuit, de cette façon elle ne réveillerait pas toute la maisonnée. Les Onfroy étaient bons, compréhensifs, attentionnés. Ils ont engagé une nurse pour veiller sur la petite, pour me décharger un peu. (Manée s'arrêta encore, Camille et Simone la pressèrent anxieusement de continuer.) J'étais si faible, fatiguée, déprimée… Je n'ai pas saisi tout de suite ce qu'ils avaient en tête. Et puis un jour la mère Onfroy est venue me voir et m'a dit : « Il y a une solution, Odette. Une solution simple pour tout arranger. » Et ce jour-là j'ai compris que pour les Onfroy, la seule chose qui comptait, c'était Albert. Ça avait toujours été Albert. Ils avaient fini par me tolérer, moi, par amour pour lui. Ils s'étaient attachés à notre fils qui lui ressemblait tant. Mais ma fille… ma fille n'existait pas. Elle était une anomalie, une chose périssable et déglinguée. Pour retrouver notre vie, il suffisait de larguer l'anomalie. (Manée serra contre elle son sac fauve.) Elle avait donc un marché à me proposer. Un marché généreux, selon elle : si j'abandonnais ma fille, Albert serait autorisé à m'épouser. Je porterais son nom, Henri serait son fils légitime, il hériterait un jour de la fortune familiale. Je les avais privés de leur rang, de ce à quoi ils avaient droit. J'avais à présent le pouvoir de réparer. Elle m'a quittée en me demandant de réfléchir à ça. À ce que je voulais pour mon fils, à la vie que je pourrais avoir. « Elle ne vivra pas longtemps de toute façon », dit-elle en partant. « Maintenant ou dans quelques mois, vous devrez la quitter. Faites-vous une faveur et épargnez-vous ces tracas. »

Manée regardait la mer, le visage impassible. Simone avait des larmes plein les yeux lorsqu'elle demanda :

— Et lui, est-ce qu'il voulait… ?

— Oh, lui… Il allait trop mal pour vouloir quoi que ce soit. Sa mère, voyant que je ne pliais pas, essayait de le persuader. Mais il n'avait pas d'avis, il se contentait de me rapporter ses paroles comme un enfant qui ne sait pas ce qu'il dit. « Maman pense que ce n'est pas bon pour Henri, qu'il ne faut pas le laisser s'attacher. » « Maman pense que plus on la gardera, plus on souffrira. » « Maman pense qu'elle serait mieux à la pouponnière de Caen. » « Maman dit que ces enfants ne se rendent compte de rien, qu'elle ne nous reconnaîtra jamais. » C'était du poison qu'elle lui glissait dans la gorge chaque jour, et qu'il me régurgitait en suivant. J'aurais voulu qu'il se rebelle, qu'il me rassure, qu'il me dise que tout irait bien. J'avais besoin de sa force. Mais il ne savait que secouer la tête, pleurer, répéter les paroles de sa mère avant de me demander : « Tu es sûre de vouloir la garder ? » Je voyais sa peine, moi, et je n'avais aucune idée de ce qui allait nous arriver mais oui, j'étais sûre. C'était la seule chose au monde dont j'étais sûre. Je ne voulais pas abandonner mon enfant. Je ne pouvais pas. C'était elle et moi, ensemble ou rien. Je ne l'avais pas mise au monde pour m'en débarrasser sous prétexte qu'elle n'était pas assez bien. Sa mère est revenue à la charge, plusieurs fois. Je sentais l'exaspération de la famille Onfroy croître face à mon obstination. Albert m'a dit un matin que j'étais trop fatiguée, que sa mère avait proposé que je laisse Angèle à la nurse une nuit, pour me reposer davantage, pour dormir avec lui… Et là j'ai eu peur. Peur qu'on me la prenne, qu'on me l'enlève de force. Alors j'ai mis la nurse à la porte et je n'ai plus lâché ma fille une seule seconde. Je ne dormais presque plus, je mangeais à peine. Mais je ne pliais pas et, en face, la pression continuait de monter. Puis Albert m'a dit : « Tu es épuisée, il faudrait peut-être aller te reposer quelque part, quelques jours… » Alors j'ai compris qu'ils cherchaient à m'éloigner. Je me suis emportée après Albert, je l'ai traité d'aveugle, de marionnette aux mains de sa mère. Il est reparti la tête basse, plus abattu que jamais. Et c'est sa mère qui a débarqué. Elle avait abandonné ses manières, elle n'essayait plus d'avoir l'air bonne ou compréhensive. Elle m'a dit : « Votre seul choix, maintenant, c'est de voir grandir votre fils ou pas. Abandonnez la petite, et vous restez. Refusez, et vous serez enfermée. Ce ne sera pas difficile, vous avez déjà l'air d'une folle. »

— Seigneur Dieu, expira Simone.

— Je savais qu'elle ne bluffait pas. À l'époque, c'était facile d'interner les femmes gênantes. Il suffisait d'un médecin complaisant, et on se retrouvait parmi les aliénées pour des mois, des années… toute une vie parfois, sans autre raison que d'avoir contrarié un père, un mari, ou dans mon cas, une belle-famille. Je l'ai mise dehors, la mère Onfroy, mais quand elle a été sortie, je me suis écroulée. Je me suis vue derrière des barreaux, j'ai regardé ma fille. On me demandait de choisir entre elle et ma liberté. C'était impossible. Impossible de l'abandonner même si dans tous les cas, je la perdais. Alors j'ai pensé aux falaises, ces chères falaises que j'avais tant aimé peindre et d'où il est si facile de tomber. Je nous ai visualisées, mon Ange et moi, l'air frais sur nos visages, prêtes à nous envoler. J'ai pensé à mourir, cette nuit-là. Je n'en pouvais plus de cette lutte, de cette peur, des choix impossibles. Partir ensemble, c'était la solution. Ne plus penser à rien. Laisser Albert tranquille. Sans Angèle et moi, tout redeviendrait simple. Il aurait ses parents, son fils, il retrouverait son avenir tout tracé. Si Albert n'intervenait pas, s'il ne nous sauvait pas, alors il vaudrait mieux disparaître. Mais peut-être qu'enfin il se rebellerait… Sauf que le lendemain matin, je l'ai vu entrer dans ma chambre, rassembler et emporter quelques-unes de mes affaires, mon peigne d'argent, des vêtements… Je n'ai rien dit, pas bougé. Mais j'ai su, alors, qu'il acceptait l'impossible. Le départ de sa fille, mon internement. « C'est aujourd'hui que je disparais », ai-je pensé. Et ce mot m'a frappée comme un fouet. Disparaître ne voulait pas forcément dire mourir. Il pouvait signifier fuir. J'aurais ma fille *et* la liberté. Cette idée m'a galvanisée. J'ai attendu qu'il sorte, je me suis levée, habillée, j'ai ouvert la fenêtre. En me glissant par cette fenêtre et le long de la haie, je pouvais sortir du jardin sans être vue de la villa. J'étais comme prise de fièvre. Nous allions vivre ! J'ai attrapé Angèle, j'allais enjamber le mur d'appui quand j'ai entendu Henri rire dans le jardin. Deuxième coup de fouet. Quand il s'agissait d'être enfermée ou morte, je pouvais admettre de laisser mon fils derrière moi. Mais si j'étais en vie, si je partais… L'abandonner, lui ? Jamais. Je n'ai pas réfléchi davantage. J'ai ouvert doucement la porte, appelé mon fils qui est venu tout souriant, de son pas sautillant. Je lui ai dit : « On va se promener » et il a tapé dans ses mains et dit : « Chercher papa ! » Ça m'a fendu le cœur, mais je n'avais plus le choix. J'ai répondu : « C'est papa qui nous cherchera, nous on va se cacher. » Je suis sortie de l'autre côté, un enfant dans chaque bras, et j'ai filé chez Victor. Il n'était venu me voir qu'une fois depuis que j'étais chez les Onfroy, et je lui en voulais un peu mais je n'avais pas d'autre refuge en tête. Il m'a appris ce jour-là, en nous recueillant tous les trois, que les parents d'Albert avaient insinué qu'il pourrait être le père de la petite. On lui avait interdit de revenir. Mon pauvre Victor… Quel soulagement quand il m'a vue. Et quelle tristesse quand je lui ai expliqué. C'est lui qui m'a donné l'argent pour partir, lui aussi qui nous a fait quitter la ville discrètement. Je n'avais rien, moi, à part la robe sur mon dos, et quelques vêtements d'Angèle serrés dans une valisette. Mais j'étais déjà partie sans rien, grâce à ma mère, et je savais que je pouvais m'en sortir. J'avais mes enfants, j'avais ma liberté. Et la Petiote m'a offert le moyen de les garder.

Un long silence suivit ces derniers mots puis Camille, tout doucement, murmura :

— Alors c'est pour ça que Mamie vous a donné son nom ? Pour vous protéger ?

— Grâce à elle, je n'ai pas eu à me soucier de savoir si les Onfroy nous pourchasseraient. Plus à craindre qu'on m'enferme, qu'on me prenne ma fille, qu'on réclame mon fils. La tranquillité pour mes enfants et moi.

Camille enfouit son visage dans ses mains, luttant contre l'envie de pleurer. *Alors c'est tout ? Mamie a rendu service ? Elle a tout quitté, caché à ses enfants leurs origines, leurs histoires, jusqu'à leurs noms… pour aider Manée ?*

— Il y a autre chose, laissa-t-elle filtrer entre ses doigts joints. Il y a forcément autre chose.

— C'est vrai, dit Manée après quelques secondes. Il y avait autre chose. Si nous roulons bien, d'ici ce soir, vous saurez. À Étretat, sur mes chères falaises, je vous dirai. Et le voyage sera terminé.

40

La Petiote au lieu de toi

Simone avait insisté pour rester à Deauville, pour y passer la nuit, mais ni Manée ni Camille ne l'avaient écoutée. Étretat les appelait. La première piaffait comme un cheval à l'approche de l'écurie, la seconde se mordait les lèvres sans discontinuer. La rancœur de Simone allait aux deux sans distinction : à celle qui – elle en était maintenant certaine – s'apprêtait à sauter de la falaise ; et à celle qui l'y conduisait. Assise à l'arrière du 4 × 4 violet, la vieille dame cherchait activement un moyen de les stopper, hésitant entre un faux malaise, des pauses-pipi à répétition et un pneu discrètement crevé à cette occasion. Ce fut finalement Camille qui l'aida, bien malgré elle.

Elles roulaient en silence depuis une dizaine de minutes lorsque la jeune femme demanda :

— Savez-vous si Mamie a emporté des bijoux en partant ? Parce qu'elle a laissé une bague au notaire et je ne sais pas ce que c'est.

Manée qui souriait alors aux champs, aux camions, aux embranchements, à tout ce qui croisait son regard et la rapprochait de sa destination, répondit sans les quitter des yeux :

— Elle n'avait pas de bijoux. Seulement son alliance, qu'elle m'a donnée en même temps que ses papiers. Mais au fond, c'était idiot, elle aurait pu la vendre et je n'ai jamais réussi à la porter.

— Tu as eu des scrupules ? fit aigrement Simone à l'arrière. Ça ne te ressemble pourtant pas.

Manée ignora le sarcasme et se tourna vers la conductrice.

— Vous êtes mariée, Camille ? Ou vous l'avez été ? (La jeune femme secoua la tête.) Moi, j'ai été mariée deux fois. Je ne suis passée devant le maire qu'une, évidemment, avec Luc Etcheverry, et mon union avec Jean Roussel n'existait que sur le papier. Mais j'ai toujours considéré Albert Onfroy comme mon premier mari. Il était l'homme avec lequel je vivais et le père de mes enfants. C'était un engagement plus fort que n'importe quelle signature sur un registre. Nous avions fait cette petite cérémonie, juste tous les deux. Nous avions échangé des anneaux. Ça n'avait aucune valeur légale, ça n'empêchait pas les commères de jaser, mais à nos yeux, au moins, nous étions mari et femme.

— Alors c'est votre bague ! s'exclama Camille. Celle que le notaire m'a donnée !

— Impossible. Je m'en étais débarrassée avant de retrouver la Petiote. Et c'est là où je voulais en venir. Ça a du sens, une alliance. Ça doit avoir du sens. La mienne était une bague de rien du tout, une bricole d'argent cabossé, mais je la chérissais pour ce qu'elle représentait. Alors enfiler celle de la Petiote… je n'ai pas pu. Je l'ai mise au clou un peu plus tard, ça a payé…

Camille n'écoutait plus. Elle s'était arrêtée à « bricole d'argent cabossé », soit une description assez juste de l'anneau que maître Vannier lui avait remis.

— Votre bague, demanda la jeune femme, elle est éraflée, avec un côté un peu plat ?

— Comme n'importe quel anneau de pacotille. Mais arrêtez de chercher, la mienne est restée à Étretat. Je l'ai jetée entre la villa des Onfroy et celle de Victor, dans une ruelle. Je l'aurais volontiers balancée à la mer mais je n'en avais pas le temps alors… voilà. J'ai laissé le symbole derrière moi.

Manée semblait catégorique mais Camille ne pouvait se débarrasser d'un sentiment de malaise. La coïncidence lui paraissait bien trop énorme. Elle visualisa un homme jeune, blond, bouclé, penché sur les pavés d'une petite rue. *Il a pu la trouver. Il a pu fouiller la ville… Il a forcément essayé. Mais ça n'explique pas comment la bague…* Et d'un coup, elle vit tout, avec une netteté effroyable : l'homme blond, un peu plus âgé, qui garait sa voiture devant un petit troquet du sud de la France. La porte qu'il poussait ; la bague qu'il serrait ; le sac de jouets qu'il portait. Il demandait Odette Lemonnier, on lui indiquait la réserve, il y pénétrait le souffle court et la gorge serrée. Depuis combien d'années cherchait-il sa famille évadée ? Combien de temps pour trouver Odette, Angèle et Henri ? Mais dans la réserve il ne trouvait que l'ancienne Renée ; dans le café deux enfants bruns qui n'étaient pas les siens. Alors il abandonnait la bague, la poupée, le train, ne laissant qu'un souvenir flou dans l'esprit des deux gamins.

La jeune femme fouilla d'une main dans son sac, palpa le métal frais de l'anneau, l'attrapa.

— Manée... je crois vraiment que c'est votre bague.

— Impossible.

— Je pense qu'Albert a rencontré Mamie, insista Camille. À Menton, dans le café où elle travaillait. Mon oncle m'a parlé d'un homme... sa voiture était immatriculée dans la Seine-Maritime. Il avait apporté des jouets...

— Impossible, je vous dis !

Manée tripotait nerveusement le pommeau de sa canne, refusant obstinément de regarder l'anneau que Camille lui tendait.

— La gamine a pourtant raison, observa Simone. Ç'aurait très bien pu être lui. Après tout, c'était le but de votre échange, non ? Que la famille Onfroy atterrisse sur la Petiote au lieu de toi ?

— Ça ne *peut* pas être lui, grinça Manée entre ses dents serrées.

— Comment... ? commença Simone.

— Parce que je le sais, voilà ! Vous me prenez pour un monstre ? Vous pensez que je n'avais pas pris mes dispositions ? (Simone et Camille échangèrent un regard perplexe via le rétroviseur intérieur.) Tu m'as reproché d'avoir caché à mon fils qui était son père, Simone. Tu ne t'es pas dit que j'avais une bonne raison pour ça ?

— J'ai compris tes raisons. Il a voulu se débarrasser de votre fille.

— Je ne parle pas de ça, Momone. Albert avait peur, il était sous l'influence de sa mère… Mais ça arrive à tout le monde d'avoir peur, et ça arrive à tout le monde de flancher. Tu as bien vu dans quel état j'étais, moi, quand nous nous sommes rencontrées.

— Je ne saisis pas…

— Nous étions terrifiés, Simone. Albert comme moi. Mon histoire, mon passé m'ont poussée à m'accrocher. Je *devais* faire mieux que ma mère. Alors j'ai fui pour mettre ma fille à l'abri, j'ai refusé de l'abandonner, et de ça, je me féliciterai jusqu'à mon dernier souffle. Mais *pour* ça, j'ai aussi fait quelque chose d'abominable. Parce que je ne pouvais pas emmener l'une et laisser l'autre, tu comprends ?

— Ton fils, bien sûr, opina Simone. Tu as pris le petit…

— Je le lui ai *volé*. J'ai volé son fils à un homme qui l'adorait. Si ce n'est pas la définition d'impardonnable… (Elle tripota un moment son sac fauve puis soupira profondément.) En quittant Étretat, je savais que notre histoire ne pourrait plus être réparée. Mais je savais aussi qu'Albert, même s'il me détestait pour ce que j'avais fait, ne renoncerait pas à son fils pour autant. Je ne voulais pas être cruelle… je n'ai jamais souhaité le faire souffrir ou me venger. Le priver de son fils était… un dommage collatéral. Parce que je ne pouvais pas, moi, me résoudre à le laisser. Alors quand j'ai trouvé la Petiote, que nous avons décidé d'échanger nos noms… Je me suis assurée de ne pas rompre tout à fait le lien. Je lui ai dit : « Si Albert Onfroy vient te voir, dis-le-moi. » Je lui ai décrit Albert, je lui ai donné l'adresse de Victor à Paris et je lui ai bien expliqué : « Écris ici, Victor transmettra. » Et je te jure, Simone, que si Albert était arrivé jusqu'à la Petiote, j'aurais parlé à mon fils. Je lui aurais tout dit, j'aurais tout assumé, je me serais débrouillée pour qu'ils se retrouvent.

— Et Victor n'a rien reçu ? demanda anxieusement Camille.

— J'ai correspondu avec lui jusqu'à la fin de sa vie, en 1987, et il n'a jamais eu la moindre lettre de Renée. Henri, ou plutôt Patrick, était alors adulte. Qu'aurais-je pu lui raconter ? Ton père biologique m'en voulait tellement qu'il a renoncé à toi ? Il ne t'a même pas cherché ? J'ai préféré le laisser dans l'ignorance. Et c'est ça, vraiment, que je ne pardonne pas à Albert. Qu'il n'ait pas tenu tête à sa mère, je peux comprendre. Qu'il ait accepté de se séparer d'Angèle, de moi, j'admets. Mais son fils ? Alors ça… ça… c'est ce qui fait le plus mal. Imaginer que je me sois trompée sur lui à ce point…

Camille avala péniblement sa salive. L'anneau dans sa main lui semblait de plus en plus chaud, presque brûlant.

— Peut-être que le courrier s'est perdu ? tenta-t-elle timidement. Parce que je crois vraiment…

— Vous me fatiguez. Donnez-moi ce machin… (Manée agrippa la bague et l'approcha de son visage pour la scruter)… et finissons-en. Que je vous prouve une fois pour toutes qu'Albert n'a jamais…

Elle n'acheva pas. La main toujours levée, les yeux fixés droit sur le cercle d'argent, elle s'était figée.

— Manée ? s'inquiéta Camille.

— Nom de Dieu…, expira la vieille dame.

— C'est ta bague ? demanda Simone. C'est elle ? Tu la reconnais ?

— Nom de Dieu de nom de Dieu de nom de Dieu de nom de…

— C'est la poste, balbutia Camille, c'est forcément la poste qui a égaré…

— … de Dieu de nom de Dieu…

— Ou il est venu trop tard ? proposa Simone. S'il s'est présenté après la mort de Victor, il n'y avait plus personne pour recevoir le courrier…

— … de nom de Dieu de…

— Je suis désolée, gémit Camille. Je ne voulais pas vous faire de peine…

Manée stoppa net sa litanie et se tourna vers la conductrice avec un regard de pure fureur.

— De la peine ? tonna-t-elle. De la peine ? (Elle gigota sur son siège pour détacher sa ceinture de sécurité.) Arrêtez la voiture !

— Mais je ne peux pas…

— Arrêtez cette foutue voiture ! hurla Manée.

Et c'est ainsi que Simone n'eut plus, pour un temps, à se creuser la cervelle pour ralentir le cortège. Un bout d'argent cabossé s'en était chargé.

41

Les ruines la poursuivaient

— Allez-y !

— Non, Simone. Elle voulait être seule.

— Allez la chercher ou c'est moi qui y vais !

Camille regarda Simone, son air pincé, puis le petit bois sombre où Manée s'était engouffrée.

— Vous n'y arriverez pas. Le fauteuil ne passera jamais.

— Alors j'y vais à pied ! Je peux marcher, vous savez !

— C'est plein de branches, Simone. Vous risquez de tomber.

— Et Manée ? Manée aussi peut tomber ! Elle est peut-être à terre en ce moment même ! Sans personne pour l'aider !

De guerre lasse, voyant Simone prête à sortir du 4 × 4, Camille abdiqua et se dirigea à contrecœur vers le petit bois. Elle n'avait aucune envie de déranger Manée et se promit de prendre tout son temps pour la retrouver. Or, le bois, s'il semblait long, n'était pas bien épais, et beaucoup mieux entretenu qu'elle ne l'aurait cru. Suivant un sentier, elle émergea assez rapidement de l'autre côté ; une portion de gazon famélique s'étirait jusqu'au bord d'une mare ; au bout de la mare, Manée.

— Vous pouvez rappliquer, fit la vieille dame. J'ai eu le temps de me calmer.

Camille franchit les quelques mètres qui les séparaient. Manée ne semblait plus furieuse mais fatiguée. Son dos était moins droit, ses épaules voûtées. Une de ses mains se crispait sur le pommeau de sa canne mais l'autre, dont les longs doigts serraient toujours l'anneau, tremblait.

— Vos cheveux…, murmura la jeune femme. Vous avez des feuilles…

Elle retira de fins rameaux de la longue tresse blanche et quelques vrilles vertes qui s'étaient accrochées près de la tempe. Elle n'osa pas poser de questions, échoua à trouver des paroles appropriées. Elle se contenta de rester debout près de l'artiste, le regard tourné comme elle vers le plan d'eau. Des chants d'oiseaux montaient des genêts qui le bordaient. L'air portait l'odeur de l'asphalte chaud et de la terre mouillée.

— Je n'ai pas voulu ça, finit par dire Manée. Les séparer, Albert et Henri… Ce n'était pas ça, mon idée.

— Je sais, souffla Camille.

— Je n'avais pas de plan, vous comprenez ? Quand Victor m'a demandé où je voulais aller ce jour-là… le jour de ma fuite… c'est sorti comme ça. Presque malgré moi. Le Havre. Parce que j'étais à nouveau en exode et la Petiote comprendrait et… Je ne pouvais pas prévoir que nous échangerions, ce sont les circonstances qui ont… (Elle déplaça sa canne qui s'enfonçait dans le sol meuble, soupira.) Vous n'avez pas idée de ce que j'ai vu quand je l'ai trouvée. Votre grand-mère, ses enfants… le café… C'était son rêve, ce café. Et il était en miettes. Les tables, les chaises, les verres, le grand miroir derrière le comptoir, les bouteilles… tellement de bouteilles… Et tout ça brisé, éclaté. Le toit avait crevé, à travers les poutres calcinées la pluie tombait sur ce désastre… (Elle ferma les yeux un instant.) Elle semblait si perdue dans son café dévasté. Comme si les ruines la poursuivaient.

— Qu'est-ce qui s'était passé ? demanda Camille à voix étouffée.

— Un incendie, allumé par un ivrogne un soir de beuverie. Et elle vivait là-dedans, seule avec ses mômes et des dettes par-dessus la tête. À peine de quoi manger, un bout de paillasse humide dans une pièce noire de suie… Sa fille… votre mère… elle avait quelques semaines alors. C'était une si petite chose, minuscule. Et j'ai su, moi, que cette fois nous allions repartir ensemble. Pas parce que je le voulais, mais parce qu'il le fallait. Il fallait les sortir de ce trou, les éloigner du danger… Je devais les aider.

— Et mon grand-père ? demanda doucement Camille. C'est l'incendie qui l'a tué ?

Manée eut un rictus et lâcha :

— Si seulement. (Camille ouvrit de grands yeux choqués.) Mais il faut croire qu'il y a un dieu pour les soûlards. C'est lui qui avait allumé l'incendie. La Petiote avait failli y passer, les deux gamins aussi et lui… (Elle se redressa brusquement, rajusta son sac.)

Mais je vous raconterai ça à Étretat. Pour l'heure j'ai autre chose à vous dire. Vous avez votre machine, là ? le dictaphone ?

Camille sentait une boule se former dans sa gorge, masse compacte de tristesse et de frustration. Elle attrapa néanmoins l'appareil puis indiqua à Manée que l'enregistrement avait démarré. La vieille dame rangea la bague, ouvrit la bouche, la referma, fronça les sourcils. Se racla la gorge, inspira, tripota sa canne. Puis, comme on arrache un sparadrap, elle démarra à toute vitesse :

— À l'automne 1955, j'ai fui Étretat et la famille Onfroy pour sauver ma fille et rester en liberté. J'ai emmené mon fils parce que je ne supportais pas l'idée d'en être séparée. Et j'ai échangé mon nom avec une amie pour nous mettre à l'abri. J'avais demandé à cette amie de me prévenir si Albert Onfroy arrivait jusqu'à elle, elle ne l'a pas fait. Ou alors elle a écrit mais je n'ai pas eu le message. Le fait est qu'Albert a cherché son fils et n'a jamais pu le trouver, ce qui n'était pas mon intention. Mon fils a eu un père exceptionnel, Luc Etcheverry, mais il a ignoré toute sa vie que son père biologique, Albert Onfroy, vivait et l'aimait. Albert avait renoncé à sa famille, ses études et son héritage pour prendre soin de lui. Contrairement à ce que j'ai toujours cru, il l'a cherché. Je veux donc dire ici que si Albert Onfroy est toujours en vie, il mérite de rencontrer son enfant. Et notre fils mérite de rencontrer son père. Ce qui est arrivé est regrettable et je suis… enfin j'espère que ça pourra s'arranger. Voilà. (Elle se tourna vers Camille, visiblement soulagée.) Vous pouvez arrêter le dictaphone.

— Mais…, fit Camille, un peu éberluée. C'était quoi, ce message ?

— Justement, j'y viens. J'ai un service à vous demander. Ou plutôt… deux services. Le premier serait de raccompagner Simone. Je ne redescendrai pas dans le Sud-Ouest et on ne peut décemment pas la mettre dans un train… donc j'aimerais que vous la rameniez à Bordeaux.

— Je peux, fit Camille avec une grimace. Ça ne me pose pas de problème. Mais je ne suis pas certaine qu'elle acceptera de me suivre.

— J'en fais mon affaire. Le second service serait de transmettre vos enregistrements à ma famille.

— Il suffit de faire une copie, ça n'a rien de compliqué.

— Bien. N'hésitez pas à couper ce qui concerne spécifiquement votre grand-mère si vous ne souhaitez pas le partager.

— Je n'ai rien à cacher. (Elle se tourna vers Manée, l'observa attentivement.) Mais c'est vraiment ce que vous souhaitez ? Qu'ils apprennent tout ça, l'échange, la fuite… par un enregistrement ? Vous ne préférez pas le leur dire vous-même ? (Manée fit « non » de la tête.) Même votre fils ? Vous ne voulez pas lui expliquer pour son père de vive voix ?

— Si j'ai embauché une biographe, c'est justement pour m'éviter ce genre de désagrément.

Camille eut un petit rire ironique qui ressemblait beaucoup à ceux de Manée.

— Alors je suis vraiment biographe, finalement ?

— Ça me paraît évident.

— Et vous l'aviez prévu depuis le début ?

Manée hésita un instant avant d'avouer :

— Je ne sais pas. Pas vraiment. Ça m'est peut-être… apparu nécessaire au fil du voyage. Sophie en savait si peu et quand elle m'a demandé le nom de mon père… Vous ne me croirez sans doute pas mais je déteste mentir, surtout aux enfants.

Manée s'était mise en marche vers le petit bois, Camille la suivit et lui prit le bras.

— Je vous crois. Et j'approuve complètement. Pas trop votre méthode mais venant d'une famille où les secrets ont fait beaucoup de dégâts… je trouve que c'est bien qu'ils sachent. C'est important. (Elle jeta un regard en coin à Manée.) Vous ne m'avez pas demandé mon avis, je sais.

— C'est dommage que le voyage se termine, fit Manée avec un demi-sourire. Vous commenciez presque à me plaire. Ce qui me fait penser…

Elle s'arrêta et plongea le bras dans son sac fauve. Elle en ressortit une pochette de tissu moiré dont elle extirpa une bague surmontée d'un énorme diamant et une manchette en or incrustée de rubis.

— Laquelle préférez-vous ?

— Que… quoi ? bégaya Camille.

— Celle que vous préférez est à vous. Pour Momone et vos enregistrements. Ce n'était pas prévu au contrat, il me semble normal de vous rémunérer. Choisissez.

— Mais… (Camille se mit à rire.) Je n'ai pas besoin que vous me payiez ! Encore moins avec des trucs pareils ! (Devant l'air vexé de Manée elle arrêta de glousser.) Ce que je veux dire c'est que c'est trop. Beaucoup beaucoup trop.

— Quelque chose de plus modeste alors ? J'ai un jonc…

Camille posa sa main sur celle de l'artiste pour l'empêcher de replonger dans son sac.

— Rien du tout, Manée. Ça me fait plaisir de vous aider.

Les deux femmes se remirent en route dans le grésillement des insectes et les craquements de feuilles sèches. Elles progressaient lentement, l'une agrippée à l'autre, et il sembla à Camille qu'il y avait là plus d'affection que de nécessité. Après quelques pas Manée souffla :

— Merci.

— Vous me remercierez après. Et franchement, pour ce qui est de ramener Simone, j'ai quand même un gros doute.

— Je voulais dire : merci pour ce voyage. Je ne suis pas facile, je le sais. Vous vous êtes montrée patiente et c'est une qualité… que je ne possède pas.

— Vraiment ? Je n'avais pas remarqué.

— Ne gâchez pas tout par votre insolence, jeune demoiselle.

Le ton était sec mais les yeux souriaient, Camille serra plus fort le bras de Manée.

— Je suis contente de vous avoir trouvée. Pour Mamie, pour ma famille… Et pour la vôtre aussi. Vous imaginez ? Si Patrick et Albert se retrouvent ? Après toutes ces années ?

— Oui oui, fit Manée.

— Ce serait génial ! Vous savez ce qu'on devrait faire ? (Elle écarta une ronce qui barrait le sentier.) Le chercher. Dès maintenant ! Comme ça ils…

— On ne fait rien du tout.

Le ton était sec et les yeux ne souriaient plus. Camille, qui avait cru à un rapprochement et se voyait à nouveau repoussée, demanda avec un soupçon d'agacement :

— Mais vous voudrez revoir Albert, quand même ? Au moins pour lui expliquer.

— Je n'ai rien à expliquer. Les enregistrements sont là pour ça.

— Mais les enregistrements ne suffiront pas. Et votre famille aura des questions, forcément.

— Sans doute. Mais comme je n'ai pas l'intention de les revoir non plus…

Le sentier s'élargissait, signe qu'elles avaient presque atteint l'autre côté. Manée lâcha le bras de Camille et hâta le pas.

— Vous ne tiendrez pas, assura la jeune femme. Vous dites ça maintenant mais ils vous manqueront trop. Vous reviendrez vers eux.

— Ah oui ? Vous devriez réécouter vos enregistrements, mademoiselle. Quand je pars, c'est sans me retourner et quand je tire un trait, c'est pour de bon.

— Mais là c'est différent, votre fille n'est pas en danger…

— Ma *liberté* est en danger.

— La maison de retraite, j'ai compris. Mais alors quoi ? Vous allez vous cacher ? filer à l'étranger ? Un passeur vous attend à Étretat pour vous faire traverser la Manche ?

— Ce que je compte faire ne vous regarde pas. Je ne vous dois rien hormis l'histoire de votre grand-mère, aussi je vous remercie de garder pour vous vos opinions et vos questions.

Et retour à la case départ…, songea amèrement Camille. *Quelle nouille d'avoir cru que ça pourrait changer.*

— Vous savez quoi ? finit par lâcher la jeune femme, vexée. Vous avez raison. Nous ne sommes pas proches, nous ne sommes pas amies, je suis juste la pauvre fille qui conduit. Donc faites ce que vous voulez. Du moment que vous ne sautez pas de la falaise, ça m'est égal.

Manée s'arrêta d'un coup, le visage blême, et faisant face à Camille articula :

— D'où sortez-vous cette idée ?

— C'est rien, c'est… (Camille hésita mais son dépit prit le dessus.) Et puis zut ! c'est Simone qui me harcèle avec ça. Elle est persuadée que vous voulez vous supprimer mais elle refuse de vous en parler. Donc si vous pouviez la rassurer une bonne fois pour toutes, crever l'abcès, elle serait sûrement moins pénible avec moi.

Manée tourna brusquement la tête vers la route, qu'on commençait à deviner à travers les arbres.

— Vous voyez des lumières, là-bas ? Ou mes yeux me jouent de nouveaux tours ?

Camille crut que Manée cherchait à changer de sujet mais elle aperçut elle aussi des lueurs colorées.

— Du rouge et du bleu, oui. Comme un gyrophare…

— Momone ! cria Manée. Courez voir, Camille ! Je vous rejoins !

42

On n'est pas sorties des ronces

Le pire, ce n'était pas d'avoir déboulé du bois affolée, pantelante, échevelée, et d'être tombée nez à nez avec deux policiers.

Ce n'était pas les reproches de Simone à ce sujet, ou d'entendre murmurer « véhicule volé ».

Ce n'était même pas d'avoir crié : « Attendez ! Mamie est dans le coffre ! » au moment où on lui prenait ses clés.

Le pire, pour Camille, n'était ni la honte ni le regret.

Le pire, c'est que Manée les avait plantées.

Les protestations de la jeune femme et les supplications de Simone n'y avaient rien changé. « Il n'y a personne dans le bois », leur avait-on répété. Pourtant Camille avait bien vu Manée en émerger. Quelques minutes après elle, à trente mètres à peine, sa haute silhouette, ses cheveux de neige, le sac fauve en bandoulière : un pas hors du bois, deux pas en arrière.

Deux heures plus tard, assise sur une chaise raide d'une petite salle fraîche du commissariat de

Honfleur, Camille ne comprenait toujours pas ce qui s'était passé. Simone, de son côté, avait atteint un tel niveau d'angoisse qu'elle en avait renoncé à crier.

La jeune femme observa un instant sa compagne, se mordit les lèvres, hésita à parler. Puis elle reporta son regard sur la fenêtre et sur les solides barreaux qui la hachuraient.

On n'est pas enfermées, se répéta-t-elle. *La porte n'est même pas verrouillée, c'est juste un contrôle d'identité.* Simone croisa les bras et marmotta quelques mots inaudibles. Une ombre passa devant la fenêtre. *Dès que Gatsby aura faxé mes papiers, ils nous laisseront repartir. Et on ira retrouver Manée.*

— Cette attente est insupportable, grinça Simone. Elle est peut-être déjà morte à l'heure qu'il est.

— Manée n'est pas suicidaire, dit Camille pour la centième fois de l'après-midi.

Elle savait très bien ce qui allait suivre. Simone lui reprocherait d'avoir perdu Manée de vue, et lui répéterait que l'artiste n'attendait qu'une chose : arriver aux falaises pour sauter. Camille répondrait que Manée ne les abandonnerait jamais, qu'elle s'était simplement cachée dans le bois. Simone lui rirait au nez. Camille lui rappellerait qu'elles avaient un contrat. Simone lui répondrait qu'elle se berçait d'illusions. *On s'est déjà dit tout ça.* Mais contrairement à ce que Camille anticipait, Simone déclara froidement :

— Je sais ce que vous pensez. Que je déraille complètement.

— Vous êtes inquiète, je comprends ça. Mais je sais aussi…

— Vous ne savez rien. Vous ne connaissez pas Manée. Vous imaginez la connaître parce que vous avez passé quelques jours avec elle mais vous vous fourrez le doigt dans l'œil, jusqu'au trognon. (Simone s'était levée, elle avança vers Camille le visage contracté.) Manée est une égoïste. Vous, moi, votre contrat, ça ne compte pas. La seule personne qui compte, c'est sa fille, et elle la porte en bandoulière. Alors ne vous leurrez pas : vous êtes un moyen, ma petite. Un instrument arrivé au bon moment. Exactement comme votre grand-mère.

Simone retourna à sa chaise et Camille encaissa le coup. L'argument était inédit. Et violent. Elle demeura muette un moment, consciente que la méchanceté de Simone reposait avant tout sur sa peur. Puis elle dit en tâchant de contrôler sa voix :

— Admettons que vous ayez raison. Elle ne va pas partir sans nous. Tous ses bagages sont dans le coffre.

— Elle n'a pas besoin de bagages, elle veut mourir.

— Elle ne va pas aller à Étretat à pied.

— Et le stop ? C'est pour les chiens peut-être ?

L'idée était tellement absurde que Camille renonça à argumenter. *Manée en stop*. Manée le pouce levé au bord d'une route. Manée arrêtant une voiture d'autorité, sa canne dressée, négociant son trajet. Proposant de payer, sortant un solitaire, faisant miroiter son diamant dans la lumière. *Manée qui part sans se retourner*.

— Je vais voir où ils en sont, fit Camille en bondissant de sa chaise.

Elle revint quelques minutes plus tard, la mine sombre, et Simone la pressa aussitôt :

— Alors ? Les papiers ?

— Gatsby ne répond toujours pas. Ils ont trouvé un numéro de fixe mais ça sonne occupé. Mon avis c'est que soit ils font la sieste, soit ils font la fête, et dans les deux cas…

— On n'est pas sorties des ronces !

— Ils ont réussi à joindre ma mère, elle avait un scan de mon permis, elle le leur a mailé.

Simone écarquilla les yeux et piailla :

— Mais alors qu'est-ce qu'on attend ? On s'en va !

— Sauf qu'ils « préféreraient » vérifier pour la voiture d'abord.

— Parce qu'ils pensent vraiment que vous l'avez volée ? Ou moi peut-être ? Je m'en vais leur expliquer la vie à ces crétins de…

— Simone, dit Camille en lui prenant le bras. Il y a autre chose. (Simone regarda la main, son bras, son visage se figea.) Quelqu'un a appelé pour prévenir qu'une dame avec une canne marchait au bord d'une route et essayait d'arrêter les voitures.

— Qu'est-ce que je vous avais dit ? Du stop !

— Ils ont envoyé une patrouille mais le temps qu'elle arrive… la dame n'était plus là.

— Ces andouilles… (Simone mâchonna quelques insultes supplémentaires.) C'est fini, on s'en va !

La vieille dame se dirigeait déjà vers la porte mais Camille ne bougea pas.

— On n'a plus de voiture, Simone…

— Alors on fera du stop nous aussi ! Allez !

— Et je crois que j'ai fait une connerie…

— Pas qu'une ! Mais peu importe, on y va !

— Non, Simone, dans la forêt. Je lui ai demandé ce qu'elle voulait faire à Étretat et ça l'a énervée alors j'ai dit… qu'elle avait raison, que ça ne me regardait pas, que… (Elle se mordit les lèvres et Simone lui fit signe d'accélérer.) J'ai dit que tant qu'elle ne sautait pas d'une falaise, ça m'était égal.

— C'est pas vrai…, expira Simone.

— Elle a eu l'air tellement choqué que ça m'a rassurée et quand elle m'a demandé d'où venait cette idée…

— Non ? Vous n'avez pas fait ça ? Dites-moi que vous n'avez pas fait ça ? (Camille se cacha derrière ses cheveux et Simone explosa.) Vous lui avez dit ? Vous lui avez dit que c'était moi ?

— Je suis désolée, Simone… Je ne pensais pas… C'est quand le policier a parlé de la dame en stop que j'ai compris…

— Je vous ai prévenue à l'hôpital ! Je vous ai dit qu'à la minute où elle saurait que je sais, elle foutrait le camp ! Alors là… là c'est cuit ! Elle va se volatiliser !

— Pardon, Simone… Je vous crois maintenant !

— Maintenant ?

Le visage de Simone virait au cramoisi derrière ses mèches grises. Camille se leva, inspira un grand coup et assura :

— Je vais la retrouver. Je vous jure, Simone, que je ne la laisserai pas sauter. Je vais réparer ma connerie, je vais voir les flics, je vais tout leur expliquer et s'ils ne me rendent pas mes clés…

— Hem ! fit une grosse voix derrière elle.

Le *flic* se tenait dans l'encadrement de la porte, les clés du 4 × 4 et une liasse de papiers à la main.

— Vous avez eu Gatsby ? cria presque Camille. C'est réglé ?

— Vous avez compris votre ânerie ? siffla Simone. Pas trop tôt !

L'agent ne releva pas et, tendant à Camille clés et papiers, il confirma :

— Tout est en ordre. Voici les copies de vos documents, ceux du véhicule. Je vous conseille de ne pas vous en séparer.

— Et moi je vous conseille de vous les carrer dans le…

Camille empêcha Simone de terminer et tout en remerciant l'agent, et à deux doigts de pleurer de soulagement, elle entraîna la vieille dame vers la sortie. Elle avisa le 4 × 4 violet, vérifia que bagages et fauteuil roulant étaient toujours dans le coffre puis, tandis que Simone s'installait en pestant (« pas un mot d'excuses », « incompétence crasse », « dangers ambulants »), elle programma le GPS pour Étretat.

— Elle n'a pas beaucoup d'avance, assura la jeune femme, prête à démarrer. Attachez bien votre ceinture, on va tracer !

— Oh ! fit une voix à l'extérieur de la voiture. Hey ! Cinq minutes que je gesticule et vous ne me voyez même pas !

Bouche bée, Simone et Camille virent la haute silhouette familière se rapprocher puis se coller à la vitre côté passager.

— Alors, Momone ? fit Manée. Tu comptais me piquer ma place ?

43

Pas dupe

— Lâchez-moi, bon sang de bois ! Vous allez finir par m'étouffer !

Mais Manée avait beau pester, ni Camille ni Simone ne voulaient desserrer leur étreinte.

— On a eu tellement peur, renifla la première.

— Je ne te lâche plus, grogna la seconde.

— Pire que des sangsues ! Laissez-moi... (Elle gigota pour se défaire des quatre bras noués autour d'elle.)... respirer !

Camille s'écarta la première, un peu embarrassée *a posteriori* de cet élan de tendresse. Consentant à reculer à son tour, Simone grimaça :

— Tu mériterais bien pire ! Je suis furieuse après toi !

— Je m'en doute, répliqua Manée. Mais dis-toi bien que sans moi vous seriez encore enfermées.

Simone comme Camille eurent beau protester, ce n'est qu'assise face au port de Honfleur, à l'ombre d'un store bariolé et un banana split noyé de chantilly devant elle, que Manée consentit à s'expliquer.

Au terme de quoi Camille et Simone échangèrent un long regard incrédule.

— Donc tu nous dis, récapitula Simone, que tu as arrêté une voiture et obligé le conducteur à appeler ta petite-fille Estelle.

— Pas obligé, corrigea Manée en essuyant la crème qu'elle avait sur le bout du nez. Je lui ai poliment demandé si je pouvais emprunter son téléphone cellulaire.

— Comme tu as poliment demandé à Estelle, en vacances à La Rochelle avec Matthieu et Sophie, d'aller chez Gatsby à Nantes ?

— Non, là j'ai ordonné.

— Et ta petite-fille et son époux ont sauté dans leur voiture, foncé à Nantes, pénétré chez Gatsby avec l'aide de Sophie, trouvé le larron endormi, l'ont réveillé pour qu'il appelle le commissariat…

— C'est ça.

Nouveau regard perplexe des deux acolytes. Camille demanda la première :

— Mais le numéro d'Estelle, vous l'avez sorti d'où ?

— De mon répertoire, chère demoiselle. C'est une petite chose en papier très pratique, peu encombrante, et qui n'a pas besoin de batterie.

— Et comment saviez-vous que Gatsby dormirait ?

Manée haussa les épaules.

— Je ne le savais pas. Mais vu le lascar, il m'a semblé préférable d'anticiper. Ça fait une trotte entre La Rochelle et Nantes, je ne tenais pas à ce que vous passiez la nuit au trou.

— Trop aimable, maugréa Simone.

— C'était bien vu, admit Camille. On n'y a pas du tout pensé. J'ai juste essayé de joindre Gatsby mais il n'a jamais décroché, et ma mère qui m'a totalement snobée. C'est quand même vexant qu'elle ait répondu aux policiers et pas à moi.

— Ôte-moi d'un doute, fit Simone en fixant son amie. Essaies-tu de nous faire croire que tu as pu nous faire relâcher *parce que* tu nous avais abandonnées ? Ou que tu nous as abandonnées *pour pouvoir* nous sauver ?

— Je ne vous ai pas abandonnées, puisque je suis là. Et je n'essaie rien. Je vous explique ce qui s'est passé.

— M'est avis qu'elle est sacrément incomplète, ton explication.

Les deux nonagénaires se défièrent du regard, les prunelles sombres de Simone plantés dans les iris laiteux de Manée.

— Reconnaissez, dit Camille, que Manée a eu une bonne idée. Alors d'accord, elle aurait pu appeler Estelle du commissariat, avec nous, ça nous aurait épargné une grosse angoisse. Et les flics nous auraient sûrement moins prises pour des folles si elle ne s'était pas planquée dans le bois. Mais dans la panique, on fait parfois des choses bizarres. Et en fin de compte, tout va bien. On l'a retrouvée.

— Ça, on l'a retrouvée, répéta Simone sans ciller.

— Ça veut dire qu'on peut se détendre toutes les deux. D'accord ? On a eu super peur mais c'est réglé.

Simone croisa les bras, excédée, mais ne répliqua pas. Le soleil descendait et versait sur le port de plaisance une lumière chaude et dorée. Deux voiliers s'entrechoquaient doucement à quelques mètres du trio et un goéland plus hardi que les autres sauta aux pieds de Camille pour chiper un morceau de pain. La jeune femme observa le volatile, but une gorgée de son soda. Et poussa un très long soupir. *Chaque jour son lot de drama.* Une odeur de moules-frites lui chatouilla les narines et elle demanda, en forçant un peu son entrain pour clore – espérait-elle – ce chapitre éprouvant :

— Du coup qu'est-ce qu'on fait ? On passe la nuit ici ou on repart pour Étretat ? Je commence à avoir faim.

Sans un mot, Simone se leva et quitta la table. Camille vit le cardigan jaune s'éloigner vers le quai puis disparaître derrière un groupe d'adolescents.

— Je vais la chercher ?

Manée secoua la tête.

— Elle reviendra quand elle sera calmée. Réservez-nous quelque chose ici pour la nuit, voulez-vous ?

Camille dut consulter une dizaine de sites avant de trouver une chambre libre à proximité. Elle l'annonça à Manée (« chambre triple, il faudra partager »), puis reporta son attention sur le port à la recherche de Simone.

— Ah ça y est, là-bas ! Vous ne voulez toujours pas que j'aille la chercher ? Elle est peut-être fatiguée. Je devrais peut-être aller la retrouver avec le fauteuil ?

Manée enfourna son dernier morceau de banane et affirma :

— Gardez-la à l'œil, ça suffira. (Puis avec un sourire amusé :) Vous êtes brave, quand même. Prête à voler à son secours alors qu'elle a dû se montrer odieuse avec vous au commissariat.

— Odieuse…, répéta songeusement Camille. Oui, assez. Mais faut se mettre à sa place. Elle a cru que c'était la fin.

— Et vous ? Vous l'avez cru aussi ?

— Pas au début. C'est quand les flics m'ont parlé d'une dame âgée qui faisait du stop que j'ai commencé à flipper. Simone m'avait tellement bourré le crâne avec cette histoire de suicide. Ça faisait des jours qu'elle essayait de vous arrêter, en plus elle m'avait interdit de vous en parler… Je me suis sentie mal, forcément. (Elle eut un petit rire gai.) La trouille que j'ai eue, quand même !

Manée, qui scrutait les alentours, se retourna vers Camille. Après la clarté du port, le visage de la jeune femme dans l'ombre du store lui parut encore plus flou, les taches sombres encore plus envahissantes. Elle voulut attraper sa cuiller, dut s'y prendre à trois fois. Puis ayant recueilli les dernières gouttes de sa crème glacée, elle murmura : « Momone me connaît trop bien. » Le sourire de Camille s'effaça, revint un instant, puis encore comme s'il clignotait.

— Comment ça ?

— Elle me connaît par cœur alors que de mon côté, je n'avais rien deviné. Vous dites qu'elle a essayé de m'arrêter. Je n'ai rien vu.

— C'est-à-dire, commença Camille avec un mouvement d'épaules, qu'elle a fait pas mal de coups en douce. Mais elle ne vous connaît pas si bien que ça.

Elle était quand même persuadée que vous auriez sauté d'une falaise avant la fin de la journée.

— Ce qui prouve qu'elle n'est pas infaillible. Mais elle n'est pas dupe non plus. (Elle se tourna à nouveau vers le port.) Vous la voyez toujours ?

— Elle revient vers nous. Mais je ne comprends pas. Dupe de quoi ?

— Je ne suis pas du genre à paniquer, et Momone le sait. Ma disparition, quand vous étiez avec la police, était délibérée.

— D'accord..., fit Camille avec une moue dépitée. Donc vous nous avez plantées, et laissées gérer la crise toutes seules. Effectivement, c'est pas très sympa. (Elle attrapa son verre de soda.) Mais à la fois, vous ne pouviez pas deviner qu'on se ferait embarquer.

— C'était une possibilité et à vrai dire... J'ai décidé assez vite que si vous vous faisiez arrêtez, je ne vous attendrais pas.

Camille, qui finissait son Coca, l'avala de travers. Ce n'est qu'après avoir beaucoup toussé qu'elle parvint à articuler :

— Vous êtes sérieuse ?

— Je sais que c'est moche. Je n'en suis pas franchement fière. Mais il restait si peu de route...

— Attendez..., balbutia Camille. Vous pensiez vraiment nous laisser ?

— Le plus compliqué, ça a été de trouver quelqu'un qui puisse m'emmener directement à Étretat. Le type n'était d'ailleurs pas très content quand je lui ai demandé de faire demi-tour. (Elle tendit le doigt vers le quai.) Est-ce Momone, là ?

Complètement hébétée, Camille regarda dans la direction que pointait Manée et marmonna :

— Pas elle. Mais attendez... Vous vouliez partir... Pour arriver plus vite ? Pour qu'on vous rejoigne là-bas ? Ou parce que je vous avais parlé de... ce que vous savez ?

Manée posa sa main pâle sur celle de Camille, la serra doucement, sourit à la jeune femme.

— Vous êtes une gentille fille, Camille. Vraiment. Et je vous aime bien malgré ce que mon attitude peut donner à penser. Mais c'est plutôt la dernière option.

— Mais non..., protesta Camille, dont les yeux rougissaient. Vous êtes revenue !

— C'était idiot de filer comme ça. J'ai cru m'en tirer à bon compte mais dans le fond, ça ne réglait rien et ça vous aurait privée de ce que vous attendiez. Alors je suis revenue, oui. Pour vous, pour vous raconter, et pour mettre les choses au clair avec Simone. Vous aviez raison, je dois lui parler. Je me suis libérée de trop de secrets pour partir sur une malhonnêteté.

— Mais moi je voulais... que vous la rassuriez, que vous...

— C'est mieux comme ça, croyez-moi. Vous vous seriez reproché mon départ, Simone vous aurait blâmée. Et ce n'était même pas ce que je souhaitais. Partir comme une fugitive, devoir me dépêcher ? Non... Je veux profiter.

— Mais justement... Vous aimez trop la vie pour...

— Camille... (Elle tapota maladroitement la main de la jeune femme, qui luttait pour ne pas pleurer.) J'aurais voulu vous protéger. Je souhaitais sincèrement vous laisser hors de tout ça. Mais Momone a mis les pieds dans le plat et ça ne sert plus à rien de nier. J'ai décidé de mourir et la fin, pour moi, c'est Étretat.

C'est à ce moment précis que Simone, qui louvoyait depuis cinq minutes entre les tables pour rejoindre ses camarades, agrippa le dossier de sa chaise. Elle vit Camille en pleurs, Manée lui tendant des serviettes en papier, et en s'asseyant elle soupira :

— Alors ça y est ? Tu t'es décidée à avouer ?

44

Tu ne partiras pas avant moi

Il était déjà tard lorsque Camille ouvrit les yeux. Le soleil filtrait entre les rideaux tirés, une odeur de lavande flottait dans l'air. Elle roula sur le dos, s'étira, songea que ce serait encore une belle journée… puis elle réalisa qu'elle avait mal à la tête, que son cou était crispé, et tandis que les brumes du sommeil se dissipaient les souvenirs de la veille lui revinrent par bouffées. Manée, ses aveux, sa fin annoncée. *Et merde…* Elle se redressa d'un coup et scruta la pièce dans la semi-obscurité. Dans le grand lit, deux formes allongées se dessinaient sous le drap. Camille se leva sans bruit, attrapa son téléphone, contourna la banquette sur laquelle elle avait dormi et se glissa dans la salle de bains. Dans le miroir, son visage faiblement éclairé lui parut cerné et blafard. Elle s'assit sur les toilettes, consulta son téléphone. *Neuf heures dix-huit. Qu'est-ce que je fais ?*

La proposition de Manée était on ne peut plus claire : « Soit vous vous arrêtez ici et je finis l'histoire au petit déjeuner. Soit vous m'accompagnez.

Mais dans ce cas, ça veut dire que vous acceptez mon choix. »

Neuf heures dix-neuf. Comment accepter ça ?

Ses arguments avaient du sens, pourtant. Le corps qui lâche, la douleur quotidienne, la peur de se faire enfermer… Manée avait tout exprimé avec clarté, confiance, certitude. Elle ne pourrait plus rester chez elle très longtemps, elle le savait. Mais aucune alternative ne la satisfaisait. Elle ne voulait pas déménager ; elle ne voulait pas être déracinée ; elle ne voulait pas d'un logement « adapté ». Elle refusait tout autant qu'un ou une inconnue vienne chez elle pour l'aider.

— Et si c'est moi qui m'occupe de toi ? avait proposé Simone. Je ne vais plus rester à l'Ehpad très longtemps. Nous pourrions nous installer ensemble.

— Tu tiens à peine debout. Tu te vois vraiment en garde-malade ?

— Je suis en convalescence mais quand j'aurai récupéré, je pourrai.

Manée avait ricané :

— Même s'il faut me laver ? m'accompagner aux toilettes ? Et si je tombe ? C'est toi qui me relèveras, peut-être ?

— On embauchera des gens pour nous aider. C'est ce qu'ont fait les parents de Luc : quand ils n'ont plus pu rester à la villa, ils ont pris l'appartement. Elle a pris soin de lui, et lui d'elle, il y avait cette dame qui faisait les courses et le ménage, l'infirmière qui passait…

— Et puis il est mort, avait achevé Manée. Et elle a atterri dans la maison de retraite où elle est décédée toute seule, sans l'homme de sa vie. Et Luc est mort, Momone. L'homme de *ma* vie est mort.

— Mais je suis encore là, moi...

— Pour combien de temps ? Peux-tu me jurer que tu ne partiras pas avant moi ? Peux-tu me promettre que si nous restons ensemble, je mourrai la première ? que je ne me retrouverai pas à nouveau seule, avec la menace du clapier ? (Simone avait baissé les yeux et Manée insisté.) Tu ne peux pas, Momone. Et moi, je ne veux plus être celle qu'on laisse derrière. Je ne veux pas que mon fils vienne me voir chaque dimanche dans le clapier, comme Luc quand il visitait sa mère. Et tu sais comme moi que tant que je vivrai, Patrick viendra. Même si je suis infecte avec lui, même si je le couvre de reproches – et ça aussi, tu sais que je le ferai –, il viendra. Et Baptiste, et Estelle, et Julien, et Sophie... eux aussi viendront parfois. Par amour, pour le souvenir de ce que j'ai été. Et puis par pitié. Et je ne veux pas qu'on ait pitié de moi, Momone. Je refuse d'en arriver là.

Sur le moment, Camille avait sangloté. Simone, elle, s'était rebiffée :

— Qui te dit que ça se passera comme ça ? Si nous restons ensemble, si nous sommes bien accompagnées... Nous pourrions encore avoir de belles années !

— Mais tu ne peux pas me l'assurer.

— C'est une possibilité ! Ça vaut la peine d'essayer !

— Je ne prends pas ce risque. Si je laisse passer ma chance aujourd'hui, qui sait quand une autre se présentera ?

— Une chance de mourir…

— Une chance de partir comme je l'entends, où je l'entends. Et d'épargner à ma famille la charge d'une vieillarde aveugle, grabataire et aigrie.

— Mais s'ils étaient heureux, eux, de pouvoir conserver cette « charge » le plus longtemps possible ?

— Peut-être. Mais je n'en serais pas moins un boulet. De toute façon, j'ai eu ma dose de vie, j'ai fait le tour, adieu et merci.

À ces mots, Camille avait pleuré de plus belle et Simone, la mine défaite, avait soufflé :

— Alors ton fils, tes petits-enfants, tes arrière-petits-enfants… moi… On ne te suffit pas.

— Ça n'a rien à voir avec vous. Je suis juste arrivée au bout. J'ai vécu, j'ai créé, j'ai aimé, j'ai voyagé… J'ai accompli, je pense, tout ce que je pouvais accomplir sur cette Terre. À présent, il est temps de partir.

Recroquevillée sur les toilettes, Camille sentait les larmes monter. Les paroles de Manée lui revenaient, les unes après les autres. « Je veux garder ma dignité. » « Je ne me suis jamais laissé enfermer. » « Je n'attendrai pas que la mort vienne me prendre. »

Pouvait-on la blâmer ? Fallait-il s'opposer ? Et si oui, quels arguments avancer ? Et c'était peut-être là le pire : Simone avait tout essayé. Elle avait crié, râlé, cajolé, pleuré ; elle avait fait cent propositions, l'une après l'autre rejetées. Elle en avait appelé à Dieu – ce qui avait fait bien rire Manée –, à la famille, au destin, au dessin. Manée avait tout balayé, avec constance et résolution. Après trois heures de discussion, l'artiste avait fini par lancer :

— Je crois que tout est dit ! Je veux mourir, je ne changerai pas d'avis, c'est acté. La question maintenant est : qui veut m'accompagner ? Simone ?

— Tu ne te rends pas compte de ce que tu demandes.

— Je m'en rends compte. Mais tu es ma meilleure amie. Tu me connais, tu sais comment j'ai mené ma vie. Je pensais que toi, toi entre tous, tu me comprendrais.

— Tu as une façon de présenter les choses… Comme si j'étais une mauvaise camarade en refusant que tu meures !

— Pourtant je vais mourir, Momone. Quoique je fasse, tôt ou tard, je vais y passer. J'ai quatre-vingt-douze ans, bon sang ! Tout ce que je demande, c'est de prendre de l'avance. Un tout petit peu d'avance pour choisir mon moment. Alors je te le redemande : seras-tu près de moi ?

Camille essuya ses joues avec son t-shirt et regarda son téléphone. *Neuf heures trente-six. M'arrêter ? Les accompagner ?*

À court de munitions, Simone avait rendu les armes. Elle avait pris Manée dans ses bras, l'avait serrée contre sa poitrine et avait murmuré : « Évidemment que je viens avec toi. »

Camille n'avait pas su décider. *M'arrêter ? Les accompagner ?*

« Et pas question de pleurer », avait ajouté Manée. « Je refuse de passer mes derniers jours face à des têtes d'enterrement. Gardez ça pour après. »

M'arrêter ? Les…

Simone s'engouffra dans la salle de bains, ferma la porte derrière elle et alluma la lumière.

— Aïe ! protesta Camille, éblouie par le plafonnier.

— Chut ! On n'a pas beaucoup de temps alors soyez attentive : quand Manée vous demandera si vous venez, vous lui direz « oui ».

— Je n'ai pas décidé. Et vous n'avez pas à me dire...

— Écoutez-moi ! (Simone avait haussé le ton et s'immobilisa aussitôt, craignant d'avoir réveillé Manée. Une fois rassurée elle répéta plus bas.) Écoutez-moi. S'il vous plaît. Il faut que vous veniez.

Il y avait quelque chose d'implorant dans le regard de la vieille dame mais Camille, épuisée et troublée, ne se sentait pas d'humeur conciliante.

— J'en ai marre qu'on me donne des ordres, gronda-t-elle à voix basse. Vous ne savez même pas ce que vous voulez. D'abord il faut empêcher Manée de se suicider, maintenant on doit l'aider à sauter. Ne comptez pas sur moi. Je ne suis pas votre jouet. (Simone ouvrit la bouche mais Camille leva un doigt pour l'arrêter.) Et je ne suis pas un instrument, Simone ! Ce que vous m'avez dit hier était hyper méchant !

— C'est vrai.

L'assentiment de Simone prit tellement Camille au dépourvu qu'elle en resta muette un instant. Puis, méfiante, elle vérifia :

— Vous êtes d'accord avec moi ?

— Absolument. Ce que j'ai dit hier était non seulement méchant, mais aussi injuste envers vous, envers votre grand-mère, et envers Manée. J'ai été horrible et vous prie de m'excuser. Mais il y a un point sur lequel vous vous trompez : je ne veux pas aider Manée à sauter. Je reste absolument opposée à cette idée de suicide et fermement décidée à l'empêcher. Mais pour avoir une chance d'y arriver, il faut que je reste avec elle.

— Simone…, siffla Camille avec un demi-sourire. C'est super sournois !

— Pas plus que ce que j'ai machiné jusqu'ici. La grosse différence, c'est qu'à présent, si j'ai bien compris, nous sommes du même côté. Alors je vous propose ceci : vous et moi contre Manée. Vous et moi pour la vie. Vous me suivez ?

— À mille pour cent ! Je ferai ce que vous voudrez. Quel est le plan ?

— Je n'en ai pas.

Camille sentit tout son enthousiasme retomber. Si elles voulaient sauver Manée, la suivre et l'empêcher de sauter ne serait pas suffisant. *Ça marchera une fois, et ensuite quoi ? On la ceinture ? On l'enferme ? C'est exactement ce qu'elle ne veut pas.* Elle recula pour s'adosser au carrelage tandis que Simone s'asseyait sur le rebord de la baignoire. L'une et l'autre restèrent silencieuses un moment.

— Ce qu'il nous faudrait, dit finalement la jeune femme, c'est quelque chose qui la ferait changer d'avis. Un truc excitant, motivant. Un projet.

— J'ai essayé. Voyager, enseigner, reprendre un chien… Elle ne veut pas en entendre parler.

— C'était une bonne idée, pourtant, le chien. Surtout que c'est la mort de Péhèma qui a un peu déclenché tout ça. (Simone hocha la tête et Camille soupira.) Enfin, en vrai… c'est surtout moi qui ai débarqué au pire moment.

La jeune femme se prit la tête entre les mains et Simone s'absorba un temps dans la contemplation du tapis de bain. Puis elle affirma :

— Vous n'avez rien à vous reprocher. Depuis le décès de Luc, Manée se laissait glisser. Patrick a commencé à parler de maison de repos, elle s'est braquée… Tôt ou tard, elle aurait tenté quelque chose de ce genre. C'est vous qui êtes arrivée, elle en a profité. Et à la fois… vous l'avez incitée à parler. Vous seule pouviez faire ça. Et grâce à vous, sa famille aura une chance de connaître son passé.

— C'est vrai. (Camille releva la tête, l'air déterminé.) Et je vais réparer, Simone. Je ne repartirai pas sans Manée.

— Nous repartirons à trois, comme nous sommes…

Les deux femmes se figèrent. Un bruit léger leur parvenait à travers la porte close, bientôt suivi d'un grincement et d'un long bâillement.

— Sortez la première, murmura Simone, j'éteins la lumière. Pour le reste, on fait comme on a dit : on va à Étretat et là-bas… on trouve quelque chose pour la sauver.

Camille posa la main sur la poignée de la porte, prête à se faufiler. Mais avant elle laissa un large sourire éclore sur son visage et chuchota : « J'aime bien quand on est du même côté ! »

45

Un mariage condamné

— Quelle splendide journée ! fit Manée en attrapant le beurrier. Si vous saviez à quel point j'ai hâte de revoir Étretat… de vous faire découvrir mon village…

La vieille artiste tartina généreusement sa tranche de pain grillé et y mordit à pleines dents, répandant une multitude de miettes sur le lit défait.

— Nous dormirons sur place, n'est-ce pas ? demanda Simone, qui se débattait pour sa part avec un pamplemousse récalcitrant.

— Évidemment ! Camille, regardez tout de suite ce que vous pouvez nous dégoter. Le plus proche possible de la plage ! Je veux dormir avec le bruit de l'eau sur les galets.

En tailleur sur sa banquette, Camille sirotait sans entrain un café désormais froid. Elle saisit son téléphone, s'aperçut que ses mains tremblaient. Si Simone jouait parfaitement son rôle – la compagne fidèle, courageuse, forcément attristée mais décidée à sourire comme son amie le demandait –, la jeune femme peinait de son côté à trouver l'attitude appropriée. Tout en faisant défiler les sites de location, elle s'efforça de respirer lentement. *Si je suis trop nerveuse, elle va suspecter quelque chose.*

— Je crois que j'ai trouvé, dit-elle d'une voix aussi neutre que possible. C'est une maison de pêcheur rénovée, à cinquante mètres de la plage. Sur deux niveaux mais il y a un couchage au rez-de-chaussée. Vous ne serez pas obligées de monter l'escalier.

— Ce sera parfait, sourit Manée. Tout sera parfait !

— Combien de nuits ? demanda Camille en se cachant derrière sa tasse.

— Ma foi… disons trois ?

— Ça marche, fit la jeune femme avec un gros effort pour sembler détachée. C'est réservé.

— Quel bonheur…, soupira Manée. À cinquante mètres de la plage… La villa des Onfroy était bien plus loin que ça, et la maison où sont nés les enfants aussi. Je vous montrerai. Je vous montrerai tout, j'ai tellement hâte !

La joie de Manée rosissait ses joues, faisait briller ses yeux, lui donnait l'allure d'une grande enfant impatiente aux cheveux blancs. *Vachement en forme pour une future suicidée*, songea Camille en terminant son café. Et tandis que Manée répétait « j'ai hâte ! », que Simone maintenait le rictus recommandé, Camille ruminait : *On a trois nuits pour la sauver.*

Le trajet de Honfleur à Étretat démarra dans cette même ambiance étrange. Manée n'était pas tout à fait dupe, elle connaissait trop Simone pour ne pas sentir l'inquiétude derrière son apparente sérénité, et assez Camille pour capter les signes de son malaise. Elle crut toutefois – et en cela le plan des deux conspiratrices n'avait pas échoué – que ses comparses avaient accepté sa décision, même si elle leur était pénible. En empruntant le pont de Normandie, elle les remercia de l'accompagner. Un peu plus loin, elle promit à Camille de finir l'histoire de sa grand-mère dans la journée. Et parce qu'elle apercevait toujours le pli soucieux sur le front de la jeune femme, elle demanda à faire un détour par Le Havre.

— C'est ici, déclara l'artiste après que Camille eut garé le 4 × 4 en face de la gare, que votre grand-mère et moi avons pris le train pour Lisieux. J'ai pensé que vous aimeriez y passer.

Les trois femmes sortirent de la voiture et observèrent un moment la haute façade Art déco.

— C'est assez laid, nota Simone.

— Moins que dans mon souvenir. Mais il pleuvait ce jour-là et notre humeur était tout sauf gaie. Voulez-vous y entrer, Camille ?

La jeune femme hocha la tête. Comme à Lisieux, un mélange de respect et de crainte l'envahit à l'idée de poser ses pas sur ceux de sa grand-mère. Elle offrit ses bras aux nonagénaires et, ainsi liées, elles traversèrent la rue et les voies de tramway. La porte automatique s'ouvrit sur le hall, sa petite foule de flâneurs ou de voyageurs pressés.

— Les guichets étaient à droite, expliqua Manée. J'ai posé nos sacs, la Petiote m'a fourré sa gamine dans les bras. Elle était pressée d'acheter les billets.

— Pour se mettre à l'abri, murmura Camille. Pour fuir son mari.

— Sa détermination m'a impressionnée. La veille, elle était en morceaux et là... elle était décidée. Elle voulait mettre le plus de kilomètres possible, le plus vite possible, entre elle et lui. Le premier train qui partait était pour Lisieux. Elle n'a pas hésité.

— Une seconde, les coupa Simone. La Petiote aussi fuyait son mari ? J'ai loupé un épisode ?

Manée résuma ce qu'elle avait révélé à Camille dans le bois et Simone, l'air peiné, souffla :

— C'est sûr que le café en ruine, les dettes à rembourser... ça fait déjà beaucoup. Mais un mari qui manque de t'immoler...

— Mais qu'est-ce qui s'est passé ? demanda Camille. Il n'était pas comme ça quand Mamie l'a rencontré. C'était le fait de servir de l'alcool ? d'avoir la tentation à portée de main ?

Manée secoua la tête et invita ses camarades à la suivre vers le quai. Là, les trois femmes prirent place sur un banc, Camille enclencha son dictaphone, et tandis que les voyageurs, vacanciers, et agents de la SNCF se croisaient devant elles, sous la grande verrière ensoleillée, l'artiste raconta ce qu'elle savait de la lente déchéance de Jean Roussel.

— Quand la Petiote l'a rencontré, Jean Roussel était un jeune homme de vingt-trois ans qui ne buvait pas et ne manquait jamais la messe du dimanche. Il était pauvre et orphelin, comme elle. Mais comme elle, volontaire et travailleur. Il avait parfois des moments plus sombres, durant lesquels le souvenir des épreuves le rendait taciturne. Mais elle aussi connaissait ces périodes difficiles quand un mot, une image, une idée la renvoyaient à ce qu'elle avait perdu. Il faisait également des cauchemars – mais qui, parmi les survivants de cette guerre, n'en avait pas ? Pour la Petiote, il était une âme sœur, un homme honnête et bon qui avait le sens de la famille et de l'honneur. Il n'avait pas posé un doigt sur elle avant que le curé ait consacré leur union. Il avait écarté un premier café, qui plaisait pourtant à Renée, parce que celui qui voulait le leur vendre avait proposé un arrangement financier un peu louche. Gare à celui qui mettait en doute sa probité. Or, quand on est patron de café, on a toujours, à un moment ou à un autre, un hurluberlu qui crie à l'arnaque. Le vin est coupé, le prix des boissons augmente sans raison… Ça fait partie du quotidien, comme les remarques à la patronne, surtout si elle est jeune et bien faite. Et ça, Jean Roussel ne l'avait pas anticipé. Il n'a pas fallu six mois pour qu'il perde son sang-froid. Le client est reparti avec une côte fêlée mais dans la mesure où c'était un ivrogne notoire, on n'a pas fait au Jean trop de tracas. La deuxième fois, il a menacé un type, qui s'était permis une remarque grivoise à la Petiote, de le défigurer. Il y serait peut-être arrivé si les habitués ne l'avaient pas ceinturé le temps qu'il se calme. Elle faisait de son mieux pour le rassurer, pour lui expliquer que rien de ce qu'on pourrait dire sur lui, ou à elle, ne devait le toucher. Il l'entendait. Il le comprenait. Mais c'était plus fort que lui. Sa femme, son honneur, c'était sacré. Quand la Petiote est tombée enceinte, il s'est apaisé d'un coup. La joie de devenir père, sans doute. À la naissance de leur fils, votre oncle, il a juré qu'il ne commettrait plus ce genre d'erreurs, qu'il serait toujours là pour les protéger. Et il a tenu sa promesse… pendant quelque temps. Mais quand on a une faille, il se trouve toujours quelqu'un pour l'exploiter. Le café marchait bien, ça a créé des jalousies. Or, on savait le Jean irascible et tatillon sur son intégrité. Certains malfaisants ont joué à le provoquer, ça a fonctionné. Le bruit a couru, bientôt, que chez les Roussel on servait plus de coups que de cafés. La fréquentation a baissé, les bouteilles se sont accumulées, Jean a commencé à les vider. La Petiote était à nouveau enceinte, elle suppliait son mari de se contenir, sans succès. Une nuit, il s'est mis en tête de faire payer ceux qu'il pensait responsables des rumeurs. On l'a repêché le lendemain matin, sévèrement amoché, dans le port. Et de là, ça n'a fait qu'empirer. Plus de clients, plus d'argent, un beau stock de bouteilles à biberonner. Et puis quand le stock a été fini, toutes les bouteilles vidées, le feu a achevé de tout ravager. La Petiote venait d'accoucher, elle et les enfants étaient à l'étage, ils s'en sont sortis par miracle. C'est quelques semaines après que je les ai trouvés.

— Mais lui ? demanda Simone. Où était-il quand tu es arrivée ?

— Parti. Après l'incendie, il avait pris l'habitude de disparaître, parfois plusieurs jours de suite. Il devait chercher ailleurs de quoi s'imbiber.

— Quelle tristesse…

— C'est un cauchemar, renifla Camille en frottant ses yeux. Un cauchemar tout du long. La guerre, la famille perdue, le travail à la ferme… Et quand elle pense trouver un gars bien, qu'elle a un peu de répit… il se met à picoler et fout tout par terre.

— Malheureusement, soupira Simone, on a vu beaucoup d'anciens combattants tomber dans la boisson, et beaucoup de couples exploser à cause de cela. Votre grand-mère était loin d'être un cas isolé.

— Mais là, c'est ma famille, Simone. C'est mon histoire. Et elle est moche de bout en bout. Quand je pense que je vais devoir raconter ça à ma mère, à mon oncle… (Elle secoua la tête, découragée.) J'aurais vraiment préféré leur confirmer Raoul Leblanc.

— Comment ça, confirmer Raoul Leblanc ? s'étonna Manée.

— Mamie leur avait dit que leur père s'appelait Raoul Leblanc. Et qu'il était d'Étretat, qu'il n'avait pas pu les reconnaître, qu'il était mort juste après la naissance de maman… Une fable, quoi.

— J'imagine, fit Manée pensivement, qu'elle a assemblé ce qu'elle a pu de morceaux de nos passés pour fournir un mensonge à peu près cohérent. Et elle aimait vraiment beaucoup mon cousin.

— Sauf que ma mère ne s'en est jamais contentée. Comme Mamie ne disait rien d'autre, ni comment il était mort, ni ce qu'il faisait, ni s'il avait de la famille encore en vie… maman a voulu trouver les informations par elle-même. Elle a embauché un détective privé, qui n'a évidemment jamais trouvé le Raoul Leblanc en question. Et au final elles se sont fâchées.

— Quand vous leur expliquerez, dit gentiment Simone, votre mère et votre oncle comprendront. Elle a menti pour les protéger.

— C'est sûr que le père qui manque de les faire cramer, c'est un bon argument. (Elle passa une main sur sa joue pour essuyer une dernière larme.) Mais je sais très bien ce que ma mère dira : la vérité, c'est toujours mieux que les fables ; ce n'était pas la peine d'échanger les noms, il suffisait de divorcer. Ce qui sera quand même un comble vu qu'elle refuse, elle, de quitter mon père. (Elle eut un petit rire amer.) Mais j'imagine que c'est un truc qui court dans la famille. Et dans le fond elle aura raison : cacher la vérité a fait plus de mal que de bien. Si Mamie avait pu juste le quitter…

— Il y a de multiples raisons, la coupa Manée, pour rester dans un mariage condamné. Les enfants, l'engagement, l'isolement. Ne pas savoir où aller. Et puis la honte, la peur, la précarité. L'espoir que ça s'arrange. L'amour.

— À ce stade, je ne vois pas comment Mamie aurait pu espérer quoi que ce soit de Jean Roussel. Encore moins l'aimer.

— L'espoir et l'amour sont des sentiments tenaces, Camille. J'ai vu votre grand-mère, ici même sur ce quai, hésiter. Elle savait qu'elle devait partir, elle avait elle-même pris les billets. Mais au moment de monter dans le train elle m'a dit : « Et s'il était malheureux sans nous ? S'il avait décidé de changer ? » On peut vouloir fuir un homme, à raison, et continuer de l'aimer. Je suis bien placée pour le savoir. Et c'est pour ça qu'à Lisieux, elle a vite pris un nouveau train. Et sans doute un autre, puis un autre, jusqu'à ce qu'elle ne puisse pas aller plus loin.

Camille se prit la tête dans les mains et grogna :

— Sauf qu'il est mort assez vite, si j'ai bien compris. Sinon vous n'auriez pas pu vous remarier.

— Il est mort le jour de notre départ.

Camille se redressa d'un coup et, tournée vers Manée, les yeux écarquillés, elle balbutia :

— C'est pas possible. Vous vous foutez de moi ! (Manée fit « non » de la tête.) Vous êtes en train de me raconter que le type que Mamie fuyait est mort avant même qu'elle atteigne Menton ?

— Elle le savait ? demanda Simone.

— Elle l'ignorait. Je ne l'ai appris moi-même que le surlendemain en…

— Mais pourquoi vous ne le lui avez pas dit ? Il fallait la prévenir !

— Ça a été ma première idée. Mais je n'avais pas la moindre idée d'où elle était allée et les…

— Et vous ne vous êtes pas dit que ça valait le coup de la chercher ? de faire un minimum d'efforts pour qu'elle récupère sa vie ? Ou alors ça vous arrangeait mieux de laisser les choses comme ça ?

— Camille ! s'indigna Simone.

— Laisse, Momone. Vous avez raison, Camille. La mort de Jean Roussel me mettait à l'abri de toutes représailles. Et j'aurais certainement pu chercher la Petiote, ou au moins essayer. Mais nous nous étions engagées à tourner la page. Le passé ne devait plus compter.

— Mais bien sûr ! Et c'est pour « tourner la page » que vous avez demandé à Mamie de vous écrire si Albert Onfroy la trouvait ?

— Nos situations n'avaient rien…

— Stop ! J'en ai marre de vos explications, de toute façon ça ne fait qu'empirer ! Je sais pourquoi Mamie est partie, je sais que ça n'a servi à rien à part foutre un gros bordel dans nos vies, on s'arrête là !

— Camille ! appela Manée alors que la jeune femme s'éloignait déjà du banc et du quai.

— Je vais la chercher, fit Simone en lui emboîtant le pas.

46

Aux grands maux, les grands remèdes

— Camille ?

— Camille, vous êtes fâchée ?

— Vous ne voulez pas me parler, Camille ?

Adossée au kiosque à journaux dans le hall de la gare, Camille ferma les yeux et croisa les bras.

— D'accord, fit Simone. J'attendrai.

Elle se rapprocha de la jeune femme, se plaça à son côté, ajusta son cardigan – rose framboise ce jour-là –, repoussa du doigt une mèche qui dépassait de son impeccable carré.

— J'ai tout mon temps. J'aime beaucoup les gares, vous savez. Je pourrais passer des heures à regarder déambuler les gens. Où vont-ils ? Qui vont-ils retrouver ? Que portent-ils dans leurs valises ? Cette personne, par exemple, m'intrigue beaucoup. C'est déjà étrange de se promener avec un cochon en laisse... mais pourquoi diantre se balade-t-elle nue avec une plume dans le derrière ?

— Quoi ? fit Camille en ouvrant aussitôt les yeux.

— Ah ! je vous ai eue !

— Super, grommela la jeune femme. Vraiment super.

— Mais vous avez parlé. Vous préférez continuer, ou que je vous décrive les gens qui passent ? Je vous préviens : il est assez probable que je les imagine tout nus.

— N'importe quoi.

— J'aime bien imaginer les gens nus. Ça m'a beaucoup aidée quand j'ai commencé les conférences, cela rendait le public moins intimidant. Et c'est amusant aussi. Par exemple ce grand bel homme tout en biceps qui transporte un gros sac militaire : je peux imaginer que sur la fesse gauche, il porte un petit lapin tatoué. (Camille sourit malgré elle.) Ou une licorne si vous préférez. Ou $E = mc^2$, c'est peut-être un passionné de physique quantique.

— Un portrait de Dalida, tant qu'on y est ?

— Oh… Oui, je crois que vous avez raison. C'est définitivement un portrait de Dalida. Mais il est sur le torse. C'est un portrait en pied, il faut de la place.

— Vous êtes bizarre, Simone.

— Entre autres qualités.

— Et plutôt marrante. Je ne m'en étais pas rendu compte jusque-là.

— Nous étions trop occupées à nous chicaner. Mais vous savez ce que je fais particulièrement bien ? Écouter.

Camille se rembrunit aussitôt.

— Je n'ai rien de plus à dire. Toute cette histoire est un gros gâchis, point.

— Vous en voulez à Manée. Parlez-moi de ça.

— Évidemment que j'en veux à Manée ! Mamie était libre et elle ne l'a jamais su !

— Elle se savait à l'abri grâce à l'échange. C'est ce qui lui a permis d'élever ses enfants, de faire ce qu'elle voulait…

— Serveuse dans un café ! Toute sa vie à essuyer des verres, à servir du pastis, à travailler pour un autre ! Vous imaginez la frustration ? le nombre de poivrots qu'elle a dû côtoyer ? les mauvais souvenirs que ça devait réveiller ?

— Pourtant c'est ce qu'elle a choisi. Pensez-vous qu'elle était malheureuse dans cet emploi ?

Camille réfléchit un instant puis admit :

— Non. D'après ce que maman m'a raconté, elle semblait au contraire beaucoup s'y plaire. Le patron était un brave type, ses collègues sont devenues des amies, elle aimait retrouver les habitués… C'est chez elle qu'elle faisait des crises de panique, pas au café. En tout cas selon l'oncle Henri.

— Savez-vous ce qui déclenchait ces crises ?

— Selon mon oncle, des choses qui lui rappelaient les bombardements comme des bruits forts, des objets qui tombent… Et les volets fermés, à cause du couvre-feu pendant l'Occupation. J'ai vu ça, moi, quand j'allais lui rendre visite. Pas ses crises, mais le fait qu'elle ne fermait jamais les volets. Jour et nuit, hiver comme été, canicule ou tempête… elle les laissait toujours ouverts. Elle disait qu'elle aimait voir le ciel.

Simone posa une main compatissante sur le bras de Camille, dont les yeux rougissaient à nouveau.

— Vous aimiez beaucoup votre grand-mère, dit-elle doucement. C'est naturel d'avoir du chagrin en apprenant ce qu'elle a traversé. Mais vous n'y pouvez rien, Camille. Le passé est passé.

— Sauf qu'il rebondit sur nous. Sur moi. Si ma famille est bancale, si ma vie est bancale, c'est à cause de ça !

— Vous êtes l'héritière de cette histoire troublée, c'est vrai. Mais elle ne vous définit pas. Pourquoi avez-vous entrepris ce voyage ?

— Pour savoir la vérité, reconnut Camille à contrecœur. Pour la transmettre à ma mère.

— Alors allez au bout de votre démarche. Même si la vérité n'est pas celle que vous attendiez.

— Mais si ça ne marche pas ? Si ça ne répare rien ?

— Cela, fit Simone en haussant les épaules, ne dépend pas de votre volonté. La mission que vous vous êtes attribuée est de recueillir et passer l'information. C'est ce que j'ai fait pendant quarante ans, vous savez. Raconter la guerre, raconter les camps, raconter l'horreur. Ai-je sauvé le monde ? Ai-je éliminé la haine ? Certainement pas. Mais il me semblait juste d'essayer, aussi ai-je œuvré de mon mieux, déposé ce savoir aux pieds de qui le voulait, et admis que le reste n'était pas de mon ressort.

— Mais si maman…

— Votre mère fera ce qu'elle voudra de ce que vous lui direz. Vous n'êtes responsable que de vous. Et si vous vous estimez bancale, ma foi… trouvez des amis sur qui vous appuyer. Vous avez deux beaux spécimens de bancroches avec vous et regardez comme on avance, malgré tout.

— Il y en a quand même une qui s'apprête à se suicider...

— C'est vrai, soupira Simone. Mais après une longue, longue et belle vie. Et dans le fond elle a raison : nous touchons au bout, le temps qui nous reste est compté.

— Ne me dites pas que vous l'approuvez !

— L'approuver non... mais d'un certain côté, je la comprends. Manée est une impulsive. Elle n'a jamais supporté l'incertitude, l'attente, l'ennui... Elle aurait vendu ses œuvres au rabais, si Luc l'avait laissée faire, simplement parce que les négociations la barbaient ou qu'elle avait trop de factures en souffrance. (Elle soupira encore.) Luc la tempérait. Même au sujet de sa fille. Elle aurait voulu des réponses, elle. Un diagnostic, un pronostic, une idée d'où elle allait. Mais les médecins ne savaient rien et ça l'exaspérait, aussi a-t-elle commencé à écumer les voyantes, les médiums, les chamans... Tout un tas de charlatans qui l'ont quasiment ruinée. Ils auraient réussi si Luc ne l'avait pas arrêtée. Il lui a dit : « On s'en moque, d'où on va. On se moque que Claudine marche ou pas, qu'elle parle ou pas, qu'elle vive longtemps ou pas. L'essentiel est qu'elle soit heureuse tant qu'elle est là. » Et il avait raison, évidemment. Même moi je savais ça. Mais son grand talent, ça a été de présenter la chose à Manée comme une solution à part entière. Utiliser son énergie, sa créativité, sa force, pour faire de la vie de sa fille une fête. Un monument de joie et de tendresse. Il l'a aiguillée dans une direction où elle ne se sentait plus impuissante, ce que je n'avais pas su faire. Ce que je ne sais toujours pas faire, d'ailleurs...

— On va trouver, Simone, dit Camille en attrapant la main brune de la vieille dame.

— Le comble, c'est que j'étais contre leur mariage. Je le trouvais précipité, Luc me paraissait trop amoureux et elle pas assez. Elle était si instable alors, si… volatile… Elle peignait sans relâche, comme si elle avait peur de s'effondrer si elle s'arrêtait. Mais il a su l'apaiser, l'accompagner, la soutenir. Et si son amour à lui ne s'est jamais démenti, j'ai vu celui de Manée croître, année après année.

— Il lui a fallu du temps pour digérer. Vous l'avez entendue sur le quai : « On peut aimer un homme et vouloir le fuir. » En plus, elle n'en voulait même pas à Albert, c'est parce qu'il ne les a pas cherchés qu'elle était…

Camille s'arrêta bouche ouverte, l'air ahuri.

— Quoi ? fit Simone. Qu'y a-t-il ?

— Mais c'est ça… Le truc, le machin excitant, le projet !

— Eh bien quoi, le projet ?

Camille fit face à Simone et avec une conviction absolue déclara :

— On va rendre Albert à Manée.

— Rendre Albert…, répéta lentement Simone, les sourcils froncés. Je ne pense pas…

— Mais si ! Réfléchissez : elle l'aimait encore quand elle l'a quitté ; elle ne lui en veut pas ; elle espérait qu'il les chercherait. Et dans le bois hier, elle m'a fait enregistrer un message où elle demande explicitement à Patrick de le trouver. Elle m'a dit qu'elle ne voulait pas revoir Albert (« Ah ! » fit Simone.) mais c'est juste parce qu'elle a honte.

Je le sais ! La chose impardonnable, vous vous souvenez ? Mais elle tient encore à Albert, c'est évident. Et ils ont tellement de choses à se dire ! C'est pour ça que j'ai proposé hier de le chercher et j'avais raison, Simone. Ma première idée était la bonne. Manée peut raconter ce qu'elle veut, si on la met devant le fait accompli, qu'elle se retrouve nez à nez avec lui… Je suis certaine que ça peut marcher. Vous imaginez les retrouvailles ? Les amants séparés enfin réunis, soixante-cinq ans après ? Ce serait d'un romantique…

— Minute ! l'arrêta Simone en réfléchissant ardemment. Rien ne certifie qu'il ait envie de la revoir, lui. Elle a tout de même enlevé ses enfants.

— Quand il est arrivé au café à Menton, il avait sa bague. Il voulait la lui rendre, donc il voulait arranger les choses. Peut-être même l'épouser pour de vrai !

— Ou il comptait la lui jeter à la figure. Il l'a tout de même laissée à votre grand-mère, ce qui ne me semble pas vraiment de bon augure.

— Il la lui a peut-être donnée comme un message pour Manée ! Comme pour dire : « Je sais ce qui s'est passé, tu as dû te cacher, maintenant à toi de revenir vers moi. » Si ça se trouve, depuis tout ce temps il attend son coup de fil ! Mais de toute façon, si on veut le savoir…

Camille attrapa son téléphone et commença à tapoter fébrilement sur l'écran.

— Qu'est-ce que vous faites ? s'alarma Simone.

— Je cherche Albert Onfroy. Je le trouve, je lui parle, et si je sens qu'il est dans de bonnes dispositions envers Manée, on le fait venir direct à Étretat.

— Encore faudrait-il qu'il soit en vie, dit Simone avec pessimisme. S'il a deux ans de moins que Manée, ça lui fait quand même…

— Trouvé ! l'interrompit Camille en brandissant sous son nez le smartphone. Albert Onfroy, médecin à la retraite, Paris.

— Médecin ? Non, il devait reprendre l'entreprise familiale. C'est un homonyme.

Camille reprit ses recherches et confirma trois minutes plus tard :

— Si ! Docteur Albert Onfroy, neuropédiatre, regardez la photo !

Simone approcha son visage de l'écran et scruta le cliché d'un homme âgé en costume gris perle, aux cheveux blancs clairsemés, aux yeux bleus dont les coins ridés s'affaissaient légèrement.

— Comment voulez-vous que je le reconnaisse alors que je ne l'ai jamais vu ? s'agaça Simone.

— Pas lui ! Derrière lui !

L'homme se tenait debout dans ce qui semblait un bureau. Entre deux bibliothèques garnies de gros volumes on apercevait des dessins d'enfants, épinglés sous un tableau. Sur ce dernier une falaise à la blancheur crayeuse et trois mouettes en vol se détachaient sur une mer émeraude.

— Ce tableau…, murmura Simone. Il ressemble à celui…

— De chez Gatsby ! Il y avait deux tableaux, souvenez-vous ! Deux toiles laissées à Victor, mises aux enchères après son décès. Gatsby n'en a eu qu'une… Parce que Albert a acheté la seconde ! C'est évident quand on y pense ! Il savait, lui, que c'était un tableau de Manée ! C'est Albert, Simone. Le nom, l'âge, le tableau… c'est forcément lui !

— Il est vivant ? demanda anxieusement Simone.

La jeune femme reprit le téléphone pour poursuivre ses investigations.

— Pas de réseaux sociaux… Il apparaît comme trésorier d'une association… Le site semble tenu à jour… Membre d'une société savante… Pas de mail pour le contacter… Oh ! il est sur les pages blanches ! On a un numéro, Simone ! On a un numéro et une adresse ! Si c'est pas un homme qui veut être retrouvé, ça ! J'appelle ?

Simone lui saisit la main, et le téléphone avec. Elle avait le souffle court quand elle murmura :

— Si Manée apprend que nous avons contacté Albert dans son dos, elle ne nous le pardonnera jamais.

— Il suffit de ne pas le lui dire.

— Si elle le voit débarquer, elle va penser…

— Que c'est le hasard. Ou le destin. Qu'il aime toujours Étretat. Et puis on s'en fout de ce qu'elle pensera ! Aux grands maux, les grands remèdes !

Dans le hall de la gare, où la foule sans cesse renouvelée allait et venait sans même les remarquer, les deux femmes se défiaient du regard sous la lumière crue des néons. Puis Simone, qui avait maintenu serrés la main et le téléphone de Camille, décrispa ses doigts.

— C'est d'accord. Appelez.

47

Derrière les volets fermés

Ni Simone ni Camille ne connaissaient Étretat. Par principe, et au vu des circonstances qui les y amenaient, elles auraient voulu détester cette ville. Or en posant le pied sur le Perrey, cette longue digue surélevée qui embrasse la plage et ses galets, s'étirant en courbe douce d'une falaise à l'autre, elles n'y parvinrent pas. Comme tant d'autres avant elles, elles furent saisies par la monumentale beauté du site, par la majesté des arches de pierre jetées par-dessus la mer et plongeant leurs pieds de craie blanche, si blanche, dans le bleu-vert de la Manche.

Manée, qui observait ses camarades d'un air satisfait, glissa :

— Et encore, vous arrivez d'en bas. Attendez de voir comme c'est beau, là-haut.

« Là-haut. » Ces deux mots extirpèrent aussitôt Simone et Camille de leur contemplation émerveillée.

— On vient juste d'arriver, protesta l'une.

— On devrait d'abord déjeuner, ajouta l'autre.

— Après, décida Manée. Je veux monter tout de suite sur la falaise d'Amont.

Elle pointait du doigt la falaise de droite, surplombée par ce qui semblait être une église.

— Tu veux grimper ça ? s'inquiéta Simone en avisant le chemin escarpé qui serpentait dans l'herbe drue, arpenté par une file de touristes pas plus gros que des fourmis.

— Ne t'en fais pas, Momone. On va se trouver un moyen de locomotion adapté.

Les trois femmes ne purent s'asseoir côte à côte dans le petit train bondé qui menait vaillamment sa cargaison de curieux de la pittoresque place du marché au sommet de la falaise d'Amont, via un fort joli et tortueux circuit dont Camille ne profita nullement. La jeune femme ignora le panorama et, profitant de ce court éloignement, tenta sans discontinuer de joindre Albert Onfroy. En débarquant du véhicule, elle secoua tristement la tête en direction de Simone : Albert ne répondait toujours pas.

— Regardez-moi ça ! s'exclama Manée en se dirigeant derechef vers le bord de la falaise.

Ses comparses lui emboîtèrent le pas et elles atteignirent ensemble ce bout de terre surplombant l'eau. Sur la droite, la porte d'Amont luisait sous le soleil au zénith. Sur la gauche, à l'autre extrémité de la courbe et après le village niché en son creux, la porte d'Aval s'avançait, cachant en partie l'aiguille au pic érodé.

— La vache, murmura Camille. C'est hyper beau.

— Et drôlement dangereux, grogna Simone. On ne connaît pas les rambardes, dans ce pays ?

Manée eut un petit rire.

— C'est la nature, Simone ! La nature pure et sauvage. Pour une fois qu'on ne la défigure pas !

— On peut reculer ? demanda Camille en frissonnant. Ça me donne un peu le vertige.

— Laissez-moi profiter de la lumière, dit Manée en tournant son visage aux paupières closes vers le ciel. Sentez-la, vous aussi. Faites comme moi. Oubliez le vide, oubliez tout. Laissez venir la lumière.

Simone et Camille échangèrent un regard perplexe. La vieille artiste semblait sereine, seulement concentrée sur ses sensations. Elles l'attrapèrent tout de même chacune par un bras avant d'obtempérer. Le bruit des galets, roulés inlassablement par la mer, montait jusqu'à elles, ainsi que les cris joyeux d'enfants, le vrombissement de quelques barques de pêcheurs et les criaillements perçants des goélands.

— C'est marrant, fit Camille. Même les yeux fermés, c'est joli.

— C'est un endroit magique, approuva Manée. Il m'a beaucoup manqué.

Quand l'artiste eut suffisamment « laissé venir la lumière », ou quand elle en eut assez de griller au soleil, elle ordonna le départ. Soulagées, Camille et Simone purent quitter le bord de la falaise. Tandis que Manée faisait le tour de la chapelle, laissant glisser sa main sur les pierres moussues, elles restèrent en retrait pour un bref « point complot ».

— Toujours rien, murmura Camille. J'ai laissé trois messages sur le répondeur d'Albert Onfroy, pas de retour pour le moment. Je vais continuer à appeler.

— Et Gatsby ? S'il lorgne sur le deuxième tableau depuis longtemps, il a forcément contacté Albert. Peut-être aura-t-il un numéro de portable, ou un mail, à nous fournir ?

— Bien vu ! J'appelle Gatsby dès qu'on reprend le petit train !

— L'idéal, réfléchit Simone, serait de dépêcher quelqu'un directement chez Albert. Vous n'avez pas d'amis à Paris ?

— Moi non… mais mon père, oui. Je pourrais lui demander si l'un d'eux…

— Faites-le. Le plus vite possible. Je ne suis vraiment pas tranquille.

— J'appellerai aussi l'association dont il est trésorier. Ils sauront sûrement s'il s'est absenté et avec un peu de chance…

Simone lui intima le silence : Manée revenait vers elles.

— N'est-ce pas sublime ? s'extasia l'artiste en rejoignant ses camarades. Le ciel, la mer, Notre-Dame-de-la-Garde…

— Je ne te savais pas amatrice d'édifices religieux.

— Cette chapelle est spéciale, Momone. Les Allemands avaient démoli l'ancienne, qui faisait une cible trop facile pour les Alliés. Celle-ci date de 1950, elle est donc arrivée à Étretat en même temps que moi. Je l'ai vu construire. Et je dois dire que c'est un plaisir de la retrouver ainsi, toujours dressée face au vent. Elle a beaucoup mieux vieilli que moi. Et maintenant… (elle se tourna vers la route)… il doit y avoir un jardin dans le coin. J'aimerais le visiter.

Le jardin en question, plus proche du musée en plein air que du parc paysager, descendait, spectaculaire et paisible, en terrasses successives sur le flanc de la colline. Sculptures et végétation s'entremêlaient et, au détour d'un sentier, une vision familière accueillit le petit groupe. Émergeant de leurs nids de buissons, de grosses faces rondes offraient leurs expressions douces ou drôles à l'azur.

— Les têtes..., fit Camille. Ce sont les mêmes que chez vous, à la villa...

— Une œuvre de Salcedo, acquiesça Manée. Luc n'a jamais compris mon engouement pour ces bouilles lunaires, il les trouvait dérangeantes. Le reste de la famille ne s'est pas montré très enthousiaste non plus. Mais je n'ai pas pu résister à l'idée d'avoir chez moi ce qui ornait Étretat... (Elle indiqua de sa canne une esplanade en contrebas.) Est-ce un banc, là-bas ? J'aimerais m'asseoir un instant.

Elles se tenaient toutes trois sur un énorme tronc creusé en banquette. À droite, Manée caressait les courbes soyeuses du bois, un air concentré sur le visage. À gauche, Simone semblait perdue dans ses pensées. Au centre, Camille voyait le temps filer et peinait à contenir son impatience.

— Vous n'avez pas faim ? demanda-t-elle soudain. Il est presque quatorze heures, on devrait redescendre avant que les restaurants ne ferment, vous ne croyez pas ?

— Ne vous inquiétez pas pour ça, dit Manée. Nous trouverons bien quelque chose. Je voudrais profiter de ce moment... (Elle sembla hésiter puis se tourna vers Camille.) Vous vous êtes mise en colère, à la gare, et je n'ai pas eu le temps de finir mes explications. J'aimerais le faire maintenant.

— Pas la peine. J'ai compris. Et comme je vous ai dit dans la voiture, je ne vous en veux pas. Vous avez fait ce qui vous semblait le mieux pour vous et Mamie.

Manée secoua la tête.

— Je ne demande pas à me justifier. Ce que je vous propose c'est de terminer, ici et maintenant, l'histoire que je m'étais engagée à vous raconter.

— Elle n'était pas terminée ?

— Elle n'est pas terminée. Et malheureusement, ce qui me reste à raconter est loin d'être amusant. Aussi aimerais-je m'assurer que vous souhaitez l'entendre.

— Ça ne peut pas être pire…

— Ça peut. Je vous assure que ça peut. J'ai pensé un moment vous l'épargner mais votre réaction à la gare m'a démontré l'importance de ces faits, qui éclairent beaucoup mes décisions et celles de votre grand-mère. (La vieille dame fouilla dans son sac et en sortit un paquet de mouchoirs, qu'elle posa sur ses genoux.) Je vous laisse décider.

Décontenancée, Camille se mordit les lèvres en fixant ses pieds. La vue de ses baskets rouges sur le gravier la ramena dix jours en arrière, alors qu'elle pénétrait chez Manée sans y être invitée. Quel enthousiasme alors, et quelle innocence ! *Ce n'est vraiment pas ce que j'attendais*, songea-t-elle. *Ni le voyage, ni la révélation des secrets. Mais je ne peux pas avoir fait tout ce chemin et m'arrêter avant la fin.* Elle se tourna vers Simone, qui l'encouragea du regard. Puis pivotant vers Manée elle affirma :

— Je suis venue pour ça. Je veux entendre la vérité, même si elle est affreuse. Vous pouvez y aller.

Elle enclencha le dictaphone, Manée prit une profonde inspiration, expira de même, saisit la main de la jeune femme. Puis elle débuta.

— Le soir où je suis arrivée au Havre, avec mes enfants, j'ai trouvé le café plongé dans le noir. Les volets étaient ouverts mais les rideaux tirés, aucun son n'en sortait. J'ai toqué à la porte, j'ai appelé, personne n'a répondu. J'allais tourner les talons, assez désemparée, quand le battant de la porte s'est ouvert. Et la première chose qui m'a frappée, en voyant la Petiote à la lumière du réverbère, c'est que je la reconnaissais à peine. Elle était maigre, tellement maigre… Les yeux encore plus cernés, l'air encore plus apeuré que lorsque nous fuyions Saint-Lô en 1944. Elle avait sa fille contre elle, minuscule. À sa jambe était accroché votre oncle, tout petit lui aussi. Derrière eux, c'était le chaos. Elle m'a fait signe d'entrer, s'est excusée pour le désordre. J'ai demandé ce qui s'était passé. J'ai vu dans son regard la tentation de l'excuse, du : « On a eu un accident, ce n'est rien. » Mais je crois qu'elle était trop à bout pour seulement essayer. Je l'ai prise dans mes bras, nos filles se sont retrouvées l'une contre l'autre. Et elle a pleuré. Je pensais avoir atteint le fond, moi qui fuyais pour me sauver. Mais ce que j'ai senti chez elle cette nuit-là… c'était pire que le fond. C'était un endroit où personne ne devrait jamais se retrouver. (Elle serra davantage la main de Camille, qui lui rendit l'étreinte et murmura

« continuez ».) Jean Roussel était parti depuis plusieurs jours, dans le café et l'appartement au-dessus, il n'y avait que le silence et les débris. Elle avait peur, je le sentais, mais elle parvint à coucher ses enfants, à faire une place aux miens. Et dans ce qui restait de son salon, elle m'a raconté. Comment l'homme gentil et courageux s'était transformé. Comment l'honneur, cette belle idée, avait muté en dangereuse obsession. Les clients disparus, l'alcool pour oublier. Mais plus Jean buvait, plus son obsession enflait. Quand Renée sortait, il la questionnait : « Qui as-tu vu ? À qui as-tu parlé ? » Elle avait cessé de sortir pour le rassurer. Et lui persistait : « Tu veux sortir, je vois que tu veux sortir, je ne te suffis pas, peut-être y a-t-il dehors un autre que tu veux plus que moi. Peut-être l'enfant que tu portes n'est même pas de moi. » Elle avait beau jurer, pleurer, il ne la croyait pas. Et les coups avaient recommencé. Mais plus sur les clients, qui avaient tous déserté. Sur elle. (Simone porta ses mains à sa bouche, Camille commença à pleurer. Manée poursuivit, la gorge serrée.) Après une journée de vide, d'alcool, il allait barricader le café. Et elle savait ce qui allait se passer derrière les volets fermés. D'abord il l'accusait : elle était mauvaise ; elle l'avait traîné ici, l'avait obligé à trimer, poussé à s'empoisonner ; elle l'avait trahi, trompé ; comme sa mère à lui, elle avait pactisé avec l'ennemi. Il accusait, elle niait, il passait aux menaces : « Si tu n'avoues pas, je vais t'obliger, j'ai appris à délier les langues pendant la guerre. » Et quand acculée, terrifiée, elle finissait par demander pardon pour ces fautes imaginaires, il la punissait. Il la frappait parce qu'elle le méritait, comme sa mère à lui qui l'avait trahi et était « tombée » dans les escaliers. Elle aurait dû le quitter, elle le savait. Dès les premières gifles, elle y avait pensé. Mais elle était enceinte, isolée, terrorisée. Elle avait mis toutes ses économies dans le café. Plus de famille, sa tante étant décédée. Plus d'amis parce que pour l'apaiser, elle y avait renoncé. Elle avait honte, tellement honte de n'avoir pas compris, pas senti ce qui se terrait à l'intérieur de cet homme. Et elle s'était engagée, devant le maire et le curé. Peut-être qu'elle l'avait cherché, après tout. Peut-être qu'elle le méritait, ce malheur qui s'accrochait. Alors elle restait. Elle encaissait les coups de poing, les bousculades qui l'envoyaient à terre, les coups de pied. Elle offrait son dos, son cou, ses bras, pour protéger son ventre. Elle veillait à ce que le petit soit toujours couché avant la fermeture des volets. *Tant qu'il ne touche pas à mon fils*, se disait-elle. *Tant qu'il ne fait pas de mal à mon bébé*. Et elle priait, encore et encore, pour que revienne l'homme courageux et gentil qu'elle avait aimé. Et il revenait, ce qui est peut-être le pire. Quand l'alcool se dissipait, le bon Jean reparaissait. Il s'excusait, il promettait de ne pas recommencer. Il prenait son fils sur ses genoux, il caressait en pleurant le visage tuméfié de sa femme, ses bras couverts de bleu et de violet, le ventre rond que la veille encore il insultait. Il jurait d'être meilleur, de changer, de les protéger. Et elle le croyait. Puis revenaient le vide, les démons, les cauchemars… Et l'alcool pour les diluer. (Elle soupira.) Et puis votre mère est née. Minuscule chose arrivée par miracle, intacte malgré l'horreur. Bientôt rescapée d'un incendie allumé par son propre père.

Et j'ai compris, en voyant ma Petiote dans son café démoli, que je regardais une morte en sursis. J'ai tout de suite su qu'un jour, Jean Roussel la tuerait. Je lui ai dit : « Tu dois partir. » Je lui ai expliqué que moi aussi, je m'étais enfuie pour me mettre à l'abri. J'ai fini par la convaincre. Au petit matin nous avons rassemblé quelques affaires, pris nos enfants, et grimpé dans le premier train.

Il fallut plusieurs minutes à Camille pour reprendre pied dans la réalité ; pour sortir du café aux meubles détruits et aux volets fermés ; pour arrêter de sangloter ; pour comprendre que le soleil brillait, les oiseaux chantaient, qu'elle n'était pas seule et menacée mais entre deux femmes qui l'observaient avec sollicitude.

— Vous l'avez sauvée, murmura la jeune femme en prenant le mouchoir que lui tendait Manée.

L'artiste secoua la tête.

— Elle avait seulement besoin d'un peu d'aide. L'emprise est une chose terrible, vous savez.

— Vous l'avez sauvée, répéta Camille. Si vous n'étiez pas arrivée…

Elle éclata en sanglots à nouveau.

— Peut-être, dit Manée en sortant un autre mouchoir. Mais vous devez comprendre qu'elle aurait pu rebrousser chemin. Elle en avait envie, je vous l'ai dit. C'était une lutte en elle, un combat entre son engagement, le vœu de son mariage, l'espoir qu'il redevienne comme avant, l'amour qu'elle lui portait encore, malgré tout… Et ce que la raison lui criait : l'homme d'autrefois avait disparu, ses enfants étaient en danger. Je l'ai vue torturée par ce dilemme, fuir ou rentrer. Mais *elle* a choisi. *Elle* a décidé de faire passer ses enfants avant le reste. Je crois qu'au point où elle en était, mourir lui aurait été égal. Mais que ses enfants souffrent, ou qu'ils se retrouvent sans mère, c'était un risque qu'elle ne voulait pas prendre. Alors oui, je l'ai aidée. Mais *elle* a choisi de mettre ses enfants à l'abri.

— Elle s'est montrée très courageuse, souffla Simone en tapotant le dos agité de soubresauts de Camille.

— Vraiment très courageuse, appuya Manée. Et d'une grande lucidité. Elle savait que si Jean Roussel la retrouvait, elle serait incapable de lui résister. C'était son homme et le père de ses petits. S'il exigeait qu'elle rentre, elle était certaine de céder.

— L'échange était son idée ? demanda Simone.

— La mienne, et elle a d'abord refusé. Elle pensait que ça me mettrait en danger. Mais je préférais mille fois affronter Jean Roussel que la famille Onfroy. Et puis qu'aurait-il pu me faire, le Roussel ? Au pire j'aurais eu droit à un esclandre, éventuellement quelques coups. Je me serais fait une joie de lui expédier la police et de le faire un peu payer pour tout ce qu'il avait fait endurer à ma Petiote. (Elle tendit un troisième mouchoir à Camille.) Mais comme vous le savez, cela ne s'est jamais produit. Le soir même de notre départ, Jean Roussel perdait la vie.

Camille avait tourné ses yeux gonflés vers la vieille dame. Elle demanda à voix basse :

— Comment l'avez-vous appris, vous ?

— Par hasard. J'avais décidé de rester un peu à Lisieux parce que mon Henri, désormais mon Patrick, avait attrapé un vilain rhume et je préférais le garder au calme plutôt que le coller dans un train. Nous avons dormi dans une pension de famille et au deuxième matin, comme j'avais quitté Étretat quasiment sans rien, je me suis décidée à faire quelques emplettes. Victor m'avait donné de l'argent, que j'avais partagé avec la Petiote. J'ai pu acheter quelques vêtements pour les enfants et moi, du matériel de dessin, et un paquet de journaux, car je craignais que ma disparition et celle des enfants n'aient été médiatisées par les Onfroy. Or, je ne trouvai rien à notre sujet. Dans les faits divers en revanche un décès était rapporté : Jean Roussel, cafetier au Havre, retrouvé mort dans son établissement.

— Qu'est-ce qui lui est arrivé ? demanda faiblement Camille.

— Il s'est pendu. Et c'est pour cela, surtout, que j'ai renoncé à chercher la Petiote. Jean Roussel s'était suicidé le jour de son départ, dans leur maison vide. La raison de son geste semblait assez évidente. Je ne voulais pas qu'elle porte ce poids.

Camille se moucha et hocha la tête.

— Vous avez voulu la protéger.

— Je crois que nous avons toutes deux cherché à protéger l'autre. Avec des résultats assez mitigés.

— Comment ça ? s'étonna Simone.

Manée plongea la main dans son sac fauve et en ressortit l'anneau d'argent cabossé, qu'elle passa à son petit doigt. Puis elle affirma :

— Je pense que la Petiote ne m'a pas envoyé de lettre, après le passage d'Albert.

— Si elle avait promis, renifla Camille, c'est sûr qu'elle l'a fait.

— Je suis à peu près certaine du contraire. Car voyez-vous, j'ai commis une erreur au Havre. Une parmi d'autres, mais qui a coûté à mon fils son père : je n'ai pas dit à la Petiote ce que je reprochais à Albert. Je lui ai dit que je fuyais. Je lui ai dit que j'étais en danger. Et je lui ai demandé de me prévenir si Albert la trouvait. Mais je ne lui ai pas expliqué ce qui s'était passé. Et je pense… (Elle fit tourner l'anneau à son doigt.) Je pense qu'elle aussi a voulu me préserver. M'éviter la tentation de retourner vers un homme dont je lui avais très peu parlé, et qu'elle a supposé aussi dangereux que le sien.

— Alors Mamie aurait failli à sa promesse ? Délibérément ?

— C'est mon avis. Mais si c'est le cas, je suis la seule à blâmer.

— Le gâchis, soupira Camille. Du début à la fin, un gros gâchis.

Manée retira l'anneau de son auriculaire et l'observa un moment, puis en le glissant dans son sac, elle murmura :

— Même aujourd'hui, je ne saurais l'affirmer. Qui peut vraiment dire ce qui est bon ou mauvais ? (Elle se leva et tendit la main à Camille.) Et maintenant, allons déjeuner !

48

Saut de falaise

— C'est vraiment… très… raide…

Simone s'appuya davantage sur le bras de Camille. Manée, courbée sur sa canne de l'autre côté, et tout aussi essoufflée, parvint à répondre :

— Vieille tête… de mule !

Elles avaient à peine parcouru la moitié du chemin qui grimpe de l'extrémité sud du Perrey au haut de la falaise d'Aval, et Camille sentait déjà ses compagnes épuisées. Il faut dire que la nature « pure et sauvage » que vantait Manée ne s'encombrait pas d'accessibilité. Sans petit train pour atteindre ce sommet-ci, il fallait bien emprunter le sentier. Or, ce dernier, caillouteux, herbeux, parsemé de marches inégales, descendant parfois pour mieux remonter, mettait les articulations et les poumons des vieilles dames à rude épreuve. Manée, après le déjeuner, avait bien essayé de dissuader Simone de tenter cette ascension mais Simone, méfiante, avait refusé de quitter son amie. Et Camille, depuis vingt minutes, s'éreintait à tracter l'une, puis l'autre, s'arrêtant souvent et trébuchant à l'occasion. La pente s'accentuant, elle ordonna une nouvelle halte.

— On n'a pas... idée..., commença Simone.

— Je t'avais... prévenue..., grinça Manée.

— On aurait dû prendre des chapeaux, regretta Camille. Et de l'eau.

Manée fouilla dans son gros sac de cuir fauve. Elle en sortit une bouteille et ahana :

— Elle est... tiède... mais c'est mieux... que rien.

Les trois femmes burent tour à tour, leurs mains en visière pour admirer la mer qui miroitait sous le soleil. Il leur fallut trente minutes de plus, et quatre pauses supplémentaires, pour arriver enfin au sommet, au bout de cette sente qui s'achevait sur une langue d'herbe drue et de terre sèche cernée de vide de tous côtés. Les touristes s'y agglutinaient, s'accoudant aux barrières rendues nécessaires par l'étroitesse de ce havre perché, par les vents parfois violents qui le balayaient. Le trio fatigué s'appuya de même, reprit lentement son souffle. La mer, le ciel emplirent leurs yeux, une impression de bout du monde leurs esprits.

— C'est beau..., souffla Camille après quelques minutes de silence recueilli.

— C'est chez moi, répondit Manée. Soixante-sept ans après, la sensation reste la même. Le trajet est plus dur, indéniablement, mais... oui, je suis chez moi ici.

— Et l'aiguille, demanda Camille en observant l'obélisque millénaire qui se dressait devant elles. Elle est vraiment creuse ?

— Ça, c'est une question que je me pose encore. L'idée est si jolie... Le repaire d'Arsène Lupin, une demeure au creux du rocher... Mais à défaut d'en trouver l'entrée, il y a toujours la Chambre des Demoiselles. Voulez-vous la visiter ?

Manée entraîna ses camarades de l'autre côté du promontoire et pointa du bout de sa canne une ouverture sombre dans un piton rocheux en contrebas.

— Tu ne veux quand même pas nous faire aller là ? s'inquiéta Simone.

— La passerelle, balbutia Camille. Elle est à pic des deux côtés !

— À mon époque, il n'y avait même pas de passerelle. Et je traversais ça comme un cabri ! Mais rassure-toi, Momone, je ne m'y risquerais plus aujourd'hui. Je laisse ça à la jeunesse. Nous vous attendrons, Camille, si vous voulez y aller.

N'ayant aucune appétence pour les marches glissantes et les ponts suspendus, Camille préféra décliner et, trouvant par ailleurs qu'elles avaient passé assez de temps sur le bord de la falaise, proposa de redescendre au village.

— J'ai vu une superbe pâtisserie, renchérit Simone, misant sur la gourmandise de son amie pour l'éloigner tout à fait du danger. Descendons, Manée. Nous avons bien mérité un encas.

Manée ne répondit pas. Elle promenait ses yeux pâles sur la rambarde, l'herbe, les visiteurs en mal de selfies qui les entouraient.

— Là, dit-elle en indiquant un triangle de fétuque et de trèfle couché derrière la barrière. Ça me semble un bon endroit. Tenez-moi ça, Camille.

Elle tendit son gros sac fauve puis, sous le regard horrifié de la jeune femme, entreprit de contourner la rambarde. Simone saisit un bras, Camille un pan de tunique, les deux se mirent à tirer.

— Mais qu'est-ce que vous fichez ? s'énerva l'artiste. Lâchez-moi !

— On ne vous laissera pas sauter ! cria Camille, paniquée.

Plusieurs têtes se tournèrent vers le trio. À voix basse, Manée grogna :

— Je ne vais pas sauter. Je veux disperser les cendres de ma fille.

Les conciliabules muets ont leurs limites, si bien qu'après deux minutes de regards réciproques confus Simone et Camille se décidèrent à passer aux mots.

— Qu'est-ce qu'on fait ? murmura l'une.

— Je ne sais pas, chuchota l'autre.

— Je vous signale que je vous entends, releva Manée. Si ça peut vous aider à décider, le saut de falaise n'a jamais fait partie de mes plans.

Simone haussa les sourcils.

— Tu ne veux plus sauter ?

— Je n'ai *jamais* voulu sauter. Vous croyez vraiment que j'ai envie d'aller m'écraser sur les galets ? Je veux mourir, pas traumatiser les vacanciers.

L'espoir qui avait brièvement fleuri dans le cœur de Simone se fana aussitôt. Elle fit signe à Camille de reculer davantage.

— Camille ! gronda Manée. Passez-moi ma fille ! (Camille secoua la tête.) Camille, vous vous êtes engagée à faire ce que je vous dirai, passez-moi ma fille.

— Je n'ai plus à vous obéir. Je vous ai conduite à bon port, vous m'avez tout raconté, le marché est terminé.

— Rendez-moi ma fille !

— Non.

Manée serra le pommeau de sa canne, se prépara à hurler, puis changea brusquement d'avis.

— Après tout, grommela-t-elle, c'est aussi bien. Nous partirons ensemble, elle et moi. (Elle s'adossa à la barrière et toisa ses compagnes.) À condition, évidemment, que vous ne cherchiez pas encore à m'en empêcher. M'est avis que vous m'avez légèrement menée en bateau, toutes les deux.

Camille et Simone échangèrent un regard penaud.

— C'est-à-dire…, commença la première.

— … que tu nous as prises de court, poursuivit la seconde.

— C'était un réflexe, en quelque sorte…

— Un réflexe spontané qui ne remet pas du tout en cause…

— Arrêtez votre charre, toutes les deux. Et passez directement aux aveux.

— Il n'y a rien à avouer, mentit Simone. Mais comme tu l'as souligné, l'endroit est plein de touristes. Nous ne pouvions décemment pas…

— Et une glace, j'ai le droit de prendre une glace ? Ou vous comptez aussi m'empêcher de manger ?

49

Après moi le Déluge

— Je peux avoir ma fille, maintenant ?

Le groupe s'était installé sur un banc, face à la plage sur le Perrey. Manée tenait à la main un énorme cornet mangue-fraise-passion-chantilly et elle semblait si sereine que Camille n'eut pas le cœur de refuser. Elle jeta un coup d'œil à Simone qui approuva en silence. Le sac fauve changea d'épaule, la longue main pâle de Manée se posa sur le cuir patiné.

— Maintenant tout est parfait, sourit-elle.

Camille croqua un morceau de son cône pistache-chocolat, hésita puis dit doucement :

— Vous pourriez profiter de ça tous les jours, si vous habitiez ici.

Le sourire de Manée s'accentua.

— Vous savez ce qui rend les vacances si merveilleuses, Camille ?

— Le fait… qu'on ne travaille pas ?

— Non, rit la vieille dame. Enfin oui, en partie, mais ce qui rend les vacances vraiment extraordinaires, tellement savoureuses… c'est qu'elles sont limitées. Et si je profite de la vie ces jours-ci, si j'en jouis, c'est justement parce que je sais qu'elle touche à son terme. Vous comprenez ?

— Mais c'est toujours limité, la vie... Vous pouvez très bien vous dire...

— J'ai compris, Camille. Vous n'êtes pas d'accord avec ce que je prévois. Mais c'est mon choix. Et pour la seconde fois je vous demande de le respecter.

La vieille dame avait conservé son apparence de paix et de quiétude. Elle regardait la mer, léchait sa glace, semblait comblée par ce qu'elle ressentait.

— Il n'y aurait vraiment rien pour vous retenir ? tenta timidement Camille.

Avec la même tranquillité, Manée secoua la tête de gauche à droite.

— Rien de rien. J'ai mis mes affaires en ordre, vous m'y avez aidée... Après moi le Déluge. Et maintenant, allons chercher les clés de la maison. Je voudrais me reposer avant le dîner.

— Attention à votre grand-mère, Camille, nos plats arrivent !

Camille poussa l'urne brune et la rapprocha de celle, noir et or, qui trônait près de Manée. Côte à côte, les disparues aimées occupaient la quatrième place parmi cette tablée. Le serveur déposa les assiettes devant les trois femmes, avec précaution. Manée remercia et soupira de contentement.

— On est bien, ici. Face à l'eau, avec le bruit des vagues, le soleil couchant... Je suis tellement heureuse de partager ce dîner avec vous, avec mon Ange, avec ma Petiote. Tellement heureuse...

La mine basse, Camille et Simone approuvèrent du bout des lèvres. Le paysage avait beau être idyllique, l'ambiance de la petite station balnéaire joyeuse, leur camarade radieuse, elles ne pouvaient se défaire d'un sentiment de fin imminente, d'impuissance face à la calme détermination de Manée, d'une nostalgie précoce à l'idée de ce qui bientôt ne serait plus. Camille consulta son téléphone, désespérément muet. Albert Onfroy n'avait toujours pas rappelé et Gatsby, qui avait pourtant assuré mettre tout en œuvre pour les aider, ne se manifestait pas davantage. L'ami du père de Camille, envoyé toquer chez Albert, était quant à lui rentré bredouille : même la loge de la gardienne était fermée.

— Allons, mesdames, les secoua gentiment Manée. Vous aviez promis d'être gaies. Regardez comme le ciel rosit, comme les falaises s'illuminent… Vous devriez le savourer, vous qui avez encore des yeux en état de marche !

— C'est joli, concéda Simone.

— C'est mieux que ça, Momone. C'est prodigieux. Si je pouvais te transmettre ne serait-ce qu'une once de la plénitude que je ressens…

— On aurait sûrement moins envie de pleurer, lâcha Camille entre ses dents.

— Ah non, personne ne pleure ce soir. Haut les cœurs, camarades ! Arrêtez de penser à demain, concentrez-vous sur ici et maintenant. Nous sommes ensemble, face à un bon repas et la plus belle vue qui soit, j'exige au minimum de l'entrain. Mangez, Camille. Simone, un peu de vin ?

Simone répondit d'un pauvre sourire et Camille, incapable d'avaler quoi que ce soit, demanda :

— L'urne de votre fille, c'est vous qui l'avez faite ?

— Très bien ! approuva Manée. Un sujet de conversation, merci ! L'urne de mon Ange est de mes mains, vous avez raison. Savez-vous quelle technique j'ai employée ? (Camille secoua la tête.) C'est du kintsugi, une méthode japonaise qui consiste à réparer des récipients brisés avec de la laque et de la poudre d'or. Vous comprenez l'idée qui sous-tend cet art ? (Avec un soupçon de mauvaise volonté, Camille fit encore « non ». Manée caressa l'urne du bout du doigt.) On recolle, on ressoude, mais loin de chercher à cacher les cicatrices, on les magnifie. C'est la mise en pratique d'une philosophie : ce que nous avons traversé fait partie de nous. Même imparfaits, même marqués, nous avons toujours une valeur et une utilité. Une beauté, parfois plus grande encore.

— C'est juste, dit Simone en posant sa petite main brune sur celle de Manée.

— J'ai découvert le kintsugi après la mort de ma fille. Alors que je me sentais moi-même en morceaux, ça m'a happée.

— Et tu n'as plus fait que ça pendant des mois, glissa Simone.

— Je devais apprendre. Aller au Japon, trouver un maître, le convaincre de m'enseigner la technique. Je ne pouvais plus travailler après avoir perdu mon Ange. Pendant des semaines je n'ai plus créé, plus dessiné. Tout et tous m'insupportaient. J'étais préparée, pourtant. Je savais que nous avions eu de la chance, bien plus d'années qu'on n'aurait pu espérer.

Mais sa mort m'a fracassée. J'ai cru ne jamais m'en remettre.

— Mais tu as recollé les morceaux, dit doucement Simone.

— Les miens, ceux des poteries… Il fallait bien faire quelque chose. Le kintsugi m'a donné un but, et quand j'ai eu fini mon apprentissage, je n'étais plus la même, mais plus démolie non plus. La Petiote, moi… et bien sûr toi, Simone… Nous avons toutes dû nous reconstruire après les difficultés. Ça nous a laissé des fêlures, des obsessions, des cauchemars. Des cicatrices et des tatouages, aussi. Mais sans les saletés qui nous sont arrivées, nous n'aurions pas été les mêmes. Je n'aurais peut-être jamais percé en tant qu'artiste si je n'y avais pas été obligée. Toi, Simone, tu n'aurais pas écrit tous ces livres, tu n'aurais pas contribué à éveiller tant de jeunes esprits. Ma mère qui me fiche dehors, la maladie de mon Ange… Des difficultés qui sont devenues des chances. Vous aussi, Camille, vous verrez. Vous perdrez des morceaux, vous vous sentirez brisée, et puis vous renaîtrez. Alors ne perdez jamais espoir. S'il y a une chose que je peux vous dire d'utile, une seule, c'est bien celle-là : ne jugez jamais un événement, prenez-le juste comme il vient, sans essayer de savoir s'il est bon ou mauvais. Les ruptures, les accidents, les promotions, les rencontres… ce qui a l'air formidable et ce qui a l'air affreux… Ne décidez rien. Attendez. Faites ce que vous avez à faire, faites-le du mieux que vous pourrez. Et ce n'est qu'à la fin, à la toute fin de votre histoire, que vous saurez ce qui était bon ou mauvais. Dites-le à Sophie aussi. Si cette gamine me ressemble autant que je le crois, si elle est aussi têtue que moi, elle se cassera souvent les dents. Alors dites-lui bien…

— Si Mamie n'était pas morte, la coupa Camille d'une voix tremblante, je ne vous aurais jamais rencontrées. Et je suis vraiment très heureuse de vous avoir rencontrées.

La jeune femme éclata en sanglots. D'un même élan, Manée et Simone se rapprochèrent pour l'entourer de leurs bras.

— Nous aussi, souffla Simone dont les yeux se mouillaient.

— Mais oui, appuya Manée. Et puisque nous sommes toutes les trois très heureuses, autant arrêter de pleurer. Portons un toast, plutôt. (Manée leva son verre.) Aux fêlés, aux imparfaits, aux brisés et recollés.

— À la famille, souffla Camille avec un regard embué à l'urne brune de Mamie.

— À l'amitié, ajouta Simone en reprenant la main de Manée.

— À nous, conclut Manée.

La nuit s'était emparée du ciel et de la mer. Ne restaient que le profil des falaises, grises sur fond d'encre, l'écume blanche aux franges des vagues, et les étoiles suspendues au-dessus.

— Arrêtons-nous une minute, demanda Manée en désignant un banc sur le Perrey. Juste un instant avant de rentrer.

La journée avait été longue, épuisante, mais ni Simone ni Camille ne protestèrent. Dans cette ambiance douce-amère, chaque minute passée avec

Manée leur semblait précieuse, presque sacrée. L'artiste s'assit, Camille lança discrètement un appel sur son téléphone. Albert ne répondait toujours pas.

— Nous n'avons pas vu ta maison, fit faiblement remarquer Simone. Demain ?

— Demain, dit Manée. Et la villa des Onfroy. Ce n'est pas loin mais je crois que nous avons assez trotté pour aujourd'hui. Et puis c'est si délicieux ici, la nuit. Ça sent le sel et la liberté. (Elle eut un soupir heureux.) J'adorais me balader sur les galets avec Albert. On imaginait que plus tard, on se ferait construire une maison juste au bord de l'eau. (Elle rit doucement.) Des rêves d'enfants. (Elle laissa passer un moment, ses yeux pâles accrochés à l'obscurité.) Demain soir, j'irai nager. Avec mon Ange j'irai nager, et nous ne reviendrons pas.

— Manée, non…, balbutia Simone.

— Je veux me dissoudre dans le soleil couchant. Pouvez-vous imaginer plus belle façon de partir ?

Simone pleurait toujours lorsque Camille les laissa, elle et Manée, au rez-de-chaussée de la petite maison de pêcheur qu'elles avaient louée. Elle gagna sa chambre à l'étage, ouvrit le lit, s'y laissa tomber. Retenta de joindre Albert Onfroy puis Gatsby. Elle laissa sonner longtemps avant d'abandonner.

Je l'empêcherai, se répétait-elle. *Albert ou pas, je la retiendrai.*

Elle s'endormit toutes fenêtres ouvertes et encore habillée, bercée par le chahut monotone de la mer sur les galets. Et puis…

— Camille ! Debout !

— Hein ? fit Camille, désorientée.

— Elle a pris sa fille ! s'époumonait Simone. Vous devez la rattraper !

— Où est Manée ? s'affola Camille, enfin réveillée.

— Je vous dis qu'elle a filé !

Camille courut, comme elle n'avait jamais couru de sa vie. Elle dévala les escaliers, ouvrit la porte à la volée et tourna directement à droite, vers le ciel noir et les vagues argentées ; vers la mer, parce qu'elle savait où allait Manée.

On s'est laissé avoir, s'admonestait-elle. *Comme des imbéciles, comme des naïves, comme deux pauvres couillonnes ! Au soleil couchant, mon œil ! Demain voir les villas, mon œil ! Elle avait tout prévu, elle a attendu qu'on dorme et elle s'est tirée !*

Camille dégringola la rue, franchit le Perrey, s'engagea sans ralentir sur la digue qui descendait à la mer à travers les galets. Aucune silhouette visible, nulle chevelure de neige par la lune éclairée.

— Non ! cria-t-elle alors que l'eau froide lui mordait les orteils. Non, non, non ! Manée !

Mais le vent du large ne lui porta aucune réponse.

— Camille ! hurlait Simone, arrivée au Perrey. Camille ! Vous l'avez trouvée ?

— Je ne vois rien ! Je remonte, il faut appeler les secours !

— Seigneur Dieu, Seigneur Dieu, Seigneur Dieu…

— Voulez-vous cesser ce boucan ? Vous allez réveiller tout le village !

Camille s'arrêta net dans sa remontée de la digue et faillit culbuter. Avait-elle rêvé ? Ou était-ce vraiment la voix de Manée ?

— Manée ? Vous êtes là ?

— Camille, je l'ai entendue !

— Moi aussi !

— Mais chut à la fin !

— Il serait peut-être bon de leur signaler notre position, suggéra une voix masculine. Je dois avoir… voilà.

Une lampe torche s'alluma en contrebas du Perrey. Son faisceau balaya un instant les galets avant de se retourner vers une barque et quatre pieds.

— Par ici mesdames, invita la voix. Attention à ne pas vous tordre les chevilles.

— Vous la voyez ? cria Simone.

— Oui ! Je viens vous chercher !

Camille acheva de regrimper sa digue, sauta sur le Perrey, y trouva une Simone échevelée et tremblante dans sa chemise de nuit.

— C'est bien elle, elle est en vie ? bafouilla la vieille dame.

— Oui Simone, elle est en dessous un peu plus loin. Donnez-moi votre main, on va prendre les escaliers.

— Mais qui est avec elle ? J'ai entendu une autre voix !

— Je ne sais pas ! Un sauveteur ou un passant ou… j'en sais rien !

Camille prit le bras de Simone et la soutint pour emprunter les quelques marches qui descendaient à la plage. Suivant le faisceau de la lampe elles gagnèrent la barque où deux ombres assises les attendaient. Une main se tendit et la voix masculine énonça :

— Albert Onfroy. Ravi de vous rencontrer.

50

Quelques projets

Le soleil déjà haut entrait à flots par la baie vitrée grande ouverte. Buvant leurs thés sur le canapé, Simone et Camille regardaient défiler les vacanciers qui, épuisette sur l'épaule et seau à la main, partaient pêcher crevettes et crabes entre les rochers. La villa d'Albert n'était ni la plus belle ni la plus grande d'Étretat, mais elle était assurément la plus proche de la mer : au-delà du jardin, c'était déjà le Perrey.

— On va au trou à l'homme, pépé ! lança un gamin en short et sandales, dévalant l'escalier et se précipitant vers la porte.

— Marée basse à midi, répondit Albert avec un sourire. On se retrouve pour le déjeuner.

L'enfant dit : « Oui oui » et partit en courant rejoindre trois copains qui l'attendaient. Dans le jardin, ses parents sirotant leurs cafés lui firent au revoir de la main.

— Manée ne nous rejoint pas ? demanda Camille.

L'homme prit place dans un rocking-chair, se servit à son tour une tasse de thé, et expliqua :

— J'espère que vous ne m'en voudrez pas, mais j'ai préféré la laisser dormir. Après que vous nous avez quittés cette nuit nous avons continué à discuter… Jusqu'à l'aube, voire un peu plus, de ce fait elle était épuisée…

— Bien sûr, dit Simone. Peut-on vous demander où elle dort, exactement ?

L'homme sembla décontenancé et Camille précisa :

— C'est pas qu'on soit curieuses, plutôt qu'on se méfie. On voudrait juste savoir, en fait…

— Si elle risque encore de se carapater, acheva Simone. Manée a la fâcheuse tendance, ces derniers temps, à nous fausser compagnie.

— Oui, admit Albert. Odette… Renée… enfin Manée me l'a expliqué. Moi-même, vu notre passé commun… Mais je ne pense pas qu'elle persiste à vouloir… disparaître. Nous avons… évoqué quelques projets.

C'était un spectacle charmant que cet homme d'âge vénérable, aux yeux bleus tombants et au crâne dégarni, rougissant derrière sa tasse de Darjeeling. Camille et Simone échangèrent un regard entendu : peut-être que leur plan allait fonctionner. Même si elles n'y étaient pas pour grand-chose, peut-être que l'arrivée d'Albert pouvait tout changer.

— Quel genre de projets ? s'enquit Camille en se retenant de glousser.

— Eh bien… voir notre fils, en premier lieu… Lui expliquer ce qui s'est passé… Obtenir son pardon, je l'espère… Odette a beau s'excuser, je sais que je porte…

— Manée s'est excusée ? s'étouffa Camille en recrachant à moitié sa gorgée de thé. Simone ! Vous entendez ça ?

— Si Manée s'excuse, alors tout peut arriver. Vous allez voir qu'elle va se remettre à peindre !

— C'est-à-dire, sourit timidement Albert, qu'elle a mentionné cette idée. Elle souhaiterait refaire une série sur les falaises, vues d'ici. Nous avons une si jolie lumière… et le bruit des galets l'a toujours apaisée.

Camille éclata de rire, Simone l'imita, si bien qu'elles n'entendirent pas le son caractéristique de la canne de Manée s'approcher dans leur dos.

— Qu'est-ce qui nous vaut cette hilarité ? demanda la vieille artiste, très digne et droite dans sa longue chemise de nuit brodée. Vous m'avez réveillée, je vous signale.

— Manée ! s'écria Simone. Affreuse Manée qui nous fait des peurs pas possibles et trouve encore le moyen de nous gronder !

— Ça ira pour cette fois, grogna l'intéressée. Faites-moi une place.

Elle s'installa entre ses camarades, qui notèrent sans rien en dire que pour une femme censée sortir du lit, elle était drôlement bien coiffée.

— Albert nous expliquait que tu voulais peindre à nouveau, glissa Simone.

— Et que vous vouliez voir Patrick ensemble, ajouta Camille. Je vous prête mon téléphone si vous voulez l'appeler.

— Oh non, je vous laisse le soin de le contacter dans mon dos. Apparemment vous faites ça très bien.

Combien de messages avez-vous laissés sur le répondeur d'Albert, déjà ?

Camille se figea, embarrassée, mais l'air goguenard de la vieille dame la rassura vite.

— C'est vrai que je l'ai appelé, convint-elle, à peu près deux mille fois. Et que je lui ai laissé quelques messages. Et que j'ai appelé son association... Mais personne ne m'a jamais répondu !

— J'en suis navré, s'excusa Albert. Je n'ai pensé à consulter mon répondeur parisien que cette nuit, après l'appel de cet homme étrange, ce... Gatsby ?

— Gatsby a réussi à vous joindre ? s'écrièrent en chœur Simone et Camille.

— Certes, après ce qui semble une véritable enquête policière. Le récit en était très amusant.

— Et c'est pour ça que vous êtes venu à Étretat ? Grâce à Gatsby ?

— Non, je suis ici depuis plusieurs jours. Depuis votre passage à Rennes, en réalité. Je vous attendais.

Camille et Simone dévisagèrent Albert, un peu perdues, et Manée expliqua laconiquement :

— Il savait que c'était moi.

— Disons que je l'espérais, modéra Albert. Et si la Renée Etcheverry en cavale était bien celle que je croyais, si elle était passée par Rennes où elle avait dessiné... alors elle rentrait à la maison. Je ne sais s'il s'agit d'instinct, ou de destin... mais ce fut une évidence. Je devais me rendre à Étretat de toute urgence.

— Mais comment... ? commença Camille.

— Il a reconnu son fils, résuma Manée.

— Pour qui m'a connu autrefois, sourit Albert, la ressemblance est assez frappante. Et la ressemblance entre Henri, ou plutôt Patrick, et mon fils cadet Gérard, est tout bonnement confondante. C'est d'ailleurs Gérard qui m'a alerté le premier, dès que la vidéo a commencé à circuler sur les réseaux sociaux.

— Alors ça, fit Camille, c'est carrément magique. Votre fils qui reconnaît son frère… On n'y aurait jamais pensé ! Mais ça veut dire que vos enfants étaient au courant ? Pour Manée, pour… ce qui s'était passé ?

— Certainement. Feu mon épouse m'avait encouragé dans ce sens et dans la mesure où je me suis longtemps investi dans le polyhandicap infantile, il me semblait naturel de leur parler de leur sœur et de la terrible erreur qui m'avait mené à cette voie.

— C'est vrai qu'il y a un air, fit Simone, qui scrutait avec intensité le visage d'Albert. Les yeux peut-être, le nez…

— Tu veux rire ? s'esclaffa Manée. C'est son portrait craché !

— Mais vous n'avez pas été tenté d'appeler Patrick ? interrogea Camille. Si vous saviez qu'il était votre fils, et puisque son message et son numéro de téléphone circulaient partout en ligne…

— Il n'était pas sûr, l'interrompit Manée. Parce que figurez-vous qu'il avait déjà croisé Renée Etcheverry : il s'était rendu à un vernissage, pensant avoir reconnu mon coup de pinceau, et l'artiste qu'il avait rencontrée n'était absolument pas moi. Vous devinez pourquoi ?

— Parce que je prenais ta place aux expositions…, fit Simone. Parce que tu détestais les mondanités…

— Parce que je ne voulais pas être reconnue, Momone. Et ça a fichtrement bien marché. Mais tu sais le plus drôle ? Albert a acheté une toile ce jour-là, sans même savoir qu'elle était de moi. Elle est accrochée dans la chambre où j'ai dormi !

— C'est fou, soupira Camille. J'ai dû passer un millier de coups de fil… Et vous étiez déjà là, prêt à la retrouver.

— J'espérais un miracle, fit Albert en posant un regard tendre sur Manée, mais faute de certitude, je me contentais de rêver. Ce sont vos messages, mademoiselle, qui ont tout changé. Ce sont eux qui ont confirmé ce que j'espérais. Eux encore qui m'ont tenu éveillé cette nuit, mon esprit trop agité pour céder au sommeil. Eux enfin qui m'ont poussé à gagner la plage pour clarifier mes pensées, juste à temps pour voir arriver celle que j'attendais. Vous avez permis un miracle, mademoiselle. Et pour cela, je tiens à vous exprimer ma profonde gratitude.

— J'ai permis un miracle…, répéta Camille, les joues roses de plaisir. J'ai permis un miracle, j'ai sauvé Manée…

— Oui oui, souffla Manée, l'air blasé. Bravo Camille, vos petites manigances ont payé.

La jeune femme rougit de plus belle puis, avec un air faussement modeste, gloussa :

— Oh, vous savez, c'était un travail d'équipe : Simone, mentor en sournoiserie ; Gatsby, fripon au bras long ; Patrick, le roi des réseaux sociaux ; et évidemment, Sophie ! (Elle rit.) Quand je pense que c'est sa fugue qui a permis vos retrouvailles ! Et moi qui ne voulais même pas la garder !

— Les bonnes choses et les mauvaises choses, dit sentencieusement Manée. On y revient toujours. J'ai copieusement enguirlandé mon fils pour son alerte enlèvement…

— Notre fils, corrigea Albert en rougissant.

— J'ai morigéné notre fils, et maintenant je vais devoir le remercier.

— Nous le ferons ensemble.

Albert se leva pour prendre la main de Manée et Camille chuchota à l'oreille de Simone :

— Ils sont trop choux ! Et c'est nous qui les avons réunis !

— Je vous entends, grogna Manée. Mais… merci à vous aussi. Et si vous voulez bien m'excuser, je pense qu'il est temps que j'aille me vêtir plus adéquatement. Je ne tiens pas à rencontrer la famille d'Albert en tenue de nuit. (Simone et Camille se levèrent aussitôt, prêtes à faire escorte. Manée les arrêta d'un geste.) Albert va m'accompagner à notre location. Allez plutôt vous promener, on se retrouvera ici pour déjeuner tous ensemble.

— Ça ne nous dérange pas…, commença Camille.

— On préfère venir avec toi, affirma Simone.

Manée posa un regard affectueux sur ses camarades, leurs traits tirés, l'inquiétude qui perçait derrière leurs cernes.

— Je vous laisse ma fille, si ça peut vous rassurer. Elle est sur la console dans la chambre attenante.

Camille et Simone hésitèrent. Elles avaient ressenti un grand soulagement et beaucoup de joie en apprenant les nouveaux projets de Manée, mais au moment de la laisser s'éloigner, ne fût-ce que de cinquante mètres, leur peur de la voir disparaître avait aussitôt ressurgi.

— Tu vas revenir ? demanda Simone.

— Promis.

— Plus de fugues ? Plus de baignades sans retour ?

— Non. J'ai trop à faire et l'eau est affreusement froide.

— Donc vous ne voulez plus mourir, c'est sûr ? insista Camille. Si on vous laisse sortir, vous allez juste vivre votre vie, normalement ?

— Je vais *profiter* de ma vie, sublimement.

Camille prit Simone par le bras et lui demanda :

— Qu'est-ce qu'on fait ?

— Je ne sais pas, répondit la petite femme au cardigan. Elle nous en a quand même fait voir de toutes les couleurs. Et puis je m'étais habituée à l'idée, moi. Soixante-sept ans que je me la coltine… Si on arrivait à lui faire regrimper la falaise, on pourrait peut-être la pousser…

— Bande de bourriques, rit Manée. Prenez des forces, vous en aurez besoin. Vous n'avez pas fini de me supporter.

— Tu es certaine ? persista Simone. Tu es vieille, bigleuse, bancale… Tu souffres affreusement…

— Et alors ? J'ai connu la guerre, je te rappelle. Si j'ai survécu aux boches et aux bombardements alliés, ce n'est pas mon propre corps qui va m'arrêter.

— Oh, tu changeras d'idée quand Patrick t'aura expédiée au clapier…

— Quel clapier ? Avec un peu d'aide pour le ménage et la cuisine, je peux très bien vivre ici. Albert a proposé, et c'est de plain-pied !

— De l'aide ? s'étonna Camille. Mais c'est affreux de se faire aider. Vous imaginez, si un inconnu devait vous faire manger ? vous accompagner à la salle de bains ? Non…

Manée allait répliquer, exaspérée, lorsqu'elle réalisa avoir sauté à pieds joints dans le piège pourtant évident de ses camarades.

— Les inconnus, dit-elle finalement avec un regard appuyé à Camille, ne le restent que si on refuse de les connaître. Et les problèmes, que si on refuse de les admettre. J'ai cru que mourir était l'exercice ultime de ma liberté… il n'est pas impossible que cette décision hâtive, voire précipitée… ait caché un sentiment plus profond de culpabilité et… une peur, peut-être, de faire face aux conséquences… avec des attitudes maladroites et quelques répliques malheureuses…

Camille poussa Simone du coude et jubila :

— Je rêve ou elle essaie de s'excuser ?

— La pauvre, ça n'a pas l'air facile… Le manque d'habitude, sans doute.

— Tout ça pour dire, les coupa Manée, que vous aviez raison sur beaucoup de points mais moi sur l'essentiel : la vie est courte, il faut en profiter.

— Mais c'est moi…, commença Camille.

— Et j'entends bien, désormais, profiter au maximum du temps qui me sera accordé.

— Cette mauvaise foi…, siffla Simone.

— Et puisqu'il aura fallu que je meure presque pour que nous le comprenions, vous admettrez que mon suicide manqué était une bonne chose, qui nous a à toutes beaucoup appris. Donc de rien, ravie de vous avoir aidées, et sur ce je vais m'habiller.

Manée quitta la pièce sous le regard sidéré de Camille et Simone. Sa longue tresse blanche battait son dos, sa canne frappait le sol avec détermination. Albert, qui la suivait de près, se retourna pour lancer, le regard pétillant de joie :

— Elle n'a pas du tout changé.

51

Je t'aime, maman

— À côté de ma mère, c'est ma sœur Éloïse. Elle vit à la Réunion, c'est pour ça qu'elle est aussi bronzée. Le mari d'Éloïse est juste là, il s'appelle Bruno. Et les trois garnements qui courent après Hanae et Hiro sont mes neveux Noam, Enzo et Mathis.

— Bien fait pour les jumeaux ! se réjouit Sophie. Ils vont comprendre comment ça fait d'être les moins nombreux !

— Mon père est là-bas avec mon oncle Henri…

— Ton oncle Patrick, tu veux dire !

— Je crois qu'on va garder Henri, sourit Camille. Ma maman restera Angèle aussi.

— Ouais mais Angèle, en vrai, c'était ma tata à moi. Du coup est-ce qu'on peut dire que ta maman c'est un peu ma tata ?

— Tu peux lui demander, je pense qu'elle n'y verra pas d'inconvénient.

La fillette fronça les sourcils, observa un instant le groupe qui se dirigeait en ordre dispersé vers le fond du cimetière.

— De toute façon, déclara-t-elle, on est tous des Lemonnier maintenant. Donc on est de la même famille. T'es aussi ma tata, Camille.

La jeune institutrice prit la main que lui tendait l'enfant et affirma :

— Ça me va.

À son tour elle promena son regard sur l'assemblée, et un grand sentiment d'accomplissement l'envahit. *J'ai réussi, Mamie.*

— Et t'as vu ? reprit Sophie. Mon papa et ma maman, ils travaillent même pas aujourd'hui. Même qu'ils ont pas pris leurs ordis et dans la voiture, on a fait que chanter Aldebert et rigoler.

— Je suis très contente pour toi.

— Ouais, franchement je suis trop fière de mon plan, il a trop bien marché.

— Tu leur as quand même fait peur…

— La fin des haricots justifie les moyens. En plus, sans moi, Manée aurait pas retrouvé Albert alors c'est une pierre deux coups de tonnerre.

Camille éclata de rire, elle s'apprêtait à remettre en ordre ce salmigondis de maximes quand une voix furieuse s'éleva dans son dos :

— Où est mon cornichon de fils ?

— Notre cornichon de fils, corrigea Albert de sa belle voix grave. Il discute avec ma cadette, il me semble. Ils sont un peu plus loin derrière.

— Depuis qu'il s'est découvert des demi-frères et sœurs, il n'y en a plus que pour eux. J'ai besoin de lui parler, moi ! Si on veut transformer le moulin en béguinage, il doit s'occuper des papiers !

— Il le fera, ne t'inquiète pas.

— Je ne suis pas inquiète, je suis pressée. Nous sommes déjà fin octobre et rien ne bouge, cette lenteur est exaspérante !

— Paaaaaapyyyyyyy ! cria Sophie. Y a Manée qui veut te parler ! Attends, je vais le chercher !

La gamine détala pour prévenir son grand-père, Camille se plaça à la hauteur de Manée.

— J'aurais aimé que Simone soit avec nous, dit la jeune femme.

— Chère Momone… Cette fois, je ne pouvais pas la kidnapper.

— Vous n'êtes pas trop malheureuse ?

— Elle me manque affreusement. Mais nous avons passé deux semaines ensemble cet été, grâce à vous. Et la vie est drôle, vous voyez. Je pensais vivre mes derniers jours, je lui demandais d'en profiter à mes côtés… et c'était elle qui s'apprêtait à me quitter. Si son Dieu existe, il a certainement le goût de l'ironie.

— Elle est partie comme Mamie, murmura Camille. Chez elle, paisiblement. Si elle était restée à l'Ehpad, ils auraient peut-être pu faire quelque chose mais…

— Elle voulait rentrer. Elle était tellement heureuse quand ils l'ont autorisée à sortir. « Le voyage m'a fait du bien », disait-elle. « Je marche mieux, ils sont impressionnés par mes progrès. »

— C'est vrai qu'à Étretat, elle n'utilisait plus du tout le fauteuil.

— Chère Momone, répéta Manée. J'espère que vous réalisez votre chance d'avoir pu côtoyer une femme de sa trempe. Avez-vous commencé à lire ses livres ?

— C'est comme si je la retrouvais. Je ne peux pas m'empêcher de la voir, de l'entendre. Les intonations sont là, les mimiques aussi, et cette façon qu'elle avait…

— Qui cause avec Baptiste ? l'interrompit Manée. Je le connais ?

— C'est le beau-frère de Camille, intervint Albert. Il s'est présenté à nous tout à l'heure.

— Ah oui, le beau-frère… Décidément j'y vois de moins en moins… Le monde est un gruyère flou et chaque jour j'en perds des morceaux. Mais vous savez ce que j'ai découvert ? Je suis très douée pour la poterie. Je fais des merveilles même les yeux fermés !

— Attention à la bordure, prévint Camille. Nous arrivons au carré.

Elle offrit son aide à Manée pour grimper sur l'herbe. Ses parents, son oncle et sa sœur s'y trouvaient déjà. Devant eux s'alignaient les stèles grises des victimes civiles des bombardements de Saint-Lô ; derrière eux s'amassa doucement le reste des deux clans, les familles réunies d'Odette et Renée.

— Allez-y, chuchota Manée en lâchant le bras de Camille. Allez rendre la Petiote à ses parents.

Camille rejoignit sa mère, sortit l'urne brune de sa besace et la lui tendit. Puis elle se colla à Éloïse et leur père se rapprocha pour les réconforter. Angèle, les yeux déjà rougis mais soutenue par Henri, fit face aux quatre pierres portant le nom de Marin. Elle déplia d'une main une feuille froissée et sous le pâle soleil d'octobre, dans le frissonnement des arbres à demi dénudés, l'urne serrée fort contre sa poitrine, elle lut.

« Maman. Tu es née et as grandi ici, à Saint-Lô. Tes parents Yvonne et Pierre tenaient un café. Tu avais un frère et une sœur, Paul et Madeleine. Tu aimais écouter ton père chanter et accompagner ta famille au bal le dimanche. Tu étais une enfant heureuse. Mais le 6 juin 1944, les bombardements ont fait voler ta vie en éclats. Jetée sur les routes de l'exode, tu as vu la mort et la misère, tu as aussi trouvé sur ton chemin deux camarades courageux, Odette Lemonnier et Raoul Leblanc. Tu les aimais et ils t'ont protégée. Après la guerre, ta vie était en miettes, ta famille presque anéantie, mais tu t'es relevée. Employée comme domestique, tu as travaillé dur chaque jour pour construire ton futur. C'est avec Jean Roussel que tu l'as concrétisé : vous avez ouvert un café, vous avez eu deux enfants, Patrick, puis Claudine. Mais le malheur t'a retrouvée. Ton mari était instable, traumatisé. Il a commencé à boire. Les coups n'ont pas tardé. Tu as craint pour ta vie et pour celle de tes enfants. Sans eux, tu aurais peut-être choisi de quitter cette Terre. C'est Odette, à nouveau, qui t'a menée sur un autre chemin. Elle t'a décidée à fuir et t'a donné ce qui te manquait pour vous mettre à l'abri, toi et tes petits : de l'argent, une nouvelle identité.

Tu es partie, maman, avec tes enfants à la recherche d'une vie plus douce. Tu es allée aussi loin que tu pouvais. Tu as travaillé, servi et nettoyé, dans un nouveau café. Comme tes parents avant toi, tu as trimé sans t'arrêter, tes enfants à tes côtés. Tu nous as transmis le sens du devoir et du travail bien fait.

Tu parlais peu, maman, et je te l'ai reproché. J'aurais voulu connaître mon histoire, je t'ai détestée de me l'avoir cachée. Je sais aujourd'hui que tout ce que tu as fait, c'était pour nous, tes enfants. Pour nous protéger. Je te demande pardon, maman. Je suis fière de la personne que tu étais, heureuse que ma fille Camille ait été moins bête que moi, qu'elle ait appris à te connaître malgré moi. Que vous vous soyez trouvées et aimées.

Maman, tu as vécu la plus grande partie de ta vie sous le nom de ton amie, Odette Lemonnier, mais c'est sous ton nom de naissance, Renée Marin, que nous déposons ici tes cendres, près des tiens.

Tes parents sont là ainsi que ton frère et ta sœur. Puisses-tu reposer avec eux en paix.

Je t'aime, maman. »

Un long silence accueillit ces derniers mots. Même les enfants, qu'on avait pourtant autorisés à jouer, avaient fini par venir se blottir contre leurs parents, émus et recueillis comme eux. Des mouchoirs firent leur apparition, plus ou moins discrètement. Angèle sanglota dans les bras d'Henri. Camille s'agenouilla pour dire au revoir à Mamie. Des bouquets et couronnes s'amoncelèrent dans l'allée. Puis les discussions reprirent, naturellement. On évoqua, entre anciens Marin et ex-Lemonnier, les arbres généalogiques recollés. Camille fut remerciée, Angèle et Henri embrassés, le courage de Mamie loué. Du passé, on glissa doucement au présent ; des disparus, l'attention revint aux vivants. Les enfants s'aperçurent qu'ils avaient faim, Philippe annonça que le petit Luc devait être changé ; on reconnut que le vent avait fraîchi et qu'une boisson chaude ne serait pas de refus. Dans le café où le groupe s'était réfugié, Manée déclencha un tollé en déclarant que le prochain enterrement serait le sien.

— Mais arrêtez de râler, bande de courges ! protesta la vieille dame. Et laissez-moi finir ma phrase ! Je disais donc : le prochain enterrement sera le mien, mais je le prévois dans fort longtemps. Souvenez-vous que ma mère a vécu presque centenaire et j'entends faire au moins aussi bien. En attendant, je vous propose une autre occasion de nous rassembler. (Elle marqua une pause pour ménager son effet.) Albert et moi allons nous marier.

— C'est un sacré numéro, ta Manée, glissa Éloïse à Camille pendant que les félicitations fusaient.

— Une sacrée tête de mule, ouais. Je l'aime beaucoup.

— Et ta Sophie, là, a déjà embobiné deux de mes garçons. Elle veut monter un gang pour défier ses cousins.

— Une drôle de crapule aussi.

— Maman a arrêté de s'excuser auprès de toi ?

— Pas encore, mais papa la coache pour digérer tout ça. C'est quand même marrant, c'est pile au moment où ils se décident à divorcer qu'ils se remettent à parler.

— Depuis le temps qu'on le leur disait ! C'est la meilleure chose qui puisse leur arriver.

— Les bonnes choses, les mauvaises choses…

— Et toi ? interrogea Éloïse en scrutant sa sœur. Ça se passe toujours bien avec ton copain ?

Camille s'empourpra. Elle s'était longtemps considérée comme trop abîmée, trop esquintée pour seulement essayer de construire à deux. Mais Simone et Manée lui avaient démontré que même bancale, même fêlée, on pouvait avancer. Elle se mordit les lèvres mais sourit pour souffler :

— Ça se passe super. On part à Majorque ensemble la semaine prochaine.

De l'autre côté de la salle, Manée réclamait du calva pour relever son café. Patrick tentait de l'en dissuader, sous le regard amusé d'Albert. Les fils de ce dernier faisaient une démonstration de bonneteau à Enzo, Hanae et Hiro. Angèle berçait le bébé Luc tandis que Brigitte essayait de faire sortir Sophie de sous la table où elle complotait avec Mathis et Noam. Éloïse dut aller prêter main-forte à « Bonne-maman » pour extirper les enfants de leur cachette et Manée, voyant la place laissée vacante près de Camille, vint la rejoindre en boitillant.

— Alors ? demanda l'artiste. Satisfaite ? Soulagée ?

— Satisfaite, soulagée, remuée, reconnaissante… beaucoup de choses, en fait.

— Ce qui est bien normal.

— Et vous ? Fiancée ? Quelle cachottière…

— Je n'allais pas annoncer ça avant l'hommage à votre grand-mère. C'était très joli, d'ailleurs, ce que votre mère a écrit. Vous avez bien travaillé. Je suis contente pour ma Petiote.

— Oui, Mamie aurait aimé nous voir réconciliées.

Manée approuva en silence, puis elle posa sa main veinée sur celle de Camille.

— Nous n'allons pas tarder. Je voulais simplement vous embrasser avant de rentrer.

— Vous serez prudente sur les falaises ? Vous ferez attention à vous ?

— Évidemment. Je vous l'ai dit : avant de m'enterrer, vous me verrez mariée.

— De toute façon, sourit Camille, vous ne partirez que quand vous aurez décidé de partir, pas vrai ?

La vieille dame lui serra la main et déclara :

— Je partirai quand je n'aurai plus de projets. Sur ce je vous laisse, j'ai un fils à disputer, un fiancé à récupérer, ma fille et mes galets à retrouver. Je vous ai dit que j'allais reprendre un chien ?

Et s'aidant de sa sempiternelle canne, sa longue tresse blanche battant son dos, l'artiste se leva pour marcher vers ses projets.

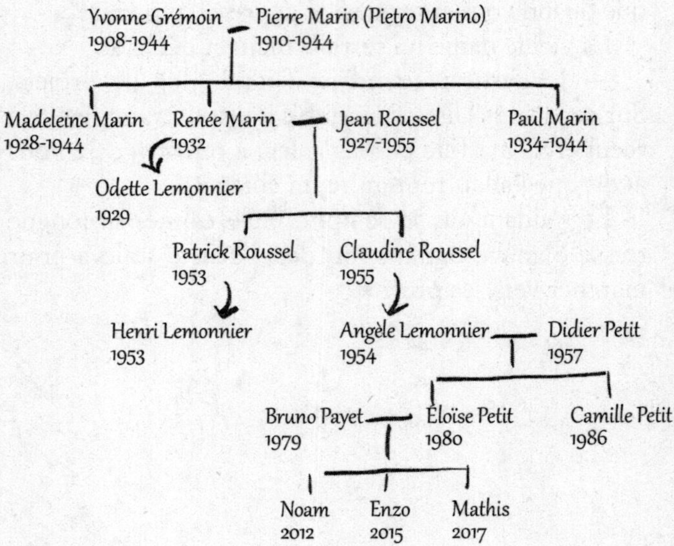
Yvonne Grémoin
1908-1944
Pierre Marin (Pietro Marino)
1910-1944
Madeleine Marin
1928-1944
Renée Marin
1932
Jean Roussel
1927-1955
Paul Marin
1934-1944
Odette Lemonnier
1929
Patrick Roussel
1953
Claudine Roussel
1955
Henri Lemonnier
1953
Angèle Lemonnier
1954
Didier Petit
1957
Bruno Payet
1979
Éloïse Petit
1980
Camille Petit
1986
Noam
2012
Enzo
2015
Mathis
2017

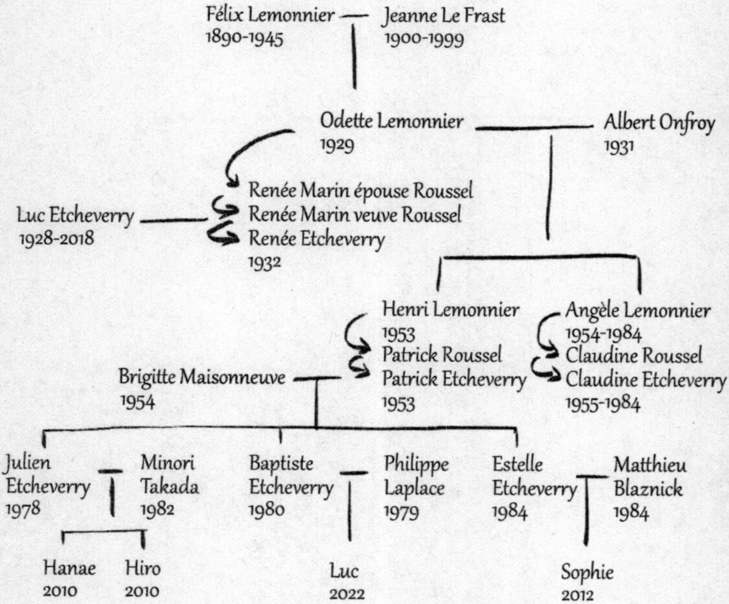
Félix Lemonnier
1890-1945
Jeanne Le Frast
1900-1999
Odette Lemonnier
1929
Albert Onfroy
1931
Renée Marin épouse Roussel
Renée Marin veuve Roussel
Renée Etcheverry
1932
Luc Etcheverry
1928-2018
Henri Lemonnier
1953
Patrick Roussel
Patrick Etcheverry
1953
Angèle Lemonnier
1954-1984
Claudine Roussel
Claudine Etcheverry
1955-1984
Brigitte Maisonneuve
1954
Julien Etcheverry
1978
Minori Takada
1982
Baptiste Etcheverry
1980
Philippe Laplace
1979
Estelle Etcheverry
1984
Matthieu Blaznick
1984
Hanae
2010
Hiro
2010
Luc
2022
Sophie
2012

REMERCIEMENTS

À l'heure où je tape ces mots, ma fille dort à côté de moi. C'est ainsi que j'écris la plupart du temps : pendant ses siestes, l'œil sur l'écran et l'oreille aux aguets. Ma fille est extraordinaire, différente, mystérieuse. C'est elle qui m'a appris que certaines catastrophes sont des miracles déguisés. Et c'est elle, indéniablement, qui est à la source de ce roman.

Ma Douce, ma belle, mon soleil, tu as chamboulé nos vies, et chaque jour depuis tu fais ressortir ce qu'il y a de plus beau en nous. Merci d'être toi, d'être là, d'avoir remis en ordre nos priorités. Tu es le courage et tu es la tendresse. Manée et son Ange te doivent beaucoup.

Sophie, en revanche, tient davantage de mes garçons. Curieuse, futée, inventive, déterminée, fan de requins et jamais plus heureuse que quand elle est dans l'eau… Sophie s'inspire de vous deux, mes poulets, et cette chipie a même piqué quelques-unes de vos expressions mélangées. Si vous lisez ce roman un jour, j'espère qu'elle vous fera rire autant que moi ! Merci, les chéris, de mettre tant de joie et de passions dans notre maison. C'est une chance et un privilège de vous voir grandir, de regarder les bambins d'autrefois devenir de fantastiques jeunes personnes. Et merci d'aimer Étretat autant que moi !

L'homme de ma vie ne partage pas mon goût des falaises, mais il est mon roc depuis plus de quinze ans. Quand je flanche, il reste stable. Quand je m'exaspère ou désespère, il me tempère. Amour, tu traverses les épreuves avec une sérénité que je t'envie souvent, et, si Luc Etcheverry peut dire à Manée : « On se moque de ce que notre fille fera ou pas, l'essentiel est qu'elle soit heureuse tant qu'elle est là », c'est bien parce que tu m'as murmuré ces mêmes paroles lorsque je m'inquiétais. Merci pour ta sagesse, ton optimisme, ta foi absolue en ce que j'écris. Merci d'être ce merveilleux compagnon et coparent, mon coup de foudre qui dure, mon dealer de brosses à dents.

Merci à mes grands-parents pour tout ce qu'ils m'ont transmis.

Jean, merci de nous avoir raconté tes souvenirs de guerre. Je regrette de ne pas t'avoir plus interrogé, quand je le pouvais encore. Me reste l'écho de ta voix, tes photos sépia. Chaque fois que j'emprunte la nationale 20, je pense à toi et aux chars libérateurs que tu as accompagnés.

Maine, chère mère-grand, tu reconnaîtras peut-être un peu de toi en Manée. Je lui ai prêté ta robe aux carreaux noirs et blancs, ton chapeau conique et tes gants. Merci d'être une grande dame (si ce n'est en centimètres, dans le tempérament) drôle et généreuse, élégante et têtue. Merci pour les confitures (combien de pots cette année ?) et les parties de Scrabble (où tu nous écrases systématiquement). Je te promets qu'on s'entraîne, les garçons et moi, pour ne pas être ridicules la prochaine fois.

Claude, c'est à toi que j'ai pensé en décrivant la silhouette menue de Mamie. Je vois en toi cette même discrétion, cette même attention portée aux autres sans jamais rien demander. Merci pour les belles vacances où nous imaginions des châteaux dans les dunes. Merci d'avoir sauté dans les vagues (froides !) avec l'enfant que j'étais.

Lucien, grand-père vadrouilleur et bon vivant, tu aurais peut-être aimé faire ce *road-trip* du Pays basque à la Normandie. Il y aurait eu le camping-car, bien sûr, et des parties de pétanque. Tu aurais à chaque étape trouvé le meilleur restaurant. Merci pour Barbotan, pour « ma mie », pour ta générosité.

Merci à mes parents, qui ont chacun mis un peu d'eux dans ce roman.

Papa, c'est une discussion que nous avions eue sur le grand âge qui m'a inspiré la fuite de Manée.

Maman, l'amour des bêtes et les « crème d'andouille » de Manée viennent évidemment de toi.

Merci à mon fwer, à Lise, à Marielle, à Chantal, à tous mes neveux et nièces, à ma belle-famille, pour les voyages et les vacances ensemble de ces dernières années. Elles sont le carburant des mois où nous ne nous voyons pas.

Merci à la famille Marchand : Mamoune, Boubou, Béryl, Cathy, vivre parmi vous était un bonheur. Vous voir créer, peindre, dessiner, tourner, plier, sculpter… un émerveillement. Manée vous doit l'étendue de ses talents, ainsi que ses longs doigts et un peu de son passé. Merci de m'avoir accueillie et inspirée.

Merci à mes amies, amis, camarades pour leur présence bienfaisante. Delphine, Aurélie, Claire, Hélène, merci pour les papotages sur canapé ou autour d'un thé. Fab, Flin, Béclin, Siham, merci de prendre des *news* quand j'oublie d'en donner. Anne, Anne, Isabelle, Mariln, merci de me sortir de mon train-train, voire de me faire prendre le train. Arnaud, merci d'avoir toujours pour moi du Perrier ; Jean, toujours l'outil qui me manque ; Rachel, toujours des conseils avisés : c'est grâce à toi que Sophie est telle qu'elle est. Cindy, merci pour nos échanges landais (et les suivants) qui m'ont fait réfléchir sur les secrets de famille et leur impact sur le présent.

Merci à ceux d'entre vous qui ont accepté de jouer à nouveau les bêta-lecteurs, d'autant que la première version était fort longue (et un peu emberlificotée). Vous m'avez rassurée, donné du courage, et poussée à élaguer.

Merci Alice, et Mazarine, de m'avoir aiguillée dans cette même direction.

Merci à mes maisons d'édition, Calmann-Lévy et les Éditions de l'Épée, qui offrent aujourd'hui à cette histoire à laquelle je tiens tant la chance de vivre sur papier et tablette.

Merci à Françoise Calvez d'avoir « pêché », aimé, et défendu ce texte.

Merci à Caroline Lépée pour sa confiance, son enthousiasme, son œil affûté, sa redoutable efficacité. Je mesure ma chance que ce soit entre tes mains, Caroline, que mon manuscrit soit arrivé.

Merci à Mélanie Trapateau pour son accompagnement dans la réécriture. C'était passionnant de plonger dans les mots ensemble, et j'ai trouvé en plus qu'on s'était beaucoup amusées !

Merci à Philippe Robinet, et à toute l'équipe de Calmann-Lévy, de m'avoir accueillie si chaleureusement dans cette belle et grande maison, j'en suis aussi heureuse qu'honorée.

J'adresse un merci tout particulier à Alphonse Allain, Émile Barbé, Joseph Bellée, Paulette Courval, Jean-Claude Le Roy, Louis Leboisselier, Geneviève Lefrançois, Yves Lucas, Simone Martin, Renée Massenet, Maurice Pain, Jean Pasquier, Georgette Pezeril, Joseph Roulland,

Jean de Toulmont et André Vaugeois. Nous ne nous connaissons pas, mais vos voix m'ont accompagnée, des heures durant, quand je préparais ce roman. Vos témoignages m'ont émue, bouleversée, passionnée. Merci infiniment d'avoir partagé ce que vous avez vu et vécu, enfants ou jeunes adultes, lors de l'Occupation et du Débarquement. Non seulement parce que vous m'avez permis de « voir » ce que traversaient les jeunes Odette et Renée, les lieux où elles évoluaient, mais aussi, et surtout, parce que l'Histoire, sans les histoires, est incomplète. Vos souvenirs sont l'indispensable pendant, humain, vivant, des manuels qui compilent les dates et les faits.

Merci aux archives départementales de la Manche de collecter, et mettre à disposition de tous, cette précieuse ressource, ces fonds sonores témoins du passé.

Merci enfin aux lectrices et aux lecteurs, sans qui ce livre n'aurait pas de raison d'exister. Écrire est le plus souvent un voyage solitaire, mais l'impulsion de départ, pour moi, est l'envie de partager. Un sujet me touche, une idée me porte, les rouages se mettent à tourner… et c'est vous que j'imagine (que j'espère !) au bout du chemin. Alors quand vous aussi êtes touchés, portés, emportés… c'est une sensation fabuleuse. Merci pour nos échanges, en ligne et en vrai. Vous êtes la chantilly sur mon banana split, et, comme dirait Manée : « La chantilly, c'est le paradis. »

À bientôt,

Amélie

DE LA MÊME AUTRICE :

C'est encore loin, le bonheur ?, City Éditions, 2019

PAPIER CERTIFIÉ

Le Livre de Poche s'engage pour l'environnement en réduisant l'empreinte carbone de ses livres. Celle de cet exemplaire est de :
150 g éq. CO_2
Rendez-vous sur www.livredepoche-durable.fr

Composition réalisée par PCA

Achevé d'imprimer en avril 2025 en France par
MAURY IMPRIMEUR – 45300 Manchecourt
N° d'imprimeur : 283968
Dépôt légal 1re publication : mai 2025
LIBRAIRIE GÉNÉRALE FRANÇAISE
21, rue du Montparnasse – 75298 Paris Cedex 06
marketing@livredepoche.com